一个人，遇见一本书

TopBook
饕书客

蠹书客

中國精怪故事集

愚木 著

陕西新华出版传媒集团
陕西人民出版社

图书在版编目（CIP）数据

中国精怪故事集 / 愚木著. —西安：陕西人民出版社，2017

ISBN 978-7-224-12352-4

Ⅰ. ①中… Ⅱ. ①愚… Ⅲ. ①故事—作品集—中国 Ⅳ. ①I247.81

中国版本图书馆CIP数据核字（2017）第179176号

出 品 人：惠西平

总 策 划：宋亚萍

出版统筹：关　宁

策划编辑：韩　琳　张启阳

责任编辑：王　倩　王　凌

整体设计：哲　峰

图文制作：杨亚强

中国精怪故事集

作　　者　愚　木
出版发行　陕西新华出版传媒集团　陕西人民出版社
　　　　　（西安北大街147号　邮编：710003）
印　　刷　陕西隆昌印刷有限公司
开　　本　787mm×1092mm　16开　19.5印张
字　　数　249千字
版　　次　2018年1月第1版　2020年9月第3次印刷
书　　号　ISBN 978-7-224-12352-4
定　　价　45.00元

序

每一个中国人印象中的妖怪都不一样。在老人眼里，妖怪是专爱将小孩子当点心吃的邪恶怪物；在小说家笔下，妖怪有时是法力通天、仗势欺人的大反派，有时却也成为万人敬仰的大英雄。对一个事物的印象是一个人自身情感和理解最直观的体现。一个不能否认的事实是，在妖怪被创造出来后的很长的一段岁月里，人们对于妖怪的印象都不怎么好，甚至处于敌对状态，这其中有宗教的缘故，但更多的则是当时人们被周围环境中挥之不去的恐惧、压迫困扰的结果。他们害怕的是妖怪，更是妖怪背后那个动荡不安的时代，妖怪只是这种恐惧的具象化而已。

每当世间治乱兴衰循环一遭，妖怪在人们心目中的印象便也跟着温柔起来。在充满想象力的创作者眼中，妖怪被赋予更多的人性而非兽性，寄托更多的人们对于美好的希望而非对末世的哀叹，由此，也便创造出了许多前代未曾有过，对后世有着巨大启迪作用的新的妖怪形象。在那之后不知经历了几朝几代，妖怪才得以褪去附着在它身上的怪异、邪恶、恐怖的特点，获得了大多数人的谅解与喜爱。当人们提到妖怪时，终于不再只会想到吃人的怪物，也会想起天真爱笑的婴宁、善良忠贞的白娘子、威风凛凛的美猴王。他们是妖怪，更是人们心里最美好的回忆。

那么关于妖怪的故事究竟有多少呢？每种妖怪又都有着怎样的故事呢？本书中虽然收录了近百种妖怪及其故事，但也不过是一次尝试，毕竟中国妖怪的内容实在太过庞杂，此书中所讲，只能充作沧海一粟。

目录

妖怪篇

妖怪杂辑

鬼怪篇

鬼怪杂辑

精怪篇

精怪杂辑

妖怪篇

卷首语

本卷中所辑录的均为古时候的妖怪故事。需要说明的是，这里所指的妖怪并非是广义上“妖异之物”的统称，而是特指以动物成精为主体，附以一部分植物、器物成精，以及将像夜叉、僵尸这样难以具体区分的怪物收拢在一起，笼统地称其为“妖怪”——这并不是一种十分严谨的分类方式，但为了归类上的便利，也只好这样了。

此外，本卷将故事较多的妖怪单列篇目，一些事迹较少的则被收录在他处，另分为妖怪杂辑篇。

1. 夜叉

夜叉本是佛教中的护法神，虽然长相丑陋，凶狠好斗，却也不能被称为妖怪。但随着佛教在中原的不断发展，夜叉也逐渐被本土化，变成了一种中国式的妖怪。这种妖怪保留着佛教中夜叉丑陋、骇人的长相以及嗜好吃人的习性，同时又兼具本土妖怪可以幻化为人形的特点，其出没之处也从佛教中的天神处所，变成了人们的日常生活场景。或许是因为这种和人之间关系十分紧密的特点，夜叉传说在唐代极为盛行，各种关于夜叉的故事层出不穷。

行蕴本是经行寺中的都僧。有一年初秋，寺里准备盂兰盆会庆典，大家清扫庙宇殿堂准备做佛事，行蕴偶然看见佛像前有一尊小小的女子塑像，容貌十分美艳，手中拿着一枝莲花，就好像是在对人眉目传情。行蕴见这个塑像如此美貌，便对师弟们说："世上若有如此美貌之女，我愿娶她为妻。"

晚上行蕴回到僧房，刚要睡下，就听有人敲门说："莲花娘子到了。"行蕴和尚没弄懂来人意思，便对外面道："寺内戒律极严，现在庙门已闭，夫人是怎么到这儿来的？"

嘴上虽这么说，行蕴还是将门给打开了，只见门外站着莲花娘子以及一个婢女，二人均貌美如花，宛若天仙。莲花娘子见门开了，便笑着对行蕴道："只因无量因果定数，得以长久侍奉我佛。不想今日只因听见尊师所言，竟顿起凡心，以致贬谪。如今只望尊师收留，愿与你结为夫妻，望尊师莫违誓言。"

夜叉

这夜叉！两排尖牙像钢锯一样，蓬头乱发，身高一丈多，见墙被推倒了，便都吼叫跳踉着冲了出去，僧人们没一个敢阻拦的。后来有僧人在佛堂墙壁的壁画上发现两个夜叉和那晚所见的一模一样，其嘴角和唇边还残留着吞食行蕴时沾上的血迹。

行蕴仍是不明所以道："贫僧虽天性愚昧，但也秉持戒律。从不曾见过夫人，又何来承诺？夫人莫要欺哄贫僧。"莲花娘子答道："尊师白日里在佛前不是见我来着？还对他人说，若样貌如那雕塑相似，便愿意娶之为妻，我深感尊师垂怜，愿以身相许。"说着从袖子里取出了行蕴白天所见女子塑像，对行蕴说："这个您总该识得了。"

行蕴这才意识到眼前的莲花娘子并非人类，正不知如何是好，妇人已走入房中，让婢女铺起床来。不多时，行蕴床上已铺陈锦被绣衾，行蕴在一旁观瞧，虽然还是害怕，但心里却不禁欢喜起来，对莲花娘子道："我情愿与娘子结为夫妻。只是戒律不容，娘子久住寺庙可不是办法呀。"莲花娘子大笑道："我乃仙人，凡夫俗子发现不了，不会连累尊师的。"说罢故作媚态，牵着行蕴上了床，灭烛而眠。

不多时，房内突然传来行蕴的惨叫，其他僧人听后急忙持灯火赶来，推门时却发现用力也推不开，像是被人顶住了一样。只听房内不时传来撕咬咀嚼骨头之声，一个胡人口音的人大骂道："贼秃驴！你已出家剃发，如今竟起了妄想之心，就算我真是女人，也不会嫁给你做老婆！"

外面僧人们知道出了大事，连忙合力将墙推倒，只见房内站着两个黑影，两排尖牙像钢锯一样，蓬头乱发，身高一丈多，见墙被推倒了，便都吼叫跳踉着冲了出去，僧人们没一个敢阻拦的。后来有僧人在佛堂墙壁的壁画上发现两个夜叉和那晚所见的一模一样，其嘴角和唇边还残留着吞食行蕴时沾上的血迹。

夜叉妻

夜叉可以变成人，人同样也可以变成夜叉。这种观念或许是受到佛家报应说的影响，也可能是源于流传已久的人化兽的传说，如牛哀化虎、宫人化蟒之类，既然人能化作这些野兽，那化作夜叉似乎也就没什么难度。

传说有一位姓吴的县令，年轻时游学于会稽，娶了一个刘姓的姑娘。刚结亲的几年，刘氏表现得温柔淑婉，完全是小家碧玉的样子，后来过了些年，脾气变得越来越暴躁，稍微惹怒到她都会大发雷霆。而且经常殴打家中下人，甚至用嘴去咬他们，以至鲜血淋漓。可即使如此，却还是不能让她消气。吴县令看到自己妻子性情大变，心里便开始对她有些疏远。

有一次，吴县令和一帮人外出打猎回来，将狐狸兔子之类捕获之物堆在了厨房。第二天吴县令出门后，刘氏便偷偷地潜入厨房，将那些连毛都没去的动物吃光了。吴县令回来后，奇怪自己打的猎物怎么全不见了，问妻子时，她只是低着头，什么话都不说。吴县令有些生气，便找来婢女询问，婢女回答说："是大奶奶给吃了……"县令确信自己妻子已经不是从前的那个人了。

又过了半个月，县里有位官员献给吴县令一只鹿，县令让放在院子里，然后对刘氏谎称自己要出远门，实际上只是躲在门外偷看。过不多时，只见妻子从房里出来，披头散发，袒露着双臂，双眼瞪得像要裂开一样。她走到院中，一手将鹿提起，掏出鹿的内脏就大吃起来。门外的县令见了吓得瘫倒在地，连站起来的力气都没有了。

过了很久，吴县令才找来十几个衙役，持着兵器冲进了院子。刘氏见吴县令带了一帮人来，干脆一把扯掉了身上的衣服，直挺挺地站在那里，原来她竟是一个夜叉。她双目忽闪得像闪电，牙齿锋利得像刀刃，身上的筋骨凸起，清晰可数，浑身都呈现靛青的颜色。

冲进来的衙役们被吓得哆哆嗦嗦的，谁也不敢靠近。夜叉四顾左右，仿佛也有些害怕。僵持了一顿饭的工夫，她忽然疾步向东，不一会儿就消失了。

夜叉国

关于夜叉，最为人所知的应该还有《聊斋》中所描绘的夜叉国。

徐姓商人坐船出海时被大风把船吹到了一座夜叉岛，却不仅没被夜叉们当了干粮，反而还娶了夜叉姑娘为妻，后来更和妻子生下好几个孩子。这些孩子孔武有力，精明强干。后来在商人的努力下，一家人回到了中国，再后来，夜叉妻子还和孩子一起上阵杀敌，可谓百战百胜。据说，只要敌人一见到夜叉夫人来了，就吓得抱头鼠窜。后来皇帝还专门下令封她做男爵，她儿子向皇帝说明那是自己母亲之后，才被改封为“夫人”。

而这故事有意思的地方，在于蒲松龄老先生最后的评语：“夜叉夫人，亦所罕闻，然细思之而不罕也：家家床头有个夜叉在！”想来蒲老先生在家中恐怕是没少受自己夫人的压迫，以至于得出如此精辟的论断。不过据说在唐代，海外还真有一个地方叫“夜叉国”，只是因为离大唐太远，所以关于这个国家的记载很少。

《聊斋》故事中这个全国都是妖怪的创意并非蒲老先生首创，在六朝时就有传说：有一个国家与罗刹国（罗刹是类似于夜叉的一种鬼怪）毗邻，罗刹鬼时不时便会侵入其国境抓人吃，后来多亏佛祖帮忙才将其制服。

既然罗刹能成群结队地入侵，那夜叉聚群而居，自成一国，也就不足为奇了。夜叉和人结为配偶的故事流传已久，只不过在那些故事中都是雄性夜叉强取人类女子为妻，而不见有反过来娶夜叉的。如《酉阳杂俎》中就记载着这样的一个故事：某户人家的女儿忽然失踪了，过了几年，竟又忽然回到了家里。据女孩自己说，当初她是被一个妖怪在梦中突然拽走的，倏忽之间便到了一处地方，但黑黢黢的什么都看不见，等到天亮了才发现自己是被带到了一座古塔里。

塔中有一个英俊的男子，他对女孩说："我乃天神，命中注定当娶你为妻，不过这有时间限制，到了时候自然会送你回去，还希望你不要疑虑和恐惧。"并且告诫她不许向外面偷看。每天，年轻人都会两次到塔下去取食物，有时候取来的饭菜居然是热的。

一年以后，女孩趁年轻人离开后朝塔外窥视，吃惊地发现那年轻人居然在腾空飞行，身体靛蓝，赤发如火，两只长耳朵像驴一样，等落到地面上后才重新变为人形。目睹了这一幕的女孩吓得直冒冷汗。

等年轻人回来后，一看见女孩的神色便觉出了异常，于是向她坦白："你什么都看到了吧？我确实是夜叉，但和你有缘分，所以别担心，我不会伤害你的。"女孩也很机敏，立即回答道："我都已经成了你的妻子，又怎会嫌弃你。只是郎君既然有神力，为什么不和人们住在一起呢？这样也可以让我时常回家见见父母呀。"年轻人抱歉地回答："我如果和人住得太近，就将引发瘟疫。现在既然身份已经暴露，那以后就让你随便看吧，反正过不了太久你就该回去了。"

后来又过了一年，夜叉忽然哭泣着对女孩说，"我们的缘分已经到头了，现在只等风雨来时我就送你回家去。"说完送给女孩一块鸡蛋大小的青色石头，嘱咐她回家以后将其磨碎后服用，以去除这几年因为和他待在一起而积累的毒气。

这一天，外面风雨大作，夜叉将女孩抱在怀里对她说："可以回家了。"说完，仿佛只是伸展一下手臂的工夫，女孩就已经回到了家，站在自家的院子中了。

2. 旱魃

旱魃据传是一种能够引发大旱的妖怪，最初是一种人形的怪物，到了后世逐渐被传成了僵尸，但其致旱消雨的能力则始终未曾改变。这种妖怪的历史可以说长到不可思议，在几千年前的《诗经》中，就已经提到过这种可以引发旱灾的妖怪。后来到了《山海经》中，又出现了一个叫作女妭的天女，据说其身穿一袭青衣，身法飘逸，而“妭”字本身的含义就是美貌的妇人。女妭既然能用“妭”做自己的名字，那长得应该也挺好看。

女妭本是住在天上的神祇，后来因为黄帝在和蚩尤的战争中受挫，所以紧急将其召唤到了下界助战，而女妭也不负众望，很快就与同为天神的应龙携手击败了蚩尤一方的雨师风伯，帮助黄帝擒杀了蚩尤。但当战争胜利后，女妭却因为种种原因——或许是在战争中沾染了太多血腥而变得不洁了——无法再回归天界，只能在人间游荡，而只要女妭出现的地方，便会发生大旱——这与《诗经》中的旱魃极其相似，似乎可以看作是旱魃传说的一种发展。

后来，农神[1]叔均将女妭的情况报告给了黄帝，被战争遗留问题缠得焦头烂额的黄帝这才想起这位曾经帮了他大忙的天女来，然而即便是贵为天帝的他，也没办法让女妭重回天界，只好将其安置到了钟山附近一个叫赤水之北

[1] 即田祖。

的地方。值得一提的是，在钟山脚下还住着一个叫作烛阴[1]的天神。此神人面蛇身，身长千里，睁开眼便是白天，合上眼就是黑夜。一吹气人间就会冰天雪地，迎来严冬；再一吹气，人间就又会炎风阵阵，迎来酷暑。黄帝将女魃安置在钟山附近，让她做烛龙的邻居，或许也是想靠着烛龙的神力来净化女魃身上的污秽，以让其可以早日回到天界吧。

但令黄帝没有想到的是，自从战争结束后就开始四处漂泊的女魃早就习惯了这种生活，自从去了赤水之北，她整日里除了在赤水边钓鱼，就只有去找烛龙聊天，日子过得太过无聊。而且钟山地处极北之地，寸草不生。让年轻的女魃一年四季都只能面对着光秃秃的山头，还不得活活把她给逼疯了。于是每隔上一段日子，女魃便会想方设法从黄帝为她划定的这片居住区中逃走，潜回到喧嚣热闹的人间游玩——而女魃这有些任性的旅行，每次都会在人间引发严重的旱灾。

可是这时的黄帝却再也没心思去管女魃了：自从重、黎两个天神一个撑着天，一个踏着地，将天地彻底隔绝开来以后，无论人间发生多大的灾难，也再不能直接上天界去向天神们求援，而那些刚刚从亘古未有的大战中幸存下来的天神自己，恐怕也懒得去管人间的事，所以面对着不时引发大旱的女魃，人们能依靠的也只有自己了。

每当大旱发生时，人们便会聚集起来，手中持着五花八门的工具——木棒、刀枪，或者干脆是耕田用的农具——由巫师作为代表，登上一座高台，跪倒在地，对着空中喊说："神啊！回你的北方老家去吧！"底下的人便一面挥舞起手中的工具，一面一同呼喊。整个仪式既像是祈求，又像是威胁。仪式结束后，人们赶忙去清理长满了荒草的水渠，以保证水流畅通无阻。过不了多久，当清理水渠的工作差不多完成时，众人日思夜盼的大雨便会倾盆而

[1] 也叫烛龙。

至。这也意味着女娀听到了人们的请求，从此地离开，回她那孤寂荒凉的赤水老家去了。

女娀作为旱妖的传说，到了西汉以后就逐渐消亡了。旱魃在民间开始被传为一种“小鬼”式的妖怪，如在《神异经》中就曾对旱魃有过这样的描述：“南方有人，身高二三尺，袒露身子，双眼长在头顶，行走如风，它的名字叫魃，出现的地方会发生大旱，赤地千里。”这和之前的女娀相比，形象可以说截然不同。而且人们对于这种妖怪的态度也发生了巨变，对待造成大旱的女娀，人们虽然有威胁的成分在，但终究还不至于动武，可如果旱灾是旱魃造成的，那人们就会像对待野兽一样，在全境范围内展开搜捕，一旦发现旱魃的踪迹便会将其活活打死，将它的尸体扔进粪坑。据说只有这样，由旱魃所造成的大旱才能得到缓解。

这种对旱魃的猎捕行为在后来就变成了一种风俗，每当大旱发生时，民众就会自发地搜寻旱魃出没的蛛丝马迹，每个人都希望早一点儿抓住旱魃，结束这可怕的大旱。这种风俗在民间绵延了上千年，以至于在史书中都保留下了某年某月在某地发现了旱魃的记录——虽然由于记述简略，我们可能永远都无法知晓他们当时抓住的究竟是什么。

到了明代，旱魃的传说又发生了一次极大的转变，从体格矮小的鬼怪变成老老实实躺在坟墓里的尸体——也就是所谓的僵尸。明代以前，旱魃和僵尸根本风马牛不相及，事实上，人的尸体在此前从来就没有成妖的记录，更不会导致大旱。可自从明中期以后，旱魃和僵尸就被人们当成一回事来说了，由此还衍生出了一种十分恶劣的风俗——“打旱骨桩”。

所谓“打旱骨桩”，就是在发生大旱时，人们将那些被指为旱魃的尸体从坟墓中挖出砸烂。如果旱灾并没有因此而得到缓解的话，那人们就会去挖开更多的坟墓，砸烂更多的尸体，直到旱灾结束。官府曾一度严厉禁止这种陋俗，但却无济于事，影响的范围反而越来越大，直到清代情况也没有得到改观。纪晓岚曾撰文质疑过这种行为，可无奈声微力薄，靠他一个人根本阻止不了民间的习俗，僵尸、旱魃的思想在百姓心中根深蒂固，成为一种共识。

3. 乌将军

虽然听名字很威风，但乌将军实际上就是一头成精大黑猪。猪给人的印象总是愚笨懒惰，但在历史上猪成为妖怪的例子还是很多的，除去猪八戒以外，也还有许多精彩的故事可以讲，这里先讲讲乌将军。

唐朝名将郭元振，年轻时有一次从晋阳到汾阳去，天黑迷了路，勉强向前走，忽然望见前方有灯火，于是连忙朝那方向赶。又走了八九里路，来到了一座宅院前，高墙环绕，朱门耸立，一看就是大户人家，只是不知为何叫了半天门竟无人答应，无奈之下郭元振只好推门而入。只见庭院中已摆好酒席，房檐上挂满灯笼，像是在办喜事，可是找来找去却一个人都没有。

郭元振站在堂前大惑不解，忽然听到正堂东阁中传来女子的哭声。郭元振心里起疑，忙问道："阁中哭泣的是人还是鬼？为何庭中不见有人，只留你一个人在这里哭？"那哭声戛然而止，片刻过后，一个女子抽咽着答道："民女家乡祠中供奉着一个乌将军，能够随意致人祸福，每年都要向乡里人求亲，乡亲们则需要年年挑选出一个待字闺中的漂亮女孩嫁给它。民女的父亲贪图乡人的五百贯报酬，将民女给卖了出去。今天夜里，一群姐妹说要带我来酒席上玩，却不想一来这里便将我灌醉，之后将我锁在这房里，等着乌将军过来将我娶走。父母抛弃我，看着我去送死，丢我一个人在这里担惊受怕。郎君若是条好汉，救我性命，我虽不漂亮，但也愿一生一世都当奴婢来服侍您！"

郭元振听完女孩的讲述，大怒道：“那乌将军什么时候来？”女孩答说：“二更时。”郭元振道：“我一定会尽全力救你，如果事情失败，我宁愿自杀为你殉葬，终究不会让你死在那淫鬼手里！”女孩听郭元振如此坚决，渐渐不再哭泣。郭元振则坐在西面的台阶上，只让一个仆人在自己身后站着，像是等着迎接客人一样。

没过多久，外面一阵火光，传来辚辚的车马之声。两个穿着紫衣的小吏走了进来，一见郭元振立马转身退到门外，嘴里还嘟囔说：“丞相在这儿。”过了一会儿，又有两个穿着黄衣的小吏走了进来，同样，一看到郭元振就扭头回去了，嘴里也是说：“丞相在这儿。”郭元振坐在台阶上，心里暗暗高兴：“看来我将来是要当宰相的呀，这区区妖怪一定不是我的对手！”

见前后两拨人都退了回来，乌将军只好自己下了马，走到门前问是怎么回事。先前的小吏便将里面的情况对其说了。乌将军思忖片刻，命令道：“进！”于是，便由一群手持刀剑的武士开道，簇拥着乌将军走了进来。

等这一行人进到庭院，郭元振便让仆人上前通禀道：“郭秀才求见。”随后自己起身走到队伍前，作揖行礼。乌将军见了，便问说：“你个秀才怎么会跑到这里来了？”郭元振答道：“听说将军今天要办喜事，所以特来为将军当傧相。”

乌将军听他如此说，竟丝毫没有怀疑，反而还很高兴，于是便请郭元振入座和他喝酒聊天。二人聊得还挺投机。

郭元振包袱里有一把极锋利的短刀，他想用它来刺杀乌将军，于是便问对方：“将军可曾吃过腊鹿肉吗？”乌将军道：“这地方可没有那东西。”郭元振道：“小人倒还有少许珍藏，乃是得自一位御厨，今天愿意割些下来献给将军。”乌将军听后大喜，连忙让他去取。

郭元振便起身回到堂上，拿出小刀来削了些鹿肉装在盘子里，端到乌将军跟前让他自己拿。乌将军闻着鹿肉的香味，早已垂涎三尺，根本没有顾及其他，伸手就要拿肉吃。郭元振一把扔掉盘子，猛地拽住乌将军的手腕挥手就是一刀，将其整只手都给砍了下来。

乌将军嗥叫一声，转身便逃，他的随从们也瞬间作鸟兽散。郭元振将断手扔在一边，命仆人去外面查看，得知妖怪们全都逃得没影了，才去掉正堂东阁的房锁，对阁中的女孩道："那将军的一只手已被我断掉了，只要循着它留下的血迹搜寻，很快就能找到它的老巢。你不用害怕，出来吃东西吧。"女孩这才从阁中走了出来，年纪才十七八岁的模样，长得也不像她自己说的那样，反倒很漂亮。

女孩拜倒在郭元振面前说道："今后小女子便是恩公的奴仆了！"郭元振却只是安慰她，没有答应。过了几个时辰后，天色才亮，再去看丢在地上的断手时，发现已经变为一只猪蹄了。

这时，原本赶来收尸的乡人们见郭元振竟将他们视作保护神的乌将军的猪蹄给砍掉了一只，很是愤怒，后经郭元振一番教育才开了窍，认清了乌将军是妖怪的事实。之后，一群人在郭元振的带领下找到了乌将军栖身的洞穴，先放火将其逼出来，之后一哄而上，将这头大黑猪就地正法了。

王氏女

有贪恋美色的乌将军，自然就有大胆追求爱情的猪姑娘，只是比起乌将军，这位猪姑娘的故事可就无辜多了。

一个叫尹纵之的年轻人，一年夏天住进了山中修行学业，每到月朗风清时，便会操琴纵歌以陶冶情操。

一天夜里尹纵之正在抚琴，忽然听到院中传来轻柔的脚步声，像是有女孩在踱步一样，便冲着外面问："谁在外面？"一个略带羞涩的声音答道："小女子本是山下王家的女儿，离郎君住的地方不远，每当听到郎君在弹琴吟咏，都会屏息凝神，认真倾听，细细品味其中滋味。只是因为父母家教甚严，不敢离得太近。今天晚上亲戚家正好有喜事，父母都出门去赴宴了，只留下小女子一人在家。刚才又听郎君琴声，就想离得近些听，不想竟被郎君发现了。"

尹纵之听罢，笑着对外面道："两家住得近，相互见见是常事，既是来听琴的，何不进来听？"等了一会儿，却不见答音，尹纵之便开门去请那姑娘。姑娘恭恭敬敬地朝其行礼，却不进门。纵之再三邀请，姑娘才随他进房。坐下后，纵之细细打量姑娘，发现姑娘风姿绰约，举止雅致，只是不知为何，双耳都有些发黑。

山中的日子寂寞极了，今天身边忽然多了一位漂亮姑娘，尹纵之很高兴，命下人端来热茶、点心招待她，自己则卖力地弹琴给姑娘听。夜深后的山林清幽宁静，琴声悠扬，姑娘闭目倾听。见姑娘喜欢，尹纵之便趁机邀请姑娘住上一晚。姑娘为难道："要是我父母回来了怎么办？"纵之回答："既然是去参加喜宴，肯定不会大半夜回来，等到天快亮时我就送姑娘回去，之后就算你父母回来了，也不会察觉。"姑娘笑着答应了。尹纵之牵起姑娘的手，说些誓同生死之类的话，便带着姑娘去了房里。

春宵过后，天色渐亮。姑娘穿好衣服准备回家，尹纵之却担心姑娘这一走便再也不回来了，想留下点儿什么作为信物。见床下有姑娘穿来的青花毡履，便偷偷拿起了一只锁在了柜子里。姑娘见了哭着说："小女子家里穷，没有别的鞋可穿，能够穿着走路的只有这一双，郎君若是留下了，那我就只能光着脚回去了。到时候父母要是问起来我该怎么回答？父母责罚我固然算不了什么，以后再想见面可就难了呀！"尹纵之却全然不听。姑娘很着急，说道："小女子父母极为严厉，要是让他们知道了我俩的事，我的命就没了！难不成郎君想看着我去死不成？若是郎君真有意于我，那以后父母睡后我还能偷跑出来与你相会，但若郎君执意不肯将鞋还给小女子，那无异于亲手杀了我！

昨天夜里说的相亲相爱难道这么快就忘了？郎君亲口发下的誓言难道也忘了吗？”接着，她又跪倒在地上，乞求说：“请把鞋子还给我吧！如果我食言了没有再来，任凭你将这事传扬出去！”自五更时直到黎明，姑娘的哭求始终没停，可越哀求，尹纵之就越起疑心，怎么也不肯把鞋子还给姑娘。

天眼看就要亮了，姑娘又不敢住下来，只好哭着对尹纵之说：“小女子前生真是欠郎君的，以至于命都要送在你手！郎君用心未免歹毒，当被天理所罚。就算郎君再努力修学业、求名声，最终也将一无所成！”说罢，将眼泪擦干净，转身而去。

尹纵之却毫不在意，躺回床上又睡了起来，日上三竿后才醒，忽然闻到一股腥气，起身寻找来源，发现地上有一道血迹一直绵延出了门外。尹纵之大奇，打开柜子，发现姑娘的鞋子竟然已经变成了一枚猪蹄壳。他恍然大悟，忙叫上人沿血迹搜寻。最后，在山下的一户人家里，尹纵之找到了那只缺了一枚蹄壳的母猪。那猪见到尹纵之，愤怒地瞪了他一眼，转身就走，而尹纵之则找来了这户人家的主人，让对方用箭将母猪给射死了。

后来，尹纵之自觉在山中修行得可以了，便下山去求取功名，但无论他怎样夤缘富贵，浮造名声，却始终没能干出一点儿成就来。

4. 人偶怪

人偶作为一种人类以自身为原型创造的模拟品，似乎格外容易化为妖怪，比起其他没有生命的怪物来，人偶是在成妖以后能以人形出现的怪物之一。

唐代有一个叫卢赞善的人，一次在集市上看到一个年轻女子模样的小瓷人，做工精致漂亮，便将其买回家中放在自己房间的桌上。他每天都要看上几眼，隔三岔五还会拿着布为其除尘，可谓呵护备至。

如此过了几年，一天卢赞善又在摆弄瓷人，妻子从他身边经过，见他入神的样子，便笑着说："郎君这么喜欢她，把她给你当小妾怎么样？"本来是句玩笑话，却不想自此之后，卢赞善就变得萎靡不振起来，整天躺在床上仍是觉得累，而且在似睡非睡之间，还总看到一个年轻妇人就躺在自己身边，对着自己喃喃细语，可是伸出手却又什么也抓不到。妻子恐怕是那瓷人在作祟，提议将其砸掉，他却舍不得。想来想去，便将瓷人送进寺院里供养起来，希望借佛法清除她身上的妖气。

瓷人被送进寺院里后没多久，一天清晨，寺里的一个小沙弥在大殿里扫地时，忽然见到殿后站着一个年轻妇人。沙弥问她为什么跑到这里来，对方答说："我乃是卢赞善的小妾，因为被正室嫉妒，不能容我，便将我送来了这里。"沙弥一听女子身世挺可怜，还对她充满了同情。

后来卢赞善带着家人去寺中烧香，沙弥在和随行的下人聊天时偶然提起自己曾经见到卢赞善小妾的事情，恰好被卢赞善听到，忙追问沙弥那妇人的穿着长相，沙弥一一照实说了，结果正是那瓷人的模样。

卢赞善大惊，恐怕再这样下去那瓷人迟早会害人，于是便命人将瓷人给砸碎了。而人们发现，在瓷人胸膛里心脏的位置，居然已聚起了一团鸡蛋大小的鲜血。

泥孩

一户张姓人家家里有几间堆满了杂物的空房子。每当入夜后，家里的下人时不时会见到庭院里有一个容貌姣好、眉眼动人，可是下巴上却长满了胡子的女子，她的两颊边满是像刺猬毛一样的络腮胡，一个人在院里，时而驻足凝望，时而唉声叹气。有时，这女子身后还会跟着四五个小孩子。几个孩子或者跛着腿，或者闭着眼，或者头上脸上有破损，一起追逐着女子，像是在投入地玩着游戏，可当人走近时，他们就都消失得无影无踪。这些人从来只在院子里出现，其他人谁也没见过。有人说那几个下人说不定是眼花了，要不然就是在故意说谎，而因为那女子与孩子和家人之间一直相安无事，所以谁也没有太在意。

后来，这家人对空屋进行了一次大清理，发现角落里散落着一堆已经破损不堪的泥人，模样和缺损的部位同这些年人们所见的那些小孩子分毫不差。那个女子也在这堆泥人里，她脸上的那些胡子，原来是用墨汁随意画上去的——大概就是家中的小孩子们干的吧。

轻素、轻红

轻素与轻红本来是两个木偶，因为年深日久，再加上制作她俩的工匠精巧的技艺，于是便成精了。但她们只是有了意识，并不会变化。不过因为本来就是木偶，所以她们的行动举止可以和人一样。

有一个叫曹惠的参军，所在的府衙里有一间佛堂，里面摆着两个木偶，有一尺来长，雕琢刻画得格外精巧，只是表面的油彩都已经剥落了。曹惠觉得这俩木偶放在这里也没用，于是就带回家里给自己的小儿子当了玩具。

有一天，小儿子正在吃饼，在一边看着的木偶忽然伸出手来跟他要饼吃。小儿子吓了一跳，赶忙抱着木偶跑去找曹惠。曹惠笑着说："拿木偶来我看看。"结果话音刚落，那两个木偶就冲着他说道："轻红、轻素自有名，何呼木偶！"说罢在地上走来走去，和人一模一样。

曹惠于是问她俩说："你俩是什么时候的东西？是怎么变成妖怪的？"轻素回答说："我与轻红是宣城太守谢脁陪葬的人俑。当时天下巧工，没有比得上沈隐侯家的老仆孝忠的，我俩即是孝忠所造。隐侯痛惜谢太守无辜受戮，下葬时便将我俩赠给了太守陪葬。那日轻素在墓中，正打好水给乐家娘子洗脚，突然听见外面响起一阵喧闹喊叫的声音，娘子畏惧，光着脚化作蝼蛄而逃。不多时两个贼人手持火炬闯入，将墓中财物掠夺一空。贼人照见轻红和轻素，自言道：'这俩东西不错，可以给小孩当玩具。'于是便将我们带出了墓中。自此后流落数家，直到陈末麦铁杖的侄子将我们带到此地，后来便遇见了参军。"

曹惠又问了问关于谢脁的事情，轻素一一作答。曹惠说："你们俩都是妖怪，我不敢收留，打算将你们扔掉，你们看怎么样？"两个木偶高兴地说："以我二人的能力，参军就算不放，我们也自有办法，只是要多费一番周折才行。庐山山神欲索轻素做舞姬已经很久了，今天从您这里告辞，便可以去享受那里的富贵了。但如果参军愿意帮人帮到底，那就请找两个画工来，为我们重新装扮一下吧！"曹惠于是便请来工匠，给轻红、轻素二人重新上了油彩，而且给她俩披上了锦绣做的衣服。轻素欢喜地说："这回别说是舞姬了，就是当他夫人也够了。没有什么能报答您的,就留几句话作别好了,百代之中,只要有人能解其意的,日后不是成为忠臣,就是身居高位。”之后说了几句莫名其妙如谶语一般难懂的话,消失了。

5. 鼍妖

所谓“鼍”，其实就是鳄鱼，鼍妖也就是鳄鱼成妖。一般来说，这种妖怪和普通动物成妖没什么不同，大约也是先变成人的模样，然后接近人类，趁机吃掉对方。但在有的传说中，鼍妖却拥有很强大的法力，还能禁锢生人，虽不会杀死对方，却也不能逃脱。

一个叫李鹬的官员，开元年间被朝廷任命为邵州刺史，于是便带着一大家子人去上任。途中经过洞庭湖，一日天气晴朗，李鹬便下了船，到岸上散步,却不想忽然流起了鼻血。血滴到了沙子上,正巧被江边的鳄鱼给舔着吃了,结果蓦然之间，这鳄鱼便幻化为李鹬的模样，而真李鹬则被这鳄鱼用法术禁锢在水里，不能动弹。

李鹬的家人对此一无所知，一家人竟跟着这鳄鱼上任去了。到任后，当地的官员居然也没觉出不对，就这样好几年过去了。后来因为天下大旱，洞庭湖的水位降低了许多，有些地方甚至可以直接蹚水走过去。一个道士在徒步过江时，发现在湖底的沙中埋着一人，一问之下才知道，他正是被鼍妖禁锢在水里的李鹬刺史。

道士大怒，当即作法用巨石砸死了那只正在府衙中审案的鼍妖。随后，道士又带着李鹬去找他的家人。家人全然不信，在道士的极力证明之下李鹬才得到了接纳。后来人们再也不敢在坐船时将血洒进水里，就是害怕自己的血会被别的动物吃下去，进而遭遇李鹳那样的事。

鼍娶妻

刘宋时，武昌有一户人家嫁女儿。出嫁那天，迎亲的车子都到门外了，新娘子却突然失去了理智，疯癫癫地跑到外面，一边殴打着周围人一边喊：“我可不乐意嫁给俗人！”

家人见女儿变成了这般模样，急忙找来巫师。对方听说了新娘子的种种表现后，认为她一定是被妖怪缠上了。于是便和她家人一起带着新娘子去了江边，随后巫师一面击鼓，一面祝祷作法。不多时，一条大青蛇从水中游到了巫师身边，巫师急忙取来钉子将它钉死，接着继续作法。到中午时分，有一只大龟游到岸边，一动不动地伏在巫师身前。巫师取来笔墨，在它背上画了一道朱红的符咒，随后将其驱回江中。到了黄昏时分，一只白色的鳄鱼从江中冒出头来，忽沉忽浮，似乎很不情愿。先前的那只大龟则跟在它后面，不停地催着它向前，白鳄鱼只得缓缓向岸边游来。

上岸后，白鳄鱼张牙舞爪，径直走到姑娘所在的帐篷里，向她告别。人们也不知他俩究竟说了些什么，只见帐篷中鳄鱼的影子没过多久就消失了，紧接着姑娘伤心地哭起来：“我的姻缘呀，没有了！”但她的病没过多久就痊愈了。

有人问起巫师：那天在江边出现的三只动物究竟哪个才是魅惑新娘子的妖怪？巫师答道：最先来的蛇是传信的，后来的龟是媒人，那只白鳄鱼就是新郎。三个都是妖怪。

鼍女

一个叫张福的渔夫，打完鱼后将船停泊在岸边准备晚饭，外面忽然下起雨来，没过多久，一个娇滴滴的声音喊道："有人吗？有人吗？"张福一看，发现在自己船前不远处停着一只独木舟，舟上站着一个颇为亮丽的女子，浑身的衣服都湿透了。女子站在雨里，可怜兮兮地对张福说："天快黑了，又下着雨，我想上岸投宿，可是又怕遇上老虎，实在是没法子了，希望您能收留我。"

张福问："你是谁家的女子？为何只有你一个人？下这么大的雨你连蓑衣都不带，快进船来避会儿雨吧。"女子于是便上到了张福的船上。张福趁机和女子调笑起来，对方也不抗拒。二人便相携着进到了船舱里，而女子所乘的那只小船则系在了张福的船边。

三更时，雨消云散，明晃晃的月亮露了出来。还没睡着的张福借着月光一看，发现躺在自己身边的那个女子居然变成了一只大鳄鱼，枕着它自己的前肢睡得正香。张福吓得跳了起来，刚回过神想要抓住这妖怪，鳄鱼也已经醒了。只见它摇头摆尾地跑去了船舱外面，跳进水里不见了。再去看女子所带来的那只独木舟，却发现原来是一段长长的朽木。

6. 火精

古人相信火灾是由火焰所化的精怪引发的，如《博物志》中就提道："火之怪为宋无忌。"而考其渊源，宋无忌其人本是秦汉之间的修仙之士，他是怎么被传为火怪的，其过程颇让人费解。不过这一记载只是火焰为怪的其中一种说法而已，古人记录的火精的种类还有很多。

比如某个传说中就曾提到，某郡自从原来的郡守调离后，开始不断地出现怪火。官府为了排除隐患，于是增派了大量人手在夜间巡查。这些巡夜人很快就发现在街道上时不时会出现一些举着火把的人，鬼鬼祟祟地四处游荡。可想要把对方抓来盘问时却怎么也抓不住，有时用箭直接射向对方，看着明明射中了，走近后却发现箭头插在棺材板、烂木头一类的东西上——这是腐朽之物化为火精的例子。

而在另一则故事中，火精则是以小孩子的面目出现的：彭城的刘澄时常可以看到鬼怪，一天他正在自己馆舍中闲坐，忽然看见门外走过一个小孩子。那小孩身穿着红褐色的衣服，手中举着一面赤色的旗帜，迎风飘扬如芙蓉花一般。没过几天，与刘澄家相邻的一个将军的府衙就发生了大火。

有时火精可以化为动物：一个叫范璋的书生在山中筑屋读书，一天深夜，忽然听到厨房里传来怪响，像是有人在拖着什么东西行走似的。范璋实在太困了，也没有多想就睡了。等到天亮后去厨房查看，发现炉灶上放着一捆五寸来长的柴火，摆放得整整齐齐，旁边地上还摞着五个馒头，两样东西看上去就像是礼物一样。

另一天夜里，范璋已经睡下了，却突然听见有人敲门。敲了一阵之后，那人又拍着巴掌笑起来，声音就像婴儿一样。一连三夜都是如此。范璋素来胆子大，等到第四天晚上，门外又传来笑声时，范璋便拽起床头准备好的木棒追了出去。冲出门后，发现那在笑的居然是一个长得像小狗一样的东西，范璋也没多想，挥棒就打，几下之后，那东西变成了一团火焰，被木棒击中后便散落得满地都是火星，一闪之后就灭了。

除了火焰本身，就连贮火的器具也可能成精作怪。一个叫卢郁的进士客居于内黄，郡守将其安置在府衙内的馆舍里。在他到来之前，这地方已经很久都没人居住了。卢郁住进来后，很快就有一个白发苍苍，身材又矮又胖，披着一身白色衣服的老婆婆找到卢郁说："老身借住在这里已经很久了，现在见新主人搬了进来，特来拜谒。"说完就告辞了。当天夜里，卢郁一个人住在前堂，屋内又潮又冷，风雪交加，不多时那老婆婆又来了。

一进门，她就对卢郁道："贵客一个人独处，不觉得无聊吗？"卢郁一想也是，于是便命人搬来座位请老婆婆坐下，二人闲聊起来。老婆婆对卢郁道："老身姓石，家在华阴郡，后来随着吕御史来到了这里，如今已经快四十年了。老身家中穷苦至极，连火都生不起，多亏了贵客见怜，老身才不至于受冻。"卢郁听老婆婆如此说，赶忙让下人给她做饭吃。可等饭菜上好后，老婆婆却连看都不看一眼。

卢郁好奇地问："您怎么不吃呢？"老婆婆答道："老身虽然很饿，可是早就已经不吃五谷杂粮了。也正因为如此才能既长寿又安乐呀。"卢郁本来就对各种奇谈异说充满向往，一听老婆婆如此说，还以为自己遇上了身怀道术的高人，欢喜地问："您既然不吃五谷，那怎么填饱肚子呢？难道是经常服用仙药吗？"

老婆婆答道："老身先人喜好神仙之术，曾经修炼于太华山中。老身自己也常在山中隐居，跟随着道士学习长生之法。后来道士教给了老身吞火术，自此后便再也不吃凡间食物了。如今老身已经九十岁了,未曾有一日得过病。"卢郁又问："我早年也曾遇到过一位高人，教给我吸气之术，据说只要勤加修炼就可以做到断绝五谷。可后来因为混迹于名利场中，为了功名昼夜奔波，就将这事抛到脑后去了。不想今夜居然能遇上您，又谈起了平生的最爱，只是不知吞火这种事真的是神仙会做的吗？"

老婆婆回答："郎君难道没有听说过，对于'至人'而言，无论寒暑都无法侵犯到他们，他们能做到入火不焚，入水不溺。小小的吞火之术，对他们不仅没有危害，反而是有好处的。"卢郁于是便问说："那我想一观您吞火，可以吗？"老婆婆道："这是雕虫小技而已，没有什么可藏着掖着的。"

说着，她便俯下身来，像采棉花糖一样用手将火盆上不停跳跃的火苗摘下来，放进嘴里一口就吞掉了，然后她又接着采，没多一会儿，原本烧得挺旺的一盆火就熄灭了，而老婆婆依旧是气定神闲的样子。卢郁又惊又奇，等老婆婆吃完后，连忙起身整了整衣服，郑重地拜了几拜，对老婆婆说："我是乡野粗人，从来没见过神仙之事。今日得遇仙姑，见识到了平生未曾听说过的事情。"老婆婆很谦虚地说："雕虫小技，没什么了不起的。"说罢，便起身告辞，卢郁一直将她送到了门外。

分别后，卢郁便回去就寝了。夜深时分，忽然有仆人跑来告诉卢郁，西厢房着火了。卢郁赶忙起床察看，整座西厢房都已经烧着了，家人手忙脚乱地抬水灭火，一直到天亮后才完全扑灭。

随后家人进到废墟里寻找火源，在厢房的门边找到一个石火炉，其中还有许多火苗在燃烧，覆盖着一层草木灰。于是家人判断可能是有枯草堆在了火炉上，被引燃后火势便蔓延起来，终于烧光了整间屋子，只是为什么一个早已经废弃不用的火炉里居然还会有火？卢郁是明白的，这个石质的火炉恐怕正是昨天夜里那个自称姓石，并且还吃了他一盆火的老婆婆。后来卢郁又问了府衙中的一个老衙役，是否曾有吕御史住在此处，对方回答说："确实有这个人，乃是魏国的从事，四十年前曾住在这里。"和老婆婆所说的她来到此处的时间分毫不差。

7. 蝙蝠怪

或许是因为长得不太符合人类的审美吧，蝙蝠在古代虽然有成精的故事，却从没有去魅惑人的记录，都是很粗暴地通过伤害人的方式来增加自己的修为。六朝时有一种传说：蝙蝠可以通过截取人发髻的方式来进行修炼，只要攒够了足够数量的发髻，蝙蝠就可以成仙了——这种说法带有浓重的巫术色彩，也算得上是那个时代的特色了。

除去截人发髻，蝙蝠想要修炼，就只能吸取人的精气，但这种方法的危险性很大。据一本古书记载，蝙蝠只有活过了一百岁以后才可以通过吸人精气的方式继续修炼，直到三百岁时才能变成人。而在这二百年间，蝙蝠实际上根本不是人的对手，只能像小偷一样等到人入睡后才能趁机凑到人嘴边窃取人的精气。一旦运气差点儿就会被人发现，轻则受伤，重则丧命。蝙蝠妖怪数量少大概也是因为这个原因吧。

唐代《博异志》中记载，一个叫木师古的旅人，一天黄昏时投宿在一座寺庙里。僧人将其带到了一间简陋的房里让他住下，而原本用来待客的房子却始终封闭着。木师古不免有些生气，问僧人是不是太小气了些。僧人无奈地回答说："并非是因为吝惜房间，实在是因为凡是住进那里的客人，经过一夜之后没有不大病一场的。老僧来到寺里已经三十余年，亲眼所见三十人因为住在那间房子里而生病。如今那间房已经封闭了一年多，再不敢让人住在里面了。"

僧人越是解释，木师古就越是不信，言辞中更是充满了怀疑和责备。僧人不得已，只好打开了那间房子，命人打扫干净，让师古住了进去。师古趁机到那房间里看了看，发现这里确实是很久没人住过的样子，灰尘积了厚厚一层，蛛网虫迹密布，散发着一股浓重的霉味，心里也渐渐相信了僧人所说的话，但为了不丢面子，表面却仍是装作还在生气的模样。

打扫结束后师古便住了进去。晚上入睡时,师古有些害怕,为了保险起见,便将自己箱子里带着的短刀拿出来塞到床头的席子底下，来给自己壮胆。半夜，半睡半醒中的师古忽然感到身上一阵发冷，一下子清醒过来，发觉有股冷风一阵一阵地吹向自己，就像有人在对着自己扇扇子一样。冷风时有时无，师古于是悄悄将席下的短刀抽出，冲着床外一通乱砍——似乎是砍中了什么，随即就听到有东西倒在床下的声音——之后就再也没动静了。

师古以为没事了，便将短刀放回原处，接着睡觉。等到了四更时分，那阵风居然又来了。师古故技重施，抽出短刀向着床外乱挥，很快，就听到扑通一声，像是有东西倒在了地上。这下师古不敢再掉以轻心，握着刀全神贯注地等着怪风再来，结果什么事都没再发生。

窗外的天色渐渐亮了起来，寺中僧人赶来敲门，准备送这客人去看大夫，没想到屋里的师古中气十足地问道："是谁在敲门？"僧人们惊喜不已，忙推门而入，问师古夜间情况如何。师古一面将夜里的事对他们讲了，一面徐徐穿衣起床。

在床的右侧，众人发现了两只大蝙蝠，身上满是刀伤，已经死掉了。每只蝙蝠仅一边翅膀就有一尺八寸多长，一对银色的大眼睛像珍珠一样圆，有甜瓜那么大。

8. 树妖

树木成妖的情况非常多见，有时是树本身成妖，有时是树的精灵之气成妖。他们有时会以人的面目出现，有时却会化为别的动物。《玄中记》记载："千岁树精为青羊，万岁树精为青牛。"

据说在秦文公时，终南山中有一株粗数百围的大梓树，树冠极大，树荫浓密，几乎将山下的宫殿都遮在阴影之中了。文公极为不悦，命人将树伐倒。

但只要一有伐树的动作，山中便会兴起一阵狂风骤雨，工人们根本无法抵挡，纷纷逃走，而他们在树上留下的伤口一到了夜里就又重新愈合，这样无论工人们如何努力，伐树的事仍是一点儿进展都没有。

一天，一个工人因为得了伤寒，不能随队伍下山，夜里就住在了梓树旁边临时搭起的草屋里。夜深后，听见有一个鬼来看望梓树，慰问它说："秦王一门心思想要伐倒你，可还经得住吗？"梓树回答说："他只要一来我就用风雨招呼他！他能奈我何？"鬼脱口而出道："秦王要是让三百人披头散发，并用红丝线缠绕在你身上，之后再让他们伐树，你不就完蛋了吗？"梓树便不再作声了。

第二天，工人将他偷听到的话上报，秦文公得知后，下令依照那鬼所说的方法伐树，之后果然将树成功伐倒。当树身轰然倒下时，从树中蓦然冲出来一头青牛，面对着人群嗥叫狂奔，一路跑进了沣水之中后便消失了。

树妖

女孩坐在树上，月光照向她却不会留下影子，有人用石头丢她，石头会从她身体中穿过去，若是用火枪射她，女孩便会随声而灭，但只要硝烟一过，就又会恢复原形。据这户人家的主人说，自从买了这宅子后，就能看到这个女孩整天坐在树上，她从来都不害人，和他也始终相安无事。后来这宅子的新主人让人将枣树砍掉，女孩就彻底消失了。

树之精气成人的例子就更多了。纪晓岚曾讲过一个故事，说他当年在福建主持科举考试时，其所居住的府衙堂前生长着两株古柏，据说都是唐代所植，且有神灵住在树中。纪晓岚到任的头一天，府衙里的人都说应当到树前拜谒，可纪晓岚却认为木魅并不会危害到人，放着不去管它就行了，《祀典》中没有关于拜树的礼仪，他作为朝廷的使者根本没有拜它的道理。但两株古柏挺拔葱郁的气势还是给纪晓岚留下了很深刻的印象。

一天夜里，月悬中天，银辉漫地，纪晓岚正在堂前赏月，忽然看见两棵古柏树的树梢上各站着一个穿红衣服的人，向着纪晓岚作揖，之后便渐渐消失了，而被纪晓岚喊出来的幕友们也都目睹了那两个红衣人的模样。第二天，纪晓岚便来到古柏前，恭恭敬敬地作揖回礼。

而在另一个故事里，纪晓岚也提到，某户人家庭院中有一株枣树，据说已经生长了上百年了，每到月明之夜，总能望见树的枝条上有穿着红衣的女子垂足而坐，十分入神地望着月亮，一点儿都不在意树下看她的人。

更神奇的是，这女孩只有离远了才能看见，若是走近了便会消失，若是退后些，女孩就又会出现在原来的位置。而如果让两个人一个站在树下，一个站在远处，那在远处的人，便能清晰地望见坐在树上的女孩，可树下的人抬头看时却是一无所获。

女孩坐在树上，月光照向她却不会留下影子，有人用石头丢她，石头会从她身体中穿过去，不会造成一点儿伤害，若是用火枪射她，女孩便会随声而灭，但只要硝烟一过，就又会恢复原形。据这户人家的主人说，自从买了这宅子后，就能看到这个女孩整天坐在树上，她从来都不害人，和他也始终相安无事。后来这宅子的新主人让人将枣树砍掉，女孩就彻底消失了。

在纪晓岚的讲述中，树精始终是一种很善良的妖怪，不论是被人无视，还是被丢石块，甚至是被拿枪打，也从来没想过去报复，反倒是人类自己疑神疑鬼，非要把对方置于死地了才安心。

而持这种观点的远非纪晓岚一人，早在《搜神记》里就有一个自称黄祖的树神，为了村民们受旱的事向上天去求情；因为一个无依无靠的寡妇祭祀了些酒肉给他，便送了几十尾鲤鱼给她作为回礼。后来天下大乱，树神还用自己的力量保护一村人免遭战火。可见树精在人们心目中的形象一直都是很温柔敦厚的。

然而，和树精关系很近的树怪——也就是由树木本身变成的妖怪——在人们的传说中却一点儿都不友好，和其他的怪物没什么不同，都是以害人为第一要务的。他们通常在夜晚出没，会突然出现在道路中央，其躯干高大得就像座铁塔，树冠蓬勃茂密，枝条参差，明明没有风却能听到树叶齐刷刷地发出沙沙的响声。走夜路的人一旦遇上，无论朝哪个方向逃最后都会发现树怪就挡在自己前面，当精疲力竭的受害者最终陷入绝望时，树怪便会上前来享用大餐。

不过这种妖怪也是有弱点的，树怪对木匠有着天生的恐惧。在一个故事中，当受害人被树怪困住，无计脱身之时，正是两个木匠的突然出现救了他一命。当他二人听了受害人的描述，义愤填膺地持着斧锯准备去找木怪算账时，木怪早就一阵风似的逃走了。

荆棘怪

而除了树以外，像是荆棘藤蔓之类的植物，虽然长在荒郊野外，但其实同样可以化为妖怪。

一个旅人在夜里赶路时，发现路边站着一人，因为天黑看不清对方的长相，但他心里总感觉有一股说不出的怪异。旅人的马见了那人，毫无征兆地突然嘶鸣起来，发狂一样地跳踉着将旅人摔到了地上。

缓了很久，旅人才从地上爬了起来，但刚站起来，就感觉路边那人已经站到了自己身后，并开始脱自己身上穿着的袍子，旅人以为是遇上了劫匪，也不敢反抗，对方将袍子抢到手后便离开了。

旅人走了快十里，投宿在了一处旅店里，和店主人闲聊时便提起了刚才的遭遇，店主人却对他说："我们县南边夜里经常有妖怪出没，并非是贼人。"

第二天，有几个也是从县南来的人进到了店里，对人们讲新闻说："县南边的野地里的那片荆棘，长得居然就像人一样，而且还披着一件袍子，也算是大怪事了！"旅人听到袍子，再联想到之前店主说的话，急忙跑到那个地方去查看，发现那荆棘上披着的正是自己昨晚丢的袍子。

柳将军

洛阳城中有一座老宅子，厅堂院落极为宏大，但居住在这里的人却往往暴病而亡，久而久之，这宅子便一直空着，谁也不敢再住进去。

有一位姓卢的地方官被调到了洛阳担任御史，挑选新居时便看上了这座宅子，有人劝阻他说："这宅子里有妖怪，不能住。"卢御史则表示他自有办法。

一天晚上，卢御史带着自己最信任的一个仆人先行住进了那宅子的前堂里。住是住了进去，可主仆二人谁都不睡，卢御史端坐在前堂上，他的那个勇猛善射的仆人则手执长弓坐在阶下，就等着那妖怪出现了。

夜深后，只听门外传来叩门的动静，仆人厉声问是何人，对方答道："柳将军派我送信来给卢御史。"仆人扭头看向卢御史，御史微微摆手，于是仆人便不再回应。过了一会儿，一封信就从门缝里塞了进来，上面的字迹像是人用毛笔写出来的一样，十分工整。

仆人拿起信来，拆开读道："我住在这里已经好多年了，前厅后室都是我的地盘，门神户灵都是我的仆人，可现在您却闯进我的家中，真是岂有此理。假如这是御史您家，我随便进去可以吗？就算您不害怕我，难道自己心里就不觉得羞愧吗？我劝御史您还是快些离开的好，免得自取其辱。”刚一读完，那封信便飘然四散，就像风扬起了一堆灰烬一样。

不一会儿便又有一个声音高喊道："柳将军愿见卢御史！"很快，就见有一个巨大的怪物跨过了院墙，走进了庭院里，这怪物身高足有几十米，手中挥舞着一个大瓢，站在庭中呼啸乱吼。卢御史的仆人见状，连忙引弓便射，一箭正中了怪物手执的兵器，就是那瓢，怪物大吼一声，丢掉了瓢后便缓缓退去。

过了一阵子，那怪物又来了，卢御史让仆人沉住气，等它走近了再射。于是那怪物逐渐走到了堂前，见对方没动静，便俯下身来，拨开挡在脸前的长发朝着堂中张望，面容狰狞骇人。仆人实在忍不住，搭弓上弦对准那怪物就是一箭，正好射中了它的胸口，怪物又惊又惧，不敢多留，连箭都没拔就朝东逃窜而去。

等到天亮后，卢御史便和仆人一起搜寻那怪物，在宅子东面的一块空地上，长着一棵足有上百尺高的柳树，仆人昨夜射出的箭还插在树上，清晰可见，卢御史指着这树道："这就是所谓的柳将军了吧？"于是便命人将这树给伐倒了，自此后这宅子中的妖怪便消失了。

9. 度朔君

传说当年袁绍占有冀州时，有一个自称神灵的家伙出现在河东一带，自号度朔君，百姓们都很相信他，甚至为他建起了一座庙，庙中还设有一个主簿，其实也就是看庙人。清河太守蔡庸在路过河东时，曾经到庙中拜谒过，蔡庸有一个儿子叫蔡道，死了已经三十多年，度朔君一见到蔡庸，就高兴地设酒招待他，并告诉他说：“令公子已经先来了，正想要见见你呢。”不多一会儿，蔡道果然现身与老父亲相见。

还有一次，一个姓苏的士人为了生病的母亲而来到庙中祈祷，发现度朔君不在庙里，问主簿时，对方回答说：“度朔君正在接待天上的客人呢。”过了一会儿，庙的西北方忽然传来一阵鼓声，度朔君也冉冉自天而降。没过多久，一个客人进到了庙中，身上穿着黑色的单衣，头上的毛发分为五种颜色，都只有几寸来长，度朔君和他聊了一会儿，亲密得就像是老朋友相见一样。这人去后，又有一个穿着白色布衣的人走了进来，其头上戴着高高的头冠，冠的形状就像鱼脑袋。一进门就对度朔君说：“我以前到庐山时，吃了几颗那里的白李子，现在还怀念它的味道呢，可时间一晃就已经过去了三千年了，岁月流逝真是快呀，想来怅然！”等到这人走后，度朔君指着他的背影对士人道：“刚才走的那人便是南海君。”

士人见度朔君的客人都走了，以为现在总算可以说自己母亲病的事了，

度朔君

曹操外出打猎时意外猎到了一只奇怪的动物，大小如幼鹿一般，四足则出奇地大，浑身雪白，毛皮又柔软又光滑，摸上去手感特别舒服，曹操便留下了一块用来擦脸，但始终也没一个人能说出这动物的名字。

度朔君却又忽然和他聊起了《礼记》来。士人本来就是读书人，心想赶快挑些书中难懂的内容把度朔君难倒，然后好说正事。结果二人辩论了半天，士人却一直都落于下风。

士人苦撑不住，只好认输，之后乞求度朔君救救他的母亲。度朔君不慌不忙地回答："您家东面有一座年久失修的老桥，如今已经坏掉了，人们每冒着危险从桥上经过一次，令堂的病便会犯一次，如果您能出资将桥修好的话，令堂的病自然会痊愈。"士人依言将桥修好后，母亲的病果然就好了。

后来曹操进攻冀州，派人到庙中去索要一千匹绢，度朔君不肯给。曹操大怒，命大将张郃带兵去将庙毁掉。就在张郃的队伍走到离庙不到百里远时，突然与度朔君派出的数万神兵不期而遇，张郃率兵与其交战，之后发现敌兵的尸体居然全都化为纸片和草人。

当张郃进攻到离庙不到两里时，空中又忽然降下了大雾，浓稠得连眼前的状况都难以分辨，张郃的人马顿时迷失了方向，找不到庙的所在。然而与此同时，庙中的度朔君却对主簿说："曹公气势正盛，我也应当避避他的锋芒呀。"之后给了主簿一些钱，让他趁着大雾逃走了。最后，庙还是被张郃带人给毁掉了，而度朔君则不知去向。

几年后，之前提到的那个苏姓士人邻居家的井里据说忽然有神灵下降，不时还会和井上的人们交谈。士人跑去看热闹，之后吃惊地发现从那井中传出来的，居然是度朔君的声音。士人连忙跑到井边，悲喜交加地朝着里面大喊，问究竟是不是他，只听里面哈哈笑道："是我是我，自从当年为了躲避曹公移居去了北方，咱们已经好几年没见了呀！"

后来度朔君便派人去向曹操求助："我现在的居处实在是太简陋了，想要重修原来的神庙，可在庙修好之前，您能不能先帮我找一个住的地方？"曹操答复："没问题！"于是便将城北的一座楼腾了出来让度朔君居住。

过了些日子，曹操外出打猎时意外猎到了一只奇怪的动物，大小如幼鹿一般，四足则出奇地大，浑身雪白，毛皮又柔软又光滑，摸上去手感特别舒服，曹操便留下了一块用来擦脸，但始终也没一个人能说出这动物的名字。

到了夜里，度朔君居住的楼中传来哭声："小儿出门这么久都不回来！"曹操听说后大喜道："看来这怪物真是气数已尽了。"

第二天，曹操便命人带着几百只猎狗将楼团团围住，狗群闻到楼中的气味，就全都发疯一样地冲进了楼里。没过多久，一个像驴一般大的怪物从楼上跳到了地面上，狗群一拥而上将它咬死了。自此以后，度朔君也彻底地消失了。

10. 水银精

水银精和其他的精怪最大的不同就在于虽然它已经变成了妖怪，但仍在很大程度上保留着水银的特点，比如剧毒、能够随意分身等等，这些能力也让水银精要比普通的妖怪难缠得多。

唐代有一个姓吕的书生，租住在长安的永崇里。一天晚上，吕书生招呼了一群朋友来他家中聚餐，酒足饭饱以后，便回到卧室准备休息。结果刚坐到榻上，就发现屋子北边的墙角那里冒出来一个头发花白的老妇人，穿着洁白干净的衣服，笑眯眯地冲着吕书生走了过来，吕书生不知道这妇人的来历，也不敢轻举妄动。老妇人一直走到了榻边，带着责备的口气对吕书生说："郎君有聚会，怎么都不通知我一声？对我为何要如此薄情？"吕书生听得莫名其妙，壮着胆子大声地呵斥她，老妇人见书生不高兴，便摇摇头，逐渐退回到了墙角边，缓缓消失了。

第二天夜里，吕书生正在房中躺着，忽然又看见那老妇人站在北面的墙角那里，一会儿向前一会儿后退，像是有所犹豫的样子，书生又像昨天那样叱骂她，她没一会儿又消失了。

又过了一日，吕书生寻思道："老妇人一定是妖怪，今天晚上估计还得来，若是不除掉她，必将给我带来灾祸。"于是便找来一把剑放在了榻下。

到了夜里，那老妇人果然又出现了，发现剑后也不害怕，款步走到了书生跟前，书生大怒，抽出剑来砍了过去——明明砍中了，可妇人却连血都没流，似乎也没感到疼——只见老妇人蓦地跳到了榻上，用胳膊不停地戳着书生的胸口，像是在报复书生用剑砍她，可力气却又不重，打了半天书生也没怎么样。过了一会儿，老妇人又跳到了塌下，扯着衣角跳起舞来，书生一头雾水。那老妇人跳了好一阵儿，忽然又有一个老妇人跳到了榻上，并且也用胳膊打他，这下书生突然感觉身体一阵冰凉，像是被霜打了一样，连忙挥剑乱砍，可是越砍，老妇人的数量居然就越多，没多一会儿，就已经满地都是只有几寸高的老妇人在跳舞了。而这些人虽然数量越来越多，但长得却都一模一样，也认不出哪个才是真的。

书生哪见过这样的阵势，害怕得不得了，正发愁自己该怎么逃走，其中一个跳舞的老妇人忽然对书生说道："我就要合为一个人了，郎君可要看仔细了！"说罢，这群矮人老太太一齐朝书生拥了过来，互相一接触就融合在了一起，等接近榻前时就只剩下了一个人，和书生最初见到的那个老妇人别无二致。书生却已经吓得六神无主了，他指着老妇人，声音颤抖着说："你到底是什么怪物！竟敢如此猖狂！你现在走还来得及，否则我可就要去找道士用神术来制服你了！到时候你可就想跑也跑不成了！"却不料老妇人竟一脸轻松地笑着说："郎君言重了。若是真有道士敢来，我倒也想见见他。我不过是想戏弄戏弄郎君，并非是想要加害于人，幸好并没有把郎君吓坏，我回去就是了。"说罢，就又退回北面的墙角那儿，不一会儿就消失了。

第二天，气急败坏的书生便将这事向朋友们讲了，并求他们也帮着寻觅合适的捉妖人选。座中正好有一个姓田的书生，对于如何用符术降妖除怪很是精通，听说这事后便毛遂自荐道："这是我的老本行呀，我去捉妖就跟捻死一只蚂蚁一样简单。今天夜里我就到郎君府上除妖！"书生听他如此说，就像见到了救星一样，欣然应允。

到了晚上，二位书生坐在房中等着那妖怪出现。不多时，老妇人果真又来了，田书生见了，喝骂道：“老妖怪快逃命去吧！”老妇人毫不在意，只是在二人跟前来回地踱步，像是在思考着什么，好一会儿，忽然停下来对田书生道：“郎君何必要来自讨苦吃呢？”说着将臂一挥，手掌随即坠到了地上，须臾化作又一个老妇人，行动极为迅速，转瞬间就跳到了榻上，之后竟一下子钻进了田书生的嘴里，田书生惊恐地大叫：“我是不是要死了！”老妇人则只是无奈地看着书生道:“我说过我不会加害郎君的，可郎君就是不听，现在田书生的样子你可看到了？”说罢转身离去，走到墙角后就消失了。

第二日，有人向书生出主意说：“那妖怪总是在墙北角出现，郎君不如在那位置挖挖看，说不定会有发现呢。”

回家后，书生便命仆人在自己房中开挖，一口气向下挖了两米多，终于挖出来一个大陶瓶，打开一看，里面装得满满的都是水银，书生这才醒悟到那老妇人原来是个水银精。而答应为他捉妖的田书生在回家后没多久就病死了。

11. 狐妖

狐妖作为中国最经典、最具有代表性，也最为人所熟知的妖怪，真要讲起来一天一夜也讲不完，所以这里只能是简单地概括一下狐妖的历史，同时挑几个比较好玩、有趣的故事来讲讲。

狐狸从一种动物正式变为一种可以化为妖怪的灵物，大概是从东汉时开始的。而这个时期本身也就属于妖怪大爆发的时期，在东汉之前，妖怪的数量不仅少，而且其形态也多是长得奇形怪状之物，离可以自由变化的“妖”还有一段距离，可自从东汉以后，世间万物忽然之间就都会思想、会变化了。

在这一阶段，狐狸也仅仅是这妖怪大军中普通的一员而已，离后世狐妖一家独大的情况还早得很，这时的狐狸和其他的妖怪没什么显著的不同，其变化的目的也都是纯粹地为了害人而已，比如在东汉末时流传很广的郅伯夷除狐的故事就很有代表性。

传说西平人郅伯夷，年三十余岁，在县中任督邮，一日去外地出差，黄昏时路过一处馆驿，伯夷便命人停下，想找地方投宿，随从的人却制止他道：“现在天色尚早，可到前方馆驿再歇息。”伯夷却说：“我还有一份文书要写，就住在这里吧。”没办法，一行人只好全都住下了。馆驿主人见督邮大人降临，很是惶恐，数次劝伯夷还是离开的好，伯夷问他为何如此，主人答说：“馆驿中有妖怪，住不得！”伯夷却毫不介意，谈笑自若。不多时，派人传话给主人说："督邮大人打算住在楼上，快去打扫！"主人便连忙将楼上的房间打扫了出来。很快，天色便逐渐暗了下来，主人见楼上还没点灯，便提着烛火上楼，结果伯夷却对他说："我正要修习道法，不能见火，把蜡烛拿走吧。"主人心想夜里一定会出事，蜡烛肯定用得着，便偷偷地藏在了外面，之后下楼去了。

天彻底黑下来以后，伯夷一个人坐在房里，默诵了一遍道家的经书，之后便躺下睡了，不过一直都睡得很轻，耳朵始终在注意着周围的响动。

过了几个时辰，房门忽然打开，一个四五尺高的黑影走了进来，它蹑手蹑脚地来到了伯夷床前，以为他已经睡熟了，便直接扑了上去，却不想伯夷反手就将被子蒙在了对方身上，之后起身将其击倒，用布条捆住了怪物的双脚。他一喊人，馆驿主人第一个赶到，点起了事先藏好的蜡烛走了进去，大家掀开被子一看，发现怪物原来是一只浑身的毛都秃了的老狐狸。将狐狸杀死后，这馆驿中原有的妖怪也就消失了。

说到狐狸之所以会变成一种喜欢魅人的妖怪，就不得不提到阿紫这个名字，据说狐狸这种动物，最早就是由上古时一个名为阿紫的放荡妇人所化，后来凡是狐狸成妖，都喜欢自称为阿紫。自从这种传说出现后，狐狸才逐渐从只会愣头愣脑害人的妖怪，进化为千娇百媚、妖冶动人的魅人狐狸精。在《玄中记》里，就首次出现了狐狸可以变为美女，善于蛊惑、迷乱人心的记载。

六朝时就有这样一个故事。陈留的邻居家有一个名叫梁莹的姑娘，虽然年纪轻轻却已生得艳丽非常，董逸对其爱得简直神魂颠倒，时常送各种珍宝给她，姑娘每次都照单全收，却没有更多表示。

一天夜里，董逸忽然听见有人敲门，继而一个声音说道："是我，梁莹。"董逸顿时大喜过望，赶忙将姑娘迎了进来，没说几句话，就迫不及待地合衾而眠了。姑娘屡次说要走，董逸却始终抱着不放，就这样一直到了第二天早上。

天亮后，姑娘又说要走，董逸还是舍不得，便对姑娘说："别走别走，给你蒸乳猪吃。"话音刚落，姑娘立即便不走了。

等到吃完后，姑娘便又起身告辞，董逸仍是不让，甚至将门给堵住了，姑娘却不慌不忙，摇身一变化为一只狐狸，跳到梁上从窗户逃走了。

寥寥数语，一只善于变化而又机智狡猾的狐狸形象便跃然纸上。

再来说说狐妖的性别问题，虽然狐妖很早就被定型为善于魅人的妖怪，但在很长的一段时间里，狐妖却并非只有女性，还存在着许多男性狐妖形象，如果说女狐妖最大的特点是漂亮的话，那男狐妖的特点就是聪明，是近乎天才的聪明。

有一则传说就讲到，董仲舒有一次在房中看书，忽然有客人推门而来，无论风度仪态还是声音气质都颇为不凡。董仲舒与其谈论五经，他也是对答如流，发微探隐，极为精到。

一看此人居然对五经比自己都有研究，董仲舒心中不禁起了怀疑，正疑惑间，客人忽然扭头看着说："要下雨了呀。"董仲舒顿时茅塞顿开，趁势试探道："我听人说巢居知风，穴居知雨，我看郎君不是狐狸，就是鼷鼠！"客人一听这话，脸色当时大变，仆地化为一只狐狸，趔趔趄趄地逃走了。

而这只狐狸如此惊慌也不是没有原因的，因为作为妖怪，一旦被人发现了自己的真实身份，那无论他有多聪明，却也难逃被人杀害的结局。即使是做到了朝廷的司空，写过中国最早的志怪书籍《博物志》的张华，在对待一个狐狸化为的书生时，想到的最合适的处理方式，也是杀。

这只狐狸连名字都没有，只好根据其体貌特征管它叫"斑狐"，斑狐居住在燕昭王的坟冢中，修炼了不知多少年，终于可以任意变幻。它听说朝廷中有个叫张华的人博学多才，学富五车，便化为书生模样，想要去拜访他。

临出发前，斑狐决定先去问问墓前已经伫立了上千年的木华表——也就是一根用来作为标识的木柱子，因为年深日久，于是也化为妖怪——斑狐戴着精致的头冠，身穿华丽的服饰，器宇轩昂，仪态不凡，俨然如公子一般，走到华表前问道：“凭我的才华和相貌，你看我能不能见到张司空呢？”华表沉默了一阵，叹口气回答：“以郎君的才思高见，和他相见绰绰有余。只是以张公的睿智和器量，恐怕不仅不会被你所迷惑，甚至很难容得下你。你这一去必会受辱，搞不好连回都回不来了。到时候不仅你的千年修行都将白费，就连我也得被你给连累了。”

斑狐本来想听华表对自己说几句鼓励的话，没想到它上来就给自己泼了一盆冷水，心里很是不快。斑狐早已经下定了决心拜访张华，谁也劝不回来，于是最终它拿着名刺去了张华府上。正好张华此时有空，于是便同意见见这位书生。

张华坐在堂前，望见书生翩翩而来，真以为对方是哪个世家大族中的贵公子呢：他年纪看上去不过十几岁，气质却已是风流潇洒，一举一动落落大方，肤色洁白如玉，回首抬眼之间神采斐然。等到张华和书生聊起文章来，更是发现他将那些名家个个分析得鞭辟入里，一些独特的见解甚至是张华听都没听说过的。随后，张华又和书生先后探讨起三代古史、诸子百家、老庄之学，以及《诗经》等等那时候的文人所能接触到的最高深的学问，结果书生始终都是口若悬河，对答如流，最后竟将张华说得哑口无言。张华表面上对书生表示佩服，背地里却对手下人说：“世上不可能有这样的少年，如果他不是鬼魅，一定就是狐狸！”

于是，张华一面让人打扫房间，请书生住下来，一面却派人暗地里监视他。没过多久，这些眼线就都被书生发现了，他气哼哼地找到张华说：“明公应当尊重贤人，宽容大度，有人比你聪明，你就嘉奖他，有人比你愚笨，你就抚慰他，哪里有嫉恨别人比自己有学问的道理呢？墨子提倡兼爱，人家像你这样吗？”说完便要告辞，走到门口却被拦了下来，原来张华已经提前派人把守住了大门。

书生这下更气了，大步流星地返回来对张华道："明公让那群全副武装的兵士守在门口，看来是对在下有怀疑呀？只怕这样会让天下之人有话而不敢说，有才智的儒士望着你家大门却不敢进来，真是为明公感到可惜呀！"张华却根本不回答，一面派了更多的人来看守书生。

当时有一个县令也在张华府上做客，听说了书生的实情后便对张华说："若是怀疑他的话，用猎犬来试试他不就好了？"——狐狸怕猎狗是天生的，即使是变成妖怪了也是如此。于是，张华便叫来了书生，之后让人牵着条猎犬来到了书生面前，结果书生毫无惧色，而且还有心思嘲讽张华："我的才智都是老天给的，你却反以为我是妖怪，还要用猎犬来试我，真是不长眼睛。照这么试法，就是试上千次万次，我也不会怕呀。"张华在后室，听了下人的转述后，大怒道："这一定是妖怪！我听说狐狸怕狗，可这方法只能用在只有数百岁修行的狐狸身上，要是遇上千年老狐狸，这法子就不管用了，只有用上千年的枯木点燃后拿火照它，才会现出原形。"

而张华想到的有上千年历史的木头，正是燕昭王墓前的那根华表。张华主意已定，立即派人带上斧锯去砍华表。

几个仆人领命而行，就快要走到墓地时，忽然半空中有一个穿着青衣的小孩冉冉落在了地上，问仆人道："你们拿着斧锯，这是要做什么去？"仆人回答："张司空府上来了一个少年，才思敏捷，巧言善辩，司空怀疑他是狐狸，于是命我们来取华表木去照它。"青衣小孩听了，边哭边说："这愚蠢的老狐狸，不听我言，而今惹下大祸，连我也跟着遭殃！"说完转瞬之间就不见了。

仆人们便进到了墓地里，将华表木给砍倒了，下斧头时，木中有血一样的液体流出来。

仆人将木头带回来，将其点燃了一照，书生果然便化为一只狐狸，张华在旁边看着，得意道："这两个妖怪要是不遇上我，就算再过一千年也没人抓得住它们。"之后命人将斑狐杀死煮着吃了。

阿胡

随着社会的发展进步，狐妖被赋予了更多的人性。到了唐代，这种人性不仅表现为狐妖在性格上越来越丰富，对人类社会的参与度和融入度提高，也表现在人对于狐妖的尊重上，也就是说，人们已经渐渐地将狐妖看作是和人一样平等的存在了，狐妖和人之间的关系不再只是你死我活，而有了其他的更灵活也更富有人性的选择。

如在唐早期的《广异记》中，就记载着一只明明在能力上远胜于人，却在人开始敌视她时，选择了用和平的手段解决纷争的狐狸。

狐狸自称阿胡，穿着一身黄裙子，化为一个年轻姑娘的模样，投到了当时名气很大的一个叫焦练师的道士门下去学道。整整苦修三年，将自己师父的道术通通学到了手，之后感觉再留下去也没什么好处，于是便向焦练师告辞。结果焦练师一听，一百个不愿意，说什么也不肯让阿胡离开，阿胡无奈地坦白说："我是狐狸，本来就是来跟你学道术的，现在你能教的我都已经学会了，没有道理再留下去了呀。"不承想当焦练师得知自己这徒弟原来不是人之后，顿时起了歹心，作起法来要用法术强行拘押阿胡，阿胡却不慌不忙，见招拆招，几次交手下来焦练师完全不是对手。

可焦练师还是不死心，于是便上到嵩山顶上，设坛作法，启告太上老君。自己乞罪道："我虽不才，但毕竟是道家弟子。妖狐侮辱我算不得什么，只怕我们道家的大道会因此而被妖狐所败坏呀！"不多时，只见法坛四角蓦地冒起阵阵香烟，俄而聚成一片紫云，云中现出了太上老君的真身，焦练师见状连忙拜伏于地，陈说："我会的道术都已经被这妖狐学去了，已经拿她无可奈何，只能恳求老君出手降伏妖狐了。"

老君站在云上点头答应，之后装模作样在云中作起法来，须臾，就见一个金甲将军提着一只狐狸从云中冒出来，之后一刀将狐狸斩为两截，焦练师看到后不胜雀跃。然而他的高兴劲儿还没过去，那老君就慢悠悠地从云头下到了地上，之后变成了一个穿黄裙子的姑娘，离开了。

狐刚子

关于狐妖的传说中还出现了一位“妖祖”级的人物——狐刚子。这人最初本是晋代时一个修仙的道士，后来人们望文生义，竟将其传为一只道行高深的狐狸。

传说，唐代中部县令长孙甲一家笃信佛教，一日刚吃完斋饭，忽然望见半空中飘来一片五色祥云，云中还坐着一人，体态容貌神似寺庙里的文殊菩萨。祥云飘到其家宅子的房檐上就不动了，一家人跪在庭院里顶礼膜拜了许久，“文殊菩萨”才缓缓地下到了地面上。

看到菩萨降临，县令一家人诚惶诚恐，拿出最好的东西来招待他，而菩萨也来者不拒，给什么要什么。一家人供养了其一个多月，花费的金钱不知多少。县令儿子不禁起了怀疑，若真是菩萨哪有这样贪婪的呢？于是便暗中去了洛阳，找来了一个道士在家中作法，法事刚进行没多久，所谓的菩萨就化为一只狐狸从房中蹿了出来想要逃走，结果被早有准备的道士抓住，一命呜呼了。县令家于是酬谢了道士一匹马和五十贯铜钱。

谁知过了一个多月，居然又有一个菩萨乘着祥云来到了县令家中，一家人想上次那个假菩萨既然已经被除掉了，那现在这个总该是真的了吧？于是便以比上次还隆重的规格来招待这位菩萨，菩萨却始终表现得很随和，饮食十分简单，礼物也一概不收。县令儿子见了，却还是觉得是假的，于是又找来了那个道士。道士故技重施，设坛作法，结果一连过了十几天，菩萨一点儿事都没有。

道士正尴尬得下不来台，菩萨忽然找到道士问说："你的法术还灵吗？要不要试试新的法子？"道士一脸羞愧地回答："已经用尽了。"菩萨微笑道："也是该和你说清楚了，你整天读道经，可知道经书中有一个狐刚子？"道士回答："知道。"菩萨道："我即是。我成仙以来，如今已三万岁了。你既然出家当道士，就该清净无为，潜心修道，怎么能做出杀生的事来？况且，我的子孙被你所害，难道我会饶了你吗？"于是命人用木杖打了道士一百下。之后对县令说："子孙们不像样，以至于给您添了这么多麻烦，说来真是惭愧。以后您家永远都不会再有灾祸，就当作我对您的报答吧。"又转身看了看道士："立即把你收的马和钱都还给人家。"说完就飞走了。

髑髅狐

狐狸要戴髑髅才能成妖的说法在《酉阳杂俎》中就有记载，照书中所说，狐狸想要成为妖怪的话，就必须将人的髑髅戴在头上，然后五体投地地祈拜北斗，如果头上的髑髅始终不掉下来的话，狐狸便可以变成人了。其他的说法也都大同小异，《集异记》里有一个故事讲的正是这个。

晋州长宁县有一个叫晏通的僧人修炼所谓的"头陀法"，夜里必须得到树林、荒冢之类的地方去睡觉，无论是刮风下雨还是冰霜降雪，都阻止不了他，就算是会碰上魑魅魍魉之类的怪物，也无法动摇他的决心。

一夜，月明星稀，晏通躺在一棵树下准备睡觉，身边不远就是一堆凌乱的骨骸。忽然，一只像人一样用两条腿走路的狐狸蓦地从晏通眼前走了过去，可能因为才刚刚学会没多久，所以走起来显得格外吃力，不时就会打个踉跄。

晏通见这狐狸有些特别，便躲在暗处偷偷观察它，而狐狸则完全没想到这地方居然会有人来，所以根本没有注意到有人在偷看。只见它在那堆骨骸中找来找去，不一会儿拾起了地上的一个髑髅头，戴到自己头上，之后晃晃脑袋，如果髑髅头掉下去了，狐狸便不再管它，继续找新的，然后戴在头上再试，一连试了四五回，终于找到了一个合适的，便就一直戴着不再取下来。

之后，狐狸又去树丛里摘了些树叶野花之类，贴在自己身上，一眨眼的工夫，便化为漂亮衣服，而狐狸自己则变成了一个年轻姑娘，她整了整衣服，又拢拢头发，之后迈着婀娜的步伐走到了路边，开始等着有人经过。

不多时，就有一个骑着马的人自南而来，狐妖远远望见，便立即哭起来，声音哀楚动人。过路的人见了便勒住马问是怎么回事，狐妖回答说："我是个歌女，一直随着丈夫四处演出赚钱，不想今早夫君被盗匪所杀，身上的钱财也被抢掠一空。如今小女子孤苦伶仃，又离家乡万里之遥，想要回乡都没有办法。要是您不嫌弃，愿意收留小女子，那我愿意一辈子以微贱之躯做您的奴仆。"

过路人有些心动，于是便下了马走近来看，发现这姑娘长得还挺漂亮，说的话也很入情入理，一时竟相信了她，回头喊后面的人牵马来要带姑娘一起走。躲在暗处的晏通实在看不下去了，连忙跑出来对那人说："这是只狐妖啊，你也太容易相信人了吧！"说着举起手中的锡杖就朝狐妖的脑袋砸了过去，一下便将它头上的髑髅头给砸到了地上，狐狸顿时现出了原形，仓皇地逃走了。

天狐

按《玄中记》的说法，狐狸修炼满一千年，便可通于上天，称之为天狐。

还有传说道，天狐有九尾，毛皮皆金色，有时会到天宫中服役，身上带有符箓，能够设坛作法祈求神灵相助，而且可以洞悉世间阴阳变化。这种狐妖其实已经可以算作是狐狸中的仙人了，其能力远非普通的狐妖可比，一般的抓妖人也根本不是它的对手。一些传说中，天狐只是随便念念咒，就可以让整座宅子都像地震了一样摇晃起来，即使捉妖人最后拼了老命将它打败了，也不能杀死它，因为人家已经是天狐，属于天上管辖，人间是没有权力决定其生死的，顶多只能是将其流放去荒远之地而已。

当然，在多数关于天狐的故事中，天狐还是比较善良的，毕竟都已经成仙了，已经没必要再和人类产生什么瓜葛了，有时反而还会用自己的能力去帮助曾经对自己有过恩惠的人。大多数时候，天狐都只是守着自己的巢穴，和自己的一帮狐子狐孙与世无争地过日子而已，只有受到侵犯时才会不得不和人类接触，但始终都会保持着最大的克制，甚至显得有些窝囊，就像《纪闻》里所写的那只老狐狸那样。

唐代的定州刺史郑宏之最初当官时只是个县尉，他所任职的那个县给他分配的官署是一座很久都没人居住的老宅子，房屋破败，庭院里长满野草，特别荒凉。

郑宏之上任之后，花了好大的力气修缮整理，之后才住了进来。然而他的下属以宅院荒废太久，恐怕会被妖怪占据为由求他别住进去。郑宏之却说什么都不听，还是搬了进去。

夜里时，郑宏之一个人睡在前堂，忽然望见外面一片灯火辉煌，不多时，就有上百个随从簇拥着一位贵人来到了堂下。贵人整整衣裳，冲着堂上怒道："何人如此无礼，竟敢居住在这里?！"之后便命身边人把郑宏之给抓过来。

结果上去拖郑宏之的人走到堂前时，就像有所畏惧似的不敢再靠近了。原来郑宏之意识到来者不善，连忙站了起来准备招架。贵人见先前的几人不敢上，又命令一个大个子去捉郑宏之。大个子领命，三两步进到堂上，但却没有直奔郑宏之，而是先沿着墙挨个儿把堂中的灯给吹灭了，只剩下了郑宏之身前的一盏灯还亮着。

大个子绕了一圈，正想上前吹灭这最后一盏灯，郑宏之却突然拔出剑来，对准大个子就刺，霎时大个子流了一地的血，只好捂着伤口跑了。

贵人一看又不成，只能自己出手了，但等到他走到堂上时，却发现郑宏之已经穿好了衣裳，戴好了头冠，恭恭敬敬地在堂中等着自己呢。贵人一见这场面，不禁有些措手不及，郑宏之趁机微笑着对贵人道："来来，请坐请坐。"贵人也是太好面子，此时竟将他们是敌人的事都不管了，真的和郑宏之面对面坐了，聊起天来。

二人就这样聊了整整一宿，互相还挺投机。郑宏之却清醒得很，背地里一直在等待着机会，等到贵人完全放松了警惕的一瞬间，郑宏之猛然拔出剑来对着贵人就砍了过去，贵人毫无防备，衣服顿时被鲜血染红了一大片，侍从见状全都乱成了一团，手忙脚乱地带着贵人走了。

郑宏之却不肯善罢甘休，立即召集了一百多个手下，沿着贵人的血迹一路搜寻，最后发现血迹到了北墙下面的一个小洞中就消失了。郑宏之于是命令人开挖，一直挖下去三米多，洞的规模越来越大，在洞里发现了大小几十只狐狸，郑宏之命人一一将它们抓起来。之后又往下挖了四五米，一个偌大的洞穴便出现在了众人眼前，洞中有一只老狐狸坐在土床上，浑身的毛都已经掉光了，旁边还站着十几只侍奉它的小狐狸。郑宏之又命人将它们也全都抓了起来。

之后，郑宏之让人在堂前点起一堆火来，将抓住的狐狸全都投进了火中，最后轮到了那只老狐狸，老狐自己打着脸颊求情说："我已经一千岁了，已经在上天有名，杀我不祥，还是把我放了吧？"郑宏之一想也是，于是便没有立即杀它，而是把它锁在院子里的一棵槐树上。

老狐被锁的第一天夜里，许多自称为山林、川泽、丛祠之主的乱七八糟的鬼神来看望它，它们对着老狐连拜两次，个个面带愁容地说道："真没想到大王竟然会遇上这样的灾祸，我们都想要救大王，可是实在是没办法呀！"老狐微微点头，默然无语。第二天夜里，又有一大群鬼神来看老狐狸，说的也是同样的话。

又过了一天，一个伴有许多随从的人来到老狐跟前，唉声叹气地说："老兄怎么变成这样了？"说罢伸出手拽了拽铁锁，瞬间铁锁便断为两截。老狐狸挣脱开束缚，也化作人的模样，和那人相搀扶着离开了。等到郑宏之发现后派人再去追时，已经根本追不上了。

狐龙

据说骊山下曾经有一只白狐，时不时就会下山作怪，人们虽然都很讨厌它，但却一直找不到办法将它赶走。一天，白狐忽然跑进了温泉里去洗澡，须臾之间，只见云雾蒸腾，狂风大作，白狐竟化作一条白龙，飞去了天上。后来每到阴天时，还经常会有人见到有条白龙在群山间飞腾。

三年后，忽然有一个老翁，每到黄昏时便会到山前去哭泣，有人问老翁究竟为了什么事伤心，老翁回答："我的狐龙死了，因此而哭。"人又问："为什么要叫狐龙？你为什么又要哭它呢？"老翁答道："狐龙，就是由狐狸化成的龙，不想仅过了三年就死去了，我是狐龙的儿子。"

人们愈发好奇，接着问道："狐狸怎么能化成龙呢？"老翁回答："我父亲乃是秉承西方之正气[1]所生，所以皮毛才是白色，而且性格孤僻，不与众狐沆瀣一气，所以才会搬来这骊山脚下数千年。后来因为偶然和一条雌龙交合，

[1] 西方属金，色白。

上天得知后，便将其擢升为龙，就像世间的一些人能由凡躯化为圣人一样。”说完就消失不见了。

狐术士

在唐代，狐狸中的一小撮积极上进分子开始研究起了法术，那时的传说中多次提到狐狸手中有所谓“天书”，其文字或似梵文，或似篆文，普通人根本看不懂，但对狐狸而言，此书却极其重要，一旦落入人的手中，狐狸就会想尽一切办法将书夺回。

天书究竟是做什么用的呢？有一个故事提到，某人在野外打猎时误入洞穴里，发现居然有几十只小狐狸规规矩矩地坐在地上读书，有一只老狐狸坐在它们中间，手里捧着一本书，挨个儿给徒弟们讲书中的含义。那人趁它们没有发现自己，突然冲了上去，抢过老狐狸手中的书就跑，一口气跑回了家中。第二天，就有十余人带着金银财宝来他家求见，想要赎回那书，他不肯给，其中一个老者便对他说：“郎君就算拿着那书，那里面的内容你也看不懂、学不会，不如抄一本，把原本还给我，我愿意教给郎君书中的一些口诀作为报答。”这人同意了。后来在狐狸的指导下，竟然真的学会了不少法术，转行当了术士。

由此可见，狐天书对于狐狸而言，大概就如同人间那些武林门派的功法秘籍一样，只有学会了狐天书中的法术，一只狐狸才能算得上是合格的狐妖，否则终究是旁门左道而已。而有时也有些狐狸，在将这些天书中的法术学到手后，便不甘心再当狐妖了，反而化作道士的模样，干起了捉妖的买卖。

一个姓裴的官员有一个儿子才十几岁，既聪明又有文采，风度长相也都很优秀，被裴姓官员视为心头肉一般。后来这儿子却突然生了病，四处请大夫治了十几天，病情却越来越重，官员无奈之下只好把希望放在道士身上，想要靠着道士作法减轻一些儿子的痛苦。

一日，有一个人来到裴府求见，他自称姓高，专门以符术为生。官员连忙请他进来，求他想办法救救自己儿子的性命。高生慨然应允，在看过病人的情况后，对官员道："这孩子得的也不是别的病，不过是有狐妖在作怪而已，我有办法能治。"官员一家于是连忙求他作法治疗。高生当即画符烧纸，掐诀念咒，只过了一顿饭的工夫，官员儿子忽然从床上坐起来道："我的病好了……"官员听后喜出望外，忙叫家人大摆筵席感谢高生，并且送给他许多钱财作为感谢。临告辞，高生对官员道："自此后，我将天天过来守护着贵公子。"说完便走了。

此后，官员儿子病虽好了，但却始终像丢了魂一样，动不动就胡言乱语，时哭时笑，对别人的话置若罔闻。高生每次来，官员都求他想办法把儿子的病根一并去掉，高生却不以为然地说："这并没有大碍，只不过是因为贵公子的魂魄曾经被狐妖所夺，现在还没来得及回来呢，再等上十几天病自然就会痊愈了。"官员只好相信了他的话。

过了些日子，有一个姓王的人，自称有神符，可以驱逐消灭各种妖邪精魅，也来拜访裴官员。一见面，王生就开门见山地说："我听说府君爱子生病了，至今都没康复，能让我见见吗？"官员想多个人多个办法，于是便同意王生去看儿子。

结果王生一见到病人，就大惊道："贵公子这是被狐狸害得呀，要是不赶紧治，恐怕还将更严重呢！"官员听他如此说，吃了一惊，忙将之前高生已经驱除过狐狸的事对王生讲了，不料王生却反问道："您怎么知道那姓高的不是狐狸呢？"说着便让人在屋内设好法坛，要作法驱除妖怪，结果刚准备到一半，高生就闯了进来大骂道："那孩子病才刚好，你们怎么就又把一狐狸给请进家里了？难道就不能为病人想想吗！"王生见到高生，也反骂道："果然是只狐妖，你今天来得正好，倒省了我费力气拘你了！”二人就这么你一言我一语地对骂起来，官员一家人在外面围观，不敢进去劝。

过了一会儿，一个道士来到官员家对看门人说：“我听说裴公的小儿子这些日子一直被狐狸所扰，我善于应付鬼魅之事，求你进去通报一声，说我求见。”看门人不敢怠慢，连忙报与了官员，官员一听，忙找到那道士说：“您能不能治狐狸还是其次，只要能先把我家里那二位给弄走就行。”道士点头道：“这个好说。”于是官员便将其请进了府里。

谁知这道士才一进屋，之前骂得正欢的高生和王生就异口同声地说：“这个也是狐妖呀！怎么敢扮作道士的模样骗人！”道士反唇骂道：“你们这群狐狸就应该窝在荒郊野地的坟头里，怎么敢来骚扰人！”说着便关上门，打成了一团。

一直打了好几顿饭的工夫，直等到天快黑了，房里才渐渐没了动静，等到人们打开门一看，屋中已经一个人都不见了，只剩下三只狐狸，全都趴在地上呼哧呼哧地喘着粗气，连动一动都没力气了。官员让人把这三位全都拖去院子里用鞭子抽死了，又过了些日子，他儿子的病就彻底痊愈了。

门福

洛阳城中有一位唐参军，性情严肃端正，对于人情世故之类的事从来不上心。一天，有叫赵门福和康三的人上门来求见，唐参军不想见他们，就让看门人问他们所来何事，门福回答说：“只是想来向参军要点点心吃。”唐参军一听更不愿意见了，就让门人回说不在。

过了一会儿，那两人却突然出现在了唐参军家的正堂前，把正坐在堂中的参军给吓了一跳，门福走到堂上，气冲冲地问说：“参军刚才为什么要推托说不在？难道是舍不得一顿饭吗？”唐参军连忙推说是门人根本没有禀报自己,并非自己不愿相见。唐参军请二人去了外厅,一面让家人做饭招待他们,一面却告诉下人让他们将剑藏在了身后。等到开饭时，门福和康三的注意力全都放在了菜上，根本没有提防唐参军，参军于是趁机抽出下人身后的剑来，对着二人就刺了过去，门福侥幸躲开了，康三却被一剑刺穿了心口，逃走时慌不择路坠进了池塘里。

门福躲开一剑，急忙跳到庭院里，对着堂上的唐参军大骂：“我俩虽是狐狸，但却也都修行了千年，千年之狐，姓赵姓张。五百年狐，姓白姓康。数百年修为被你所毁，这仇我一定会报，绝不让康三白死！”

唐参军这时害怕这狐狸会做出什么过激的事来，于是一面向门福道歉，一面连忙让人去打捞康三，门福自己也站在池边不停地喊康三的名字，康三每次都会答应说在，可是人们将整座池塘都找遍了，也找不到康三在哪儿。门福恨恨而去。

唐家人害怕门福会来报复，连忙用桃木煮的水将宅院前后全都泼了一遍，之后又在家中挂满了各种符咒，希望以此能阻挡狐妖。而当一切忙活完以后，门福就没再来过。

过了许多天，唐家花园里种的樱桃全都成熟了，一天唐参军正带着妻子在花园里散步，一抬头居然看见门福就坐在樱桃树上，正摘着手边的樱桃吃。唐参军见了大惊道：“门福，你怎么还敢来！”门福笑着回答：“参军用桃木欺负我，勾得我都想吃桃子了，今天特意来采点儿吃，参军要不要？”说着扔了一堆樱桃给树下的唐参军。

唐参军心知以前那些办法都不管用，找了一群僧人，让他们在家中念咒作法，一连好几天，门福都没有出现。僧人们以为是自己的咒语奏效了，念得愈发卖力。

一天夜里，僧人正坐在堂前休息，忽然半空中飘来一朵五色祥云，云中坐着一位佛爷，宝相庄严，雍容肃穆，对那些僧人说："你们是来为唐家驱除狐妖的吗？"僧人见到真佛，惊喜得完全说不出话来，只得慌忙跪倒。唐家男女老少也跪在地上，恳求佛爷能从云中下来在他家小坐一会儿。佛爷这才下到了地面上，坐到原来僧人坐的高坛上，接受众人的顶礼膜拜。过了一会儿，佛爷忽然对僧人说："你们都是出家修行之人，应当超然豁达才对，何必要一直吃素呢？难道吃了肉法术就不灵了吗？错了，看的是你的心能不能坚决地秉持正法而已，如果可以，那就算吃点儿肉也不碍事的。"于是便让唐家人买肉来做菜吃。

做好之后，佛爷自己先将最好的肉挑进了碗里，之后依次给僧人和唐家人碗里一人分了几块，之后大家一起开吃。吃完后，众人抬头一看，坛上坐着的正是门福。这时众人才明白自己全都被这狐狸给耍了。门福坐在坛上笑说："不用再觉着我烦了，以后不会再来了。"自此便再也没来过。

独孤姬

在宋代，随着理学的发展，狐狸虽在民间越来越受欢迎，但在文人阶层却大受冷遇，即使在民间关于狐狸的传说数不胜数，但文人却仍是置若罔闻，压根儿就不会将这些故事记进书中，也就造成了我们现在能看到的宋代以及宋代以后很长一段时间，狐狸故事屈指可数。

独孤姬就是其中仅存的几个故事之一。

某侯姓书生一日和友人同游于西池，走在桥上时忽然望见池边有一女子带着小婢赏景，女子容貌甚美，侯生一见便留下了很深的印象。第二天，侯生又到西池游玩，结果发现那女子也在，心中颇为疑惑，但碍于身边的朋友，不好直接过去搭讪。直到一行人快要离开时，那女子身边的小婢忽然找到侯生，交给了他一封信。打开一看，原来是一首诗，诗中隐约流露出想要和侯生交往的意思，侯生觉得诗写得不错，只是奇怪字体有些柔弱，简直就像小孩子写的。此外小婢还带话说，让侯生明天也要来园中等她。侯生欣然应允。

一天后，二人便于池边相会，女子对侯生道："小女子复姓独孤，家住在都北，改天想要邀请郎君去家中一坐。"说完便转身而去，但又托小婢赠予一书，约以他日相会。

此后过了数天，侯生终于得以到独孤姬家中。独孤姬置酒款待。不多时又有所谓王夫人来其家做客，但发现侯生在后没坐多久便离开了。之后侯生便与独孤姬灭烛就枕，直到天亮后才在独孤姬的催促下离开。

侯生归家后一连许多天，那独孤姬也没联系自己，他不禁起疑，决定到独孤姬家附近探访。到了地方却找不到独孤姬的宅院所在，向周围人一打听，也没人听说过有一户姓独孤的人住在这里。

后来在一个老翁那里，侯生得知此地有一处独孤将军墓，墓中栖息着不少狐狸，年深日久，便开始四处为妖作怪。据老翁说，在三十年前，他就听说这些狐狸喜欢当人的妻子，有的甚至能陪在自己相好的身边一辈子，可谓情深义重，但是如果那人负心，狐狸也会毫不犹豫地报复那人，侯生遇见的估计就是狐狸。临分别，老翁提醒侯生道："郎君要是真心与其相爱，愿意和她白头偕老，那就算一直在一起也不会有事，但若是中途反悔，喜新厌旧，狐狸一定不会饶了你，虽然不至于要你的命，但却也足以让人追悔莫及。"

侯生回家后，虽然明知独孤姬是狐，却仍旧念念不忘，日思夜想。一天，侯生正百无聊赖地坐在厅堂上，忽然看见之前的那个小婢走上堂来，并交给了侯生一封独孤姬写来的书信，书信中独孤姬再次表明了自己的心意，证明并没有忘记侯生。之后侯生在小婢的指引下，又在一处新宅院中与独孤姬相见，二人不胜悲喜，此后日日宴饮作乐，一连过了十几天都是如此。

后来独孤姬随侯生去了京城，凡日常所有的花销用的全都是独孤姬的钱，平时接待亲友以及治理家务之类也全都由独孤姬负责，无不井井有条，书生只管每日读书而已。如此过了七年，一日，侯生偶然遇见一个道士，对方警告侯生已被妖物缠身，若不早做决断，将来只能落得葬身荒野的下场。侯生听后大为恐惧。没过多久，侯生对独孤姬提出想要买妾，结果被独孤姬严词拒绝，侯生才不得不作罢。

侯生有一个舅舅住在南阳，家财万贯，侯生自己多年一无所成，便决定只身去投奔他。舅舅见自己的这个外甥还能记得自己很是高兴，当即提出要为外甥谋个官做，之后又问侯生有没有婚娶，侯生便将娶了独孤姬的事对舅舅说了。舅舅听罢十分反对，认为毕竟人妖殊途，外甥和一只狐狸混在一起总不会有什么好结果，于是便自作主张为侯生又娶了郝氏的女儿，侯生得知后也没反对，反而还有些暗喜。

不久后侯生便携着新妻上任去了，同时给独孤姬送去了休书，很快，独孤姬便送来了一封回信，信上直言：我不曾负君，君却负我，我虽然是妇人，但一定会报复。

几年后，侯生任期已满，因事被派往几千里外的广州，妻子则留在了家中。过了一阵子，妻子接到丈夫的书信，信中说自己已经在广州谋得了官职，让妻子尽快移家来广东与他团聚。妻子见信后连忙变卖了家产，轻装简行上路了。而与此同时，在广东的侯生也收到妻子的一封信，信上说她得了重病，恐怕不久就将离世，死前想要见丈夫最后一面，盼他能早日回来。侯生见信后更是火速向家中赶。而实际上，两边根本就没有写信。

侯生和妻子因为按照信上所说，走的是不同的路线，因此中途也没有遇上，到了地方才发现对方根本不在这里，两边互相奔波了一年多，最终才又在京城相见，可那时他们的积蓄早就已经花光了。一日，侯生在家中枯坐，门缝里却忽然塞进来一封信，打开一看，里面写道："暂时耍了点儿小计谋，让二位吃点儿苦头，难得郎君如此情深义重，只可惜穷得叮当响了呀。"信尾没有署名，但侯生很清楚信是谁写的。

后来又过了一年，侯生妻子不幸病故，而侯生自己也因事丢了官，变得更加穷困潦倒。一日侯生衣衫褴褛地走在路上，身后忽然经过一辆马车，车中有人掀开窗帘问：“这不是侯郎吗？”侯生答道：“是我。”那人道：“我现在已经另嫁他人了。郎君如今怎么落得这样地步了？以郎君从前做过的事，我本不应帮你，但现在既然见到了，我也不好太过无情。”于是命人将五贯钱送给了侯生。之后又对侯生道：“我不能多说了，我相公可就在车上呢。郎君自己珍重吧。”说罢马车渐行渐远。

狐避雷劫

一直到了明代，狐狸才重新受到了文人们的青睐，最著名的就要数《封神演义》里的九尾狐妲己了，其美艳妖冶的容貌与善于蛊惑人心的能力与前代故事中的狐妖几乎如出一辙。进入清代以后，关于狐狸的故事就更多了，《聊斋志异》里就有接近五分之一的内容都跟狐狸有关，以至于这书得了一个别名——《鬼狐传》。但总的来说，这一时期大多数的故事中对于狐妖的设定基本都沿袭了前人的说法，创新并不多，其中狐避雷劫算是少有的“新设定”。

前代的狐狸们修炼是很自由的，只要能努力活到一定年龄便可以成仙，但到了清代，狐狸们不仅要在年龄上符合标准，而且还要躲过上天的雷劫，之后才能成仙。如一个故事中就提到，山东有户人家里的一间房子被狐狸占据着已经有好几十年了，平时人们既见不到狐狸的模样，也听不到它说话，但如果夜里有什么突发情况时狐狸便会敲打窗户来提醒人们。

而当狐狸所住的房子有漏损时，便会暗地里扔给那家人一些银钱，让他们帮忙修补，每次狐狸给的钱都比修补花的钱要多一点儿，像是给那家人的酬劳一样。过年过节时狐狸还会送些礼物给那家人，有时那家人也会做些吃的作为回礼放在狐狸占据的那间房子的窗户下面，每次刚一放下，转瞬之间就不见了。

这狐狸一直都待在房间里，从不出来戏弄人，反倒是有时候这家的小孩子会故意地朝狐狸房间里扔石块，扔进去了狐狸就又原样给扔出来，小孩子要是不停地向房间里扔，狐狸也就不停地往外扔，始终不会真的发怒。

一天，这家人忽然听见房檐上有个声音道："您家虽然不过是普通农家，但子女孝顺，兄弟友善，一直被善神所佑护，所以我才一直住在您家里躲避雷劫。如今大劫已过，我也该走了，拜谢主人。"说罢，檐间像是拂过一阵风声，之后便寂然无声了。

居家狐仙

清代的狐狸特别喜欢和人住在一起。以前的狐狸们虽然和人关系也很近，但其住处要么是在野外，要么是在无人居住的荒宅里。但到了清代，或许是因为人口的增长导致狐狸栖息地被破坏了，大量的狐狸便住进了人家中：有时是楼下住着人，楼上就是狐狸，或者一座四合院，人住一半狐狸住一半。总之这一时期的狐狸简直都不能说是人类的邻居了，而是人类的租客。因为狐狸和人变得前所未有地亲密，狐狸和人之间发生的故事也就特别多，其中不乏各种有趣的故事，这里便挑几个来讲讲。

1.

有一座小楼被狐狸们占据了，夜里常能听见楼中传来狐狸说话的声音，但因为从来也没有做过什么过分的事，所以人和狐狸之间一直相安无事。一天夜里，人们忽然听到那座楼上传来争吵的声音，很快就又加入了鞭子抽打的动静。人们也不知道发生了什么，全都跑到了楼下去，不一会儿就听到楼上有个声音一边叫痛一边疾呼道：“楼下的君子们，你们都是明白事理之人，你们说这世上可有妻子打丈夫的道理?！”就在楼下听的这群人中间，正有一个书生前不久刚被妻子教训过，脸上的抓痕都还没好呢，众人一听狐狸的话,不禁哄然笑道:“这事在所难免,不足为怪！”楼中的狐狸们也全都笑起来，打斗声很快平息了下来。

2.

某村中有座大柴垛，存在了不知多少年了，各种新柴旧柴堆积得像座小山一样，人们都说里面住着一只狐狸，经过柴垛时都要小心翼翼的。一天，一个农户喝醉了酒，回家半道上走得累了，便酒气熏天地躺在了那座柴垛下边说要睡一觉，同伴们劝他别惹恼了柴垛中的狐狸，这人却不以为然，反而借着酒劲大骂起了狐狸，骂得正欢，就听柴垛后有个声音说：“你喝醉了，我不和你计较，还是回家睡去吧。”同伴们好说歹说将这人带回了家里。

第二天，这人去农田里干活，中午妻子给他送饭来，走到田边时猛然望见自己丈夫居然躲在草屋里和一个红衫女子坐在一起。其妻素来凶悍，见状以为丈夫有了外遇，抄起扁担就冲了过去。那女子见有人来，倏忽之间就不见了踪影，只剩了这人被妻子一顿好打，直到打累了还不忘坐在一边指着自己丈夫臭骂。屋旁的柳树上，一只狐狸坐在树梢间听着屋中的骂声，不禁拊掌大笑。

3.

有一个年轻人和一只狐狸有了私情，其家人得知后便找来道士驱除那狐狸，很快，狐狸便被抓住了。但当道士准备将那狐狸放进油锅里炸死时，年轻人却跪在地上对着道士连连叩头，乞求饶狐狸一命，道士没办法，只好将狐狸放了。

自狐狸走后，年轻人相思成疾，身体日渐衰弱，其家人四处求医问药也都不管用。一天，狐狸化成的美女忽然又出现在了年轻人房间里，年轻人不禁悲喜交集，然而狐狸却是一脸冷漠，平静地对年轻人道：“郎君对我如此情深，不过是因为喜欢我的容貌，而不知这其实是我的幻象，若郎君见到我原来面目，那就该怕自己逃得不够快了。”说罢，摇身一变，美女瞬间便化作一只皮毛清灰尾巴修长的狐狸，双眼赤红得像是冒着火一样，几步跳到了窗台上，长嗥数声之后便离开了。年轻人的病从此便全都好了。

4.

据说某乡有一人和一只狐狸交上了朋友，每当那人有聚会时，便总会叫上那狐狸一起参加，并为其专门留出位置。聚会上，狐狸不管是喝酒吃菜，还是一言一笑，都和普通人没什么区别，只是但闻其声不见其形而已。

一天宴会时，座中人都想见见狐仙的真容，便对狐狸说：“面对面都不知道您长什么样，这怎么能算是交朋友呢？”狐狸淡然一笑，回答说：“朋友之间相交看的是双方的内心，可不是容貌呀。诸君可知人心叵测，比山川还要危险，那无数的陷阱诡计，都是由这方寸之间罗织而出。各位不去看一个人的内心，只靠着对方外貌作为交往的标准，反以为亲密；若是见不到他的外貌，就认为是疏远，这岂不是本末倒置了吗？”一番话说得众人哑口无言。

12. 猫妖

猫作为一种和人关系很亲密的动物，与其有关的故事很多，唐代的一篇传奇中就出现了自称苗介立的猫妖。所谓苗，其实正是“猫”字的谐音，介立二字则是形容猫孤异清高的性格，所以苗介立的意思即是一只特立独行的猫。

苗介立也确实很特别，它既没有去害人，也没有到人家中捣乱，而是隔三岔五地和一群妖怪朋友聚在一起谈诗论道，可谓风雅别致。其所作的诗更是好玩，其诗曰：“为惭食肉主恩深，日晏蟠蜿卧锦衾。且学志人知白黑，哪将好爵动吾心。”大意为：虽然每天吃着主人给的肉多少有些惭愧，但依旧不改没日没夜睡懒觉的本色。我之所以如此，乃是因为立志向那些高人隐士学习，绝不会因为一点点的利诱就改变自己的初心！读来着实可发一噱。

然而，妖怪故事中的猫有时也会展露出它们可怕的一面。

某户人家有一个四五岁的小孩子和一只猫，一天，孩子正在房中午睡，地上的猫却突然大叫起来，一旁的仆人害怕猫把小主人吵醒了，于是便拿起枕头顺手朝着猫扔了过去，却不想正好砸在了猫脑袋上，一下子竟将猫砸死了。而几乎就在猫咽气的同时，本来在熟睡中的孩子蓦然像猫一样叫起来，一声比一声凄厉，一连叫了好几天，最后竟因此夭折了。

在另一个传说中，猫则有着复活的能力。

据说在建业有一个卖醋人，家中养着一只漂亮的猫，被卖醋人视若珍宝。后来有一天，猫突然死掉了，卖醋人像是不相信这件事一样，一直都舍不得将猫的尸体扔掉。过了好几天，猫尸体都开始发臭了，卖醋人才不得不将自己的猫扔进了一条河里。

结果尸体刚入水，猫居然就又活了过来，在水中不停地沉浮扑打，卖醋人见了又惊喜又心疼，连忙跳进水里去救自己的猫，然而他却忘记了自己并不会水。最后，卖醋人不幸淹死了，而猫反倒自己游到了岸上。

当时岸边正好有一个驿站的小吏目睹了全过程，感觉这猫恐怕已经变成了妖怪，而且河中多了个死人，如果要去官府报案那这猫就是证据呀，于是便将刚上岸的猫捉了起来，五花大绑后锁在了驿站中的一个房间里，之后便赶去了官府。可等到他报完案返回来时，发现那猫已经咬断了自己身上的绳索，在墙中掏出了一个大洞逃走了。

此外，像之前提到的狐狸一样，猫偶尔也可以化为龙，不过这可不是什么吉兆，而是因为自己的主人要倒大霉了，为了逃命只好化为龙飞走了。

猫想要成为妖怪，其修炼的方法也很特别，据一本书上记载，猫想要成妖，就得在月圆之夜蹲在人家的屋檐上，仰着头张开嘴来吸取月亮的精华，如此坚持几年，就可以自由变化了。变化不受性别限制，遇见男子可以化为美女，遇见女子可以化为美男。而之所以唯独猫具有这样的能力，大概是因为在古人的认知里，猫是雌雄同体的吧，如《异物志》中就提到："灵猫一体，自为阴阳。"

猫魅人的方式也和别的妖怪有所不同。猫在魅人前，会偷偷潜入它所要魅惑的人的家中，在那家人喝的水中撒泡尿，人们一旦将混着它的尿的水喝了，那么无论这猫怎么在这家人眼前晃，这家人也无法发现它。于是被魅的那人便会在不知不觉中生病，身体也越来越虚弱。

不过也不是完全没有办法破除猫妖的这种把戏，如果想要验证某人是不是被猫妖缠上了，只要在每天睡前，在被子上覆盖一件青衣，第二天早上，如果发现衣服上沾有猫毛，那就可以确认是有猫妖在作怪。而想要治好这人的病，则需要将魅人的罪魁祸首抓来，做熟后给病人吃掉，之后病人的病便能痊愈了。

猫能言

据一只猫自己说，猫其实都是可以说话的，只是因为平时怕把人吓着，所以才装作不会说话的样子。此外，和其他一旦开口就预兆着灾祸的动物不同，猫说话不仅不会招来灾祸，反而有时还是喜兆。

一个叫龚纪的书生考完进士回家后，其家中的各种物件就都开始出现种种怪异情况，或无故自行，或发出怪声。书生大为恐惧，急忙找巫师来禳除。巫师到了他家后，书生说："我家里这些东西全都成精了，唯一还正常点儿的就只剩我家的猫了。"话音刚落，原本趴在椅子上打盹的猫就像人一样站了起来，对着书生抱拳拱手道："哎呀，过奖过奖。"吓得巫师掉头就跑。结果几天后捷报传来，书生高中举人。

而在另一个故事里，不仅猫会说话，连狗也在旁边凑热闹。唐代有一个姓严的军官，一天忽然发起狂来，在自己房中手舞足蹈，不能自已。门外这军官养的猫和狗听见动静便跑进来看，猫一见军官的样子大吃一惊，忙对着身边的狗说："老严看着和平时有些不一样呀，犯羊痫风了吧？"狗蹲在一边淡定地回答："别管他。"

过了一会儿，严军官逐渐恢复了意识，回想起刚才自己的猫和狗居然说话了，认为一定是在预示着什么，联想到当时混乱的局势，不禁为自己的退路做起了打算。后来天下果然大乱，就连皇帝都被杀了，而原本要跟在皇帝身边的严军官却因为提前辞官回到了乡里才逃过了一劫。

猫和狗现实中本是水火不容的一对，但在妖怪故事里却常常是对好搭档，出入相随，配合默契，颇有些神话中蹷与蛩的古风遗存。

传说在康熙年间，在大兴住着一个信佛的老太太，家中专门有一间佛堂，佛堂中供奉的佛像前总是日夜不息地燃着一盏油灯。有天黄昏时，老太太忽然听见有人在窸窸窣窣说话的声音，她很奇怪，就扒在门缝边向里面偷看。她看见在供桌前边，一条大黄狗正像人一样直立地站着，用两条前腿撑着一只白猫，这白猫也像人一样直立着，正在偷供桌上佛灯里的油吃。白猫不是只顾着自己，而是每喝一口油就含嘴里低下身，嘴对嘴喂给底下的黄狗吃。

喝了一会儿以后，只听黄狗催促白猫说："快喝快喝，一会儿人该来了！"老太太仔细一瞧，这黄狗和白猫正是自己家里养的那两只。老太太大为震惊，直接推门而入，黄狗和白猫赶紧跳到地上，转眼间就逃走了。

过了两天，半夜的时候，老太太听见庭院里有动静，就偷偷地躲在门内向外面张望，于是又看见白猫骑在黄狗的背上，正偷偷摸摸地在院子里走，老太太大喊了一声，黄狗和白猫就又不见了。

老太太睡着以后，忽然梦见一个黄衣男子与一个白衣女子冉冉而来，走到她面前对她说："寄身于主人家中这么久，豢养之恩不知该怎样才能够报答，可我们的形迹已经被您所觉察到，已经不可以再留下去了。"说完，两人恭恭敬敬地朝老太太再拜告别，之后转身卧在地上，忽然变成了猫和狗的模样，猫一下子跃到狗的背上，骑着它离开了。

还有一个故事中，猫不仅仅是会说几句话而已，而是伶牙俐齿，据理力争，只靠着跟人讲道理就让其放弃了想要杀猫的企图。那是在一天夜里，某个官员刚躺在床上，忽然听见窗户外面有人说话，于是就爬起来往外看。只见庭院中月光清辉熠熠，既安静又空旷，压根儿没人，只有自己家养的猫和邻居家的一只猫蹲在院子角落里——而说话的，竟然正是它俩。

只见邻居家的猫先开口道："西边那户人家娶媳妇呢，咱们去看看呗？"自家猫说："他家厨娘太会藏东西了，根本不值得去。"邻居猫又说："虽说如此，可是去一趟又有什么关系呢？"自家猫又说："没好处，不去。"邻居猫却还不放弃，没完没了地要自家猫陪着它一起去。求了好长时间，邻居猫跳到了墙头上，回头冲着自家猫喊："快来快来！"自家猫不得已，只好也跳上了墙头，一边说："勉强陪你去一趟吧。"目睹了全过程的某官员早已惊得目瞪口呆。

第二天，某官员便将这只猫给抓了起来，准备将它当妖怪杀掉。临动手前还不忘责备它说："你是猫呀，怎么能说人话呢？"猫回答说："我确实会说话，可是这天下猫都会说话呀！要是主人您看不惯，那我以后不说话就是了。"某官员更加怒道："果真是妖怪呀！"说着就要打死它。

可怜的猫连忙大呼道："天呐，冤死了！我真没罪呀！虽然如此，但您想杀就杀吧，不过在死之前，我要先说两句。"某官员问说："你还有什么话?！"

猫答说："如果我真是妖怪，主人您能抓住我吗？我不是妖怪，而主人您要杀我，那么我死后必然就会化为厉鬼来找您报仇，那时候难道您还能再杀我一次吗？我平时一直都兢兢业业为主人捕鼠，是有功于您的，有功而杀，是不是太不祥了呢？这事如果被那些老鼠听说了，全都扶老携幼跑您家里来吃您的粮食、毁您的藏书、咬您的衣服、啃您的家具，主人您可就一个安稳觉都别想睡了，这些事和我说几句话比起来，哪个更严重呢？您不如放了我，让我为您继续效犬马之劳！"

某官员一听，恍然大悟，亲自解开了捆着猫的绳索，放它走了。

13. 僵尸

僵尸这种妖怪虽然名气很大，但其出现时间却很晚，一直到了清代才有了关于各种僵尸的说法和传说，之前的历史上是不见有这种怪物的。

僵尸种类繁多，仅《子不语》里就记载有紫僵、白僵、绿僵、毛僵、飞僵等等，但无论是哪种都有一个共同的特点，那就是身上都长满了毛。上面紫、白、绿这些前缀指的正是僵尸身上那些毛的颜色。至于这些毛的长度，有的说是像裘皮一样，只有短短的一层，有的则说足有一尺来长，简直像蓑衣一样蔚为壮观。

而关于僵尸的形象，除了长毛以外，还有就是眼窝深陷，身体僵硬，枯瘦如腊，只在夜里出没，双眼还会发出幽幽的光来，力气也要比人大得多，但仅限于夜里，一旦天亮后便会失去行动能力，变为一具普通的尸体。

纪晓岚就提到，一人少年时曾经遇到过一个僵尸，最初还很英勇地想跟僵尸搏斗，但很快就发现自己的拳头打在僵尸身上就像打在石头上一样，僵尸一点儿没事反而自己疼得要命。见力量实在悬殊，少年转身逃走，不想僵尸速度奇快，几次差点儿被其捉到，幸亏路边有棵大树，少年急忙爬到了树上，僵尸身体僵硬，爬不上去，只能绕着树不停转圈，一直到天亮后才倒在树旁不动弹了。

后来路上逐渐有了行人，少年才敢下树察看，只见那僵尸浑身都长满了

僵尸

少年转身逃走，不想僵尸速度奇快，几次差点儿被其捉到，幸亏路边有棵大树，少年急忙爬到了树上，僵尸身体僵硬，爬不上去，只能绕着树不停转圈，一直到天亮后才倒在树旁不动弹了。后来路上逐渐有了行人，少年才敢下树察看，只见那僵尸浑身都长满了白毛，瞳仁般红如朱砂，十指弯曲得像是铁钩，牙齿暴露在外面像是利刃一样，不过因为天亮了的缘故，此时的僵尸已经重新退化为尸体，全然没了之前的威风。

白毛，瞳仁殷红如朱砂，十指弯曲得像是铁钩，牙齿暴露在外面像是利刃一样，不过因为天亮了的缘故，此时的僵尸已经重新退化为尸体，全然没了之前的威风。

有的僵尸喜欢吃人肉，有的则喜欢喝人血，还有一种飞僵，据说可以进化为飞天夜叉，每到了夜里便会飞来飞去地捉人或者损坏庄稼……如此说的话僵尸有时可能还喜欢吃粮食或者是生活在庄稼里的小动物和昆虫之类。

但总而言之，僵尸最喜欢吃的还要数人血，有时即使是吃肉，也要顺便把猎物身体里的血喝干，可见僵尸对血的喜爱程度。

吴江县有一个姓刘的秀才，靠在临县一户人家教书为生，清明时回家扫墓，事情办完后便准备回去教书，头一天晚上便嘱咐妻子说："我明天就要出门了，你要早点儿起来为我准备饭。"

第二天一大早，其妻子便起床给丈夫做饭。刘书生家依山面河，其妻又是去河中淘米，又是去园中摘菜，忙活了一大遭，等到饭做好时天也就大亮了。可等妻子把饭菜都摆上桌，叫丈夫出来吃饭时却没人答应，进到卧室里去催丈夫也是一点儿反应都没有，妻子疑惑地走到床前一看，惊愕地发现床上只剩了一具无头尸体，而且周围一点儿血迹都没有。

妻子惊骇不已，忙跑出去叫人，可等众人赶过来一看情况，却都怀疑是刘书生的妻子有了外遇，和奸夫合谋杀人，其妻百口莫辩。官府来人后也觉得妻子嫌疑很大，于是便将她抓进了牢里，但因为没有确凿的证据，所以这案子只能是悬而未决。

过了好几个月，一天，刘书生的邻居上山砍柴，在半山腰偶然发现一座荒冢塌掉了，露出了里面的棺材，棺木还很完整，但上面的棺盖却有移动过的痕迹。这人怀疑是有人盗墓，便叫了一帮人来开棺。结果等棺材一打开，众人发现棺中尸体的脸色竟还像活着一样，浑身都长满了白毛，放在胸前的双手里像是抱着什么东西，人们拨开旁边的白毛一看，竟然是刘书生的那颗头颅。

众人急忙报了官，官员到了后便下令把那头颅取出来，可是好几人围着棺材忙活了半天，根本取不出来，最后只能是用刀将僵尸的胳膊给砍了下来，一刀下去，胳膊里居然流出了鲜血，而等到察看刘书生的头颅时，却发现里面已经一点儿血都没了，恐怕早就被僵尸给吸光了。

绝大多数僵尸都是没有意识的，是完全的异类，甚至比妖怪和人的关系都要远。但有的故事里的僵尸也是有意识的，而且和活人没什么不同。

一个叫作任三的更夫，每夜二更时总会路过一座小庙，每次路过时都能看见一个人偷偷摸摸从那庙门里出来，之后等到五更他从这条路经过时又看到那人偷偷摸摸地进到庙里去。如此好多天，任三以为是庙里的和尚在做什么见不得人的勾当，于是便想趁机敲诈和尚一笔。

第二天，任三准备趁那人再出门时抓他现行时，竟发现那人面容枯黑得就像腊肉一样，眼眶也都塌陷了，肩上挂着褡裢，走路时里面还有窸窸窣窣的动静。任三心知他这些天看到的根本不是人，而是僵尸，同时也想起了这些天里他听来的那些可怕的传闻。第二天，任三便到庙中问那里的僧人知不知道僵尸是哪来的，僧人回答说："庙中确实停放着一口棺材，是我师祖在时不知谁寄存在庙里的。"任三怀疑那僵尸就是棺材里的那位，却又不敢肯定，便把这事对自己的朋友们讲了，其中一个朋友就对他说："我听说僵尸最怕红豆、铁屑和米，可以每样买上一些，等到夜里二更僵尸出门后，便把这些东西撒在他的棺材四周，他不就不能回去了吗？"

任三觉得这方法不错，第二天夜里，等到那僵尸走远后，便趁机进到了庙里，一番搜索后发现空地上的那口棺材的棺盖已经被掀开了，里面空空如也，尸体已经不见了。任三立即行动，绕着棺材将三样东西密密地撒上了一圈，之后就又回到了自己住的更楼上。

五更时，辗转反侧的任三就听见楼下有人怒气冲冲地喊"任三"，任三试着问对方是谁，那声音答道：“我是长眠在寺庙里的那人，因为没有子孙，已经太久没受过祭祀，实在难忍饥饿，所以才夜夜外出谋食。不想而今被你小子陷害，不能返回棺里。这样下去我就要死了，你快点儿起来，把那些红豆铁屑都给移走！”

任三一听竟然是僵尸找上门来，吓得根本不敢回答，于是那个声音又喊道：“我跟你有什么仇，何苦要如此为难我?！”任三则暗想：“我帮他把东西都移走了，他进到棺里之前必然会先杀我报仇，那时候我岂不是逃都逃不掉！”于是无论下面怎么喊，他就是不回答。

后来天逐渐亮了，僵尸先是哀求，而后改为咒骂，之后就没动静了。天完全亮后，有从楼下经过的人看见尸体倒在门外，急忙报了官。后来将事情弄明白以后，便将僵尸放进他的棺材中一起烧掉了，那之后可怕的传闻才逐渐消失了。

牛僵尸

江宁县有一户人家养着一头母牛，十几年时间里生了二十多头小牛，为主人家赚了不少的钱。后来牛上了年纪，没法再下地耕田了，于是便有屠户上门要来买牛，但主人却因为牛这些年的功劳于心不忍，甘愿就这么养着它，后来牛老死了，主人也没吃它，而是像对待人一样找了块地方将牛给埋掉了。

结果就在埋掉牛后的当晚，这户人家就听见有东西在撞自家的大门，一连好多天都是如此。开始，还没人想到会是这牛作怪，后来过了一个月，一到夜里整村人都能听见有牛在叫唤和踏蹄的动静。这家人没办法，只好到埋牛的地方将牛又给挖了出来，结果发现明明已经过了这么久，牛尸体却一点儿都没有腐烂，双眼灼灼有光，就像活着一样，四蹄上还沾着稻芒，像是夜里破土而出时留下的。

这家人大怒，命人砍掉了牛的四蹄，并剖开它的肚子塞进了各种秽物，之后过了一阵子再看时，牛尸体已经腐朽了。

画僵尸

在古人的分类中，僵尸可以分为两种，一种是像上面提到的那种——已经死去了很久，身体也开始发生改变，甚至都长毛了，这种是普遍意义上的僵尸。还有一种现在人们俗称为“诈尸”，古人称“走尸”的现象，有时也被称为僵尸。

这种僵尸往往是在人死后不久形成，而且持续时间很短，虽然也能跳起来伤人，但过不了多久就又自己躺下了，那之后也一般不会再跳起来。这种僵尸最大的特点是可以和人的气息相感应，人走他就走，人跑他就跑，人要是不动，他也就跟着不动，于是也才出现了如标题所言“画僵尸”之事。

杭州的刘以贤，善于为人画肖像。一天，邻居的老父亲去世了，便过来请刘以贤给父亲画遗像，以给子孙留个念想，刘以贤欣然答应。等刘以贤到了邻居家以后，他才发现家中居然一个人都没有，刘以贤却也不害怕，心想死者一定是住在楼上，于是便一个人上去了，之后坐在死者床边，照着他的相貌便开始画起来。

画到一半，床上躺得好好的尸体蓦地坐了起来，刘以贤吓了一跳，但马上反应过来恐怕是走尸了，于是便十分镇定地原地坐着不动，而那坐起来的僵尸果然也就没有动，只不过一直在张嘴巴，挤眉头，像是在搜寻什么似的。僵持了片刻，刘以贤心想：如果自己跑，那僵尸肯定也会跟上来；而要是一直坐在这里，那闲着也是闲着，不如接着画好了。于是便重新摊开纸，照着僵尸的容貌画起来，画时胳膊手指每动一下，僵尸也就跟着动一下。

过了一会儿，邻居总算回来了，但等到他一上楼，见到自己父亲居然坐起来了，吓得当时就晕了过去，后面的人上来一看，则立马掉头跑下楼去了。刘以贤没办法，只好继续强忍着等人来。

又等了一会儿，送棺材的人来了，刘以贤听见楼下有动静，想起走尸怕笤帚，便忙喊说："快拿笤帚上来！"抬棺材的人这种情况见得多了，一听要笤帚，立马知道是走尸了，拿上笤帚后小心翼翼地上了楼，之后用笤帚轻轻一扫那僵尸，僵尸便又躺回到了床上。

绿毛怪

芮城县中有座庙，庙里供着关羽、刘备和张飞三兄弟的神像。一年中庙门绝大多数时间都会被锁起来，只有在春秋两季祭祀时才打开。因为据传庙中有怪物，连掌管香火的僧人也不敢住在里面。

一天，有一个人赶着上千头羊途经这里，天黑了没地方可住，就求当地人能不能让他住在庙里，人们劝他说庙里有怪物，还是别住的好，可贩羊人不听，笑着说不碍事，人们没办法，只好打开了庙门，让他住了进去。

虽然贩羊人嘴上说着没事，但心里多少也有些忐忑，一直熬到三更天仍是不敢合眼。忽然间，只听神座下面轰隆一声，之后一道黑影就跳到了地面上，贩羊人看见这怪物足有七八尺高，头面部像人，两眼有胡桃那么大，眼圈深黑而且放着光，自脖子以下长满了绿毛，毛茸茸得如同蓑衣一样。

怪物对着贩羊人看了看，又耸耸鼻子，之后便伸出有如利爪的双手冲了上来，贩羊人挥舞起手中的羊鞭抽打他，怪物却像感觉不到一样，一把夺过了贩羊人的鞭子，塞进嘴里咬碎了。

贩羊人自知不敌，狂奔着逃出了庙门，怪物在他身后紧紧追赶，贩羊人见路旁有棵古树，便连忙爬上了树，伏在了枝头最高的地方，怪物在树下瞪着眼看着，却无可奈何。

良久，天亮了，路上开始有了行人，贩羊人便壮起胆下了树，之后发现怪物居然不见了。贩羊人不甘心，将自己的遭遇告诉了当地的居民，于是大家一起进到庙里去找，一阵搜索后发现在神座底部有一道裂缝，从缝里汩汩地冒着黑气，众人不敢轻举妄动，连忙报了官。县官来后，便命人将神座移开，之后向下开始发掘，一直挖了一丈多深，终于从地下挖出了一具朽棺，棺内有一具僵尸，身上长满了绿毛，正如贩羊人所见的那样。于是众人聚起柴堆将僵尸一把火烧掉了，此后庙中的怪物便再没出现过。

干麂子

所谓干麂子，其实也是僵尸的一种。古时云南多矿，但因为开采能力差，矿井之中经常发生崩塌事故，有时正在井中工作的矿工甚至会被活埋在里面，或几十年，或上百年，其人被土金之气所渗透，虽然身体没有朽坏，也有意识可以行动，但实际上早就已经是死人了。

有时地下挖矿的人在向前掘进时，偶尔便会挖到已经变成了干麂子的人，干麂子见到活人十分欢喜，会向人诉苦说这地下冷得要命，想要一口烟抽，人给了他烟，转瞬之间就都抽光了。之后干麂子便会长跪在地哀求人带他出去，挖矿人则趁机说："我到此是为了金银而来，没有空手出去的道理，你可知道矿脉在哪儿？"干麂子便会自愿当向导，带人找到矿脉所在。

等到挖矿人带着干麂子走到洞口时，则会骗干麂子说："我先出去，然后放下竹篮来接你出洞。"等这人上去之后，便会放下竹篮来让干麂子坐到里面，然后等到向上拉到一半的时候，便会将绳子剪断，干麂子往往会直接被摔死。

有次一个挖矿人太善良，不忍将如此信任自己的干麂子就这样摔死，竟将矿中的七八个干麂子全都拉了上来，结果这几个干麂子刚一出洞口，一见风，其衣服和身体便瞬间化为一摊血水，气味腥臭无比，凡是闻到的人不久就都得病死去了。从此后拉干麂子上来时便必会将绳子剪断，生怕拉他上来后会受其毒气而死。又相传，如果在矿井中遇见干麂子时人的数量远胜于它，便可以将干麂子绑起来之后靠在墙壁上，然后用泥将它整个封起来糊成一座土墩，上面再放上一盏灯台，干麂子便不能作祟了；而若是人少而干麂子多的话，那人便会被干麂子缠到死也别想出洞了。

14. 黑眚

黑眚类似于瘴气，望上去就是一片黑色的浓雾，气味腥秽刺鼻，人只要吸入一点儿便会晕厥，时间长的话便会置人于死地。黑眚与瘴气的不同之处在于，瘴气是自然现象，而黑眚则是妖怪。历史上从乡间到城市，甚至是京城乃至皇宫中都有黑眚现身的记录。

黑眚可以幻化为各种野兽，有的传说里，黑眚形状像猫，会背着一股黑气从窗户突入人的房中，此时如果房间里有人的话便会立即昏迷过去；还有传说说，黑眚能够化为猪狗甚至人类的模样，将走夜路的人的皮肤刺伤，伤口不大，但却会流出黄水，因此病死。黑眚在传说中最初是在夜里出现，后来白天也能见到，持续一个多月才因为一场大雨而消失。还有传说黑眚形状如人，或者蹲坐着像犬，浑身颜色漆黑，连五官都看不清，每每在夜间出没，抢夺人家的小孩为食。

大多数时候，黑眚没有上面所说的那么恐怖，只是团黑气，如《子不语》就提到，在某座城的郊外有很多古墓，古墓间生活着一种怪物，形状略像人脸，但却没有实体，只是一团高一丈的黑雾而已。这怪物只在夜里出没，白天则会消失不见，出现时一旦遇上人，隔着老远便会发出如霹雳一般的动静，而这动静只有看到它的人才能听见，其他人是听不见的。

等到霹雳声静下来以后，这团黑雾便会渐渐扑过来将人包裹在其中，散发出的气味又腥又臭，人稍微一闻到便会晕厥过去，甚至有人因此而丧命。有黑眚出没的那条路因此也就成了禁地，一到天黑后便没人敢走了。

后来有一个盐贩从别的地方趸货回来，路上喝多了酒，将黑眚的事忘得一干二净，为了抄近路而误入了禁地。结果走着走着，前边的路上就突然出现了一团黑雾，挡在路中央不停咆哮，盐贩连忙拾起扁担砸向那团雾，却丝毫不起作用，惊慌失措中，盐贩竟抓起竹篓中的盐撒向了那怪物，只见那怪物开始向后退却，并逐渐地缩进了地面里。盐贩见这法子管用，干脆举起竹篓来直接将里面的盐全都倒在了怪物缩进去的地方，然后头也不回地逃走了。

第二天早上，盐贩又返回了昨晚遇见怪物的地方去查看，发现自己的盐还堆积在地上，只是本来白花花的盐全都变成了殷红色，而且带着一股腥臭气，四周还洒落着许多血点。自此之后，在这条路上为害的妖怪便消失了。

恶气

恶气同属黑眚之类，只不过黑眚是黑雾，恶气却是白雾。

唐代有一人因为自家田里的稻谷还没收获，为了防止被偷稻，每到夜里便会到田间看守。一夜，这人正骑着马绕着自家田地巡查，突然马止步不前，任凭这人怎么鞭打，只是目不转睛地朝东看，像是有所警觉一样。这人于是便望了过去，借着月色，见离自己百步远之外的地方，有一团东西正沿着路缓缓移动，颜色看去就像老树皮一样。这人吓了一跳，连忙将马闪到了道左几十步的地方，等着这东西接近。

过了一会儿这东西走近了，这人发现原来那竟是一团白雾，高度有六七尺，隔着老远就能闻到一股腥味，让人直反胃。雾中还隐隐传来一阵阵痛苦的呻吟声。雾经过这人面前后便继续向西而行。这人便尾随在白雾的后面，保持着三五十步远的距离，一直跟出了一里多远，前边已经可以看到人家，白雾飘到了一座宅院门前，之后就透过门缝进到了里面。

等到这人赶上来的时候，就听见那宅院里有人疾呼道：“牛棚里的牛就要死了，快找人来！”紧接着又有声音喊道：“后舍的驴突然倒在地上，怕是救不活了！”过不多时，宅中就又传来了哭声，这时门里忽然出来一人，这人便装作过路的样子上前问宅中是怎么了，其人答道：“主人儿子才十几岁，忽然就死掉了。”话还没说完，宅子里就又传来了哭声和喊叫声，此起彼伏。一直到后半夜，声音才渐渐弱下来，等到天快亮时那宅子就已经如死一般寂静了。

这人心知这家人恐怕凶多吉少，忙叫来邻居一起去叫门，半天却也没人答应，众人只好破门而入，等进到里面一看，这家中十几口人居然一夜之间全部暴亡，连所畜养的家畜也无一生还。

15. 龙母

古时的龙母传说有两种，一种是未婚女子产龙，因此被称为龙母。

清代的一本书就记载道，常州的清明山上有一座白龙娘娘庙。相传明末时山后住着一对老夫妻，夫妻二人唯有一女，十七岁时就要出嫁了，在除夕的那天晚上，女孩忽然梦见一个白须老翁从天而降，将两颗鸽子蛋大小的药丸交给了女孩。女孩接过药丸回到了自己家里，进门后想要将门锁上，可是手里拿着药丸很不方便，于是便将其放在自己嘴里含着，却不想刚放进嘴里，就不小心咽了下去。梦豁然而醒。

后来婚期日渐临近，女孩的肚子却也逐渐大了起来，外人见了不禁开始传播流言蜚语，女孩无法证明自己的清白，更不堪忍受身边人的非议，只能投井而亡。第二天，山上的人忽然望见井上覆盖着一片白云，俄而两条白龙便自井中飞腾而出。后来人们打捞出了女孩的尸体，焚化后取其遗骨塑成了神像，奉其为白龙娘娘。据说向其祈雨极为灵验，而且每年五月时两条白龙还会回到庙中朝拜，因此香火极为旺盛。

类似的传说有很多，都是年轻女孩未婚先孕，被流言蜚语逼得或者离家出走，或者投水自尽，等到产下龙以后人们才“恍然大悟”，知道是错怪了女孩，之后才将以前他们自己炮制的流言一笔勾销，以至于为女孩立庙。可人们为女孩立庙的原因却也并非是因为他们觉着冤枉了那女孩而心有愧疚，而是因为他们认为女孩是龙母，所以可以对着她祈雨——到头来他们想的还是自己！

另一种龙母传说则是将一位和一条幼龙相依为命的老妇人称之为龙母，而结局则同样很令人悲伤。

传说邛都县里有一个老妇人，家中只剩自己一人，过着清苦孤独的日子。每次吃饭时，总会有一条头上长着一对角的小蛇在床头爬来爬去，像是想要东西吃却又不敢靠近的样子，老妇人看着于心不忍，于是每次都会把自己本就不多的饭食分一些给这小东西吃。

就这样日子一天天过去，小蛇在老妇人的喂养下逐渐长大了，后来竟长到了一丈多长，光靠老妇人自己肯定是养不活它了，所以角蛇每天都得自己出去找饭吃。一次，外出觅食的角蛇忽然发现有一匹高头大马正在路边吃草，看起来像是很好吃的样子，于是便张口用力一吸——古人认为蛇捕猎是用吸的，就像鲸鱼吃小虾米那样——那匹马瞬间就被吞进了它的肚子里。

可这下角蛇却闯了大祸，因为那匹马竟是县令养的，宝贝得不得了，而今竟被它给吃了。县令得知后自然是不肯善罢甘休，一番调查后发现这蛇居然还是人养的。县令火冒三丈，带人找到了老妇人家，喝令她立即将那吞掉自己马匹的大蛇给交出来。而这时的老妇人恐怕都还不明白发生了什么，只是听到县令他们要找蛇，便指着床头说："就在床下边呢。"

县令于是命人在老妇人指的地方开始挖，最初地面上只有一个很小的洞，结果越往下挖洞就越大，可是不管再怎么挖，却始终不见那条蛇的踪影。在一旁等待的县令完全失去了耐心，将一腔怒火全都发泄到了老妇人身上，认为全是因为她养了这个怪物，自己的马才会被吃掉，因此她就是罪魁祸首，于是县令下令将老妇人杀死以泄愤。

过了没多久，无论县令走到哪儿，他身边总会有人突然失去意识瘫倒在地，很快又突然苏醒，之后怒睁着双眼指着县令大骂道："为什么要杀我母亲？

我要为母亲报仇！”每到天黑，整座县城都会被恸哭的雷声和风声所笼罩，彻夜不休。

如此过去了四十多天，更奇异的事情发生了，人们走在街上，一抬头看见迎面而来的人，彼此必会同时发出这样的惊问：“您头上怎么戴着条鱼呀？”是呀，仿佛一夜之间，人人的头顶上都多出了条鱼来，后来人们才知道，这是人将化为水中之物的预兆。

当天夜里，方圆四十里之内全都被洪水吞没，陷为一片湖泊，当地人称其为陷湖。在那场史无前例的灾难中，全城所有的建筑一夜之间完全沉入了水底，只有当初老妇人住的那座房子安然无恙，化为茫茫大水中的一座孤岛，据说直到几十年后有人将这件事记录下来时仍还屹立着。当地的渔民在湖中捕鱼时如果突然遇上了风浪，只要将船摇到那座房子旁边就好了，那里总是风平浪静。

龙子

相传在古时的巢州，一日江水暴涨，水位几乎没过了城墙。等大水退去后，人们在城外的护城河中竟发现了一条足有几十丈长的巨鱼，浑身披着金色的鳞甲，背上生着血红色的鬣毛，双眼一闪闪地发着电光，困顿地卧在浅水中，进退不得。全城的人都跑出来看热闹，没人能说出这鱼的名字，也没人关心这鱼还能不能回到水里。

三天后，巨鱼在阳光的暴晒下终于死去了，城中的人得知后无不欢喜雀跃。人们争先恐后地将巨鱼身上的肉割了下来，抬去集市上以极低的价钱出售，全城人无论贫富几乎都尝到了巨鱼的滋味。

在一条巷子里，住着一个孤苦无依的老婆婆，有一个去城外割肉的人在将肉抬回来后，便送了几斤肉给她，老婆婆却不肯吃，将肉挂在了门外边。

过了几天，有一个须发雪白的老翁来到老婆婆家敲门，等到老婆婆开门后便操着很奇怪的口音问说：“前几天人人都吃了那大鱼的肉，只有你不吃，而是将肉悬在了门外边，为什么？”老婆婆答说：“我听说一条鱼如果长到数百斤的话，那就不再是普通的生灵了，而今这条鱼少说得有上万斤，我恐怕它是龙，所以没有吃。”

老翁慨然道：“这是我儿子的肉呀！我儿不幸遇此大祸，死后还被人吃进了肚子里，尸骨无存，真是让人痛断肝肠，我绝不会饶过那些吃我儿子肉的人。可是既然你没有吃，所以我也会报答你。你听好了，若是什么时候东寺山门外的那头石龟的眼睛变红了，此城就将陷落为湖，你见到后便要立即出城，不要做任何停留。”说罢，老翁倏然不见。

自那以后，老婆婆每天都会到东寺去一趟，看那寺庙门前的石龟的眼睛是不是真的变红了，如果没有就掉头回家，也不进庙里去。如此过了多日，一个总在寺外玩耍的小孩子感到很好奇，就问老婆婆为什么天天都来庙门前转一遭，却又不进去？老婆婆便将那老翁对她所说的话如实讲了。

这孩子听说后，觉得那纯属无稽之谈，但看着老婆婆笃信的模样，心里顿时起了个坏主意，想要捉弄她一下。这孩子不知从哪儿弄来了一些朱砂，之后用毛笔蘸着将石龟的两只眼睛都给涂成了红色，之后就回家了。第二天，老婆婆又来到了寺外，刚准备像平常那样看一眼就回去，却突然发现今天这石龟好像有些异常，她急忙揉了揉眼睛，又往前凑近了几步，这下，她看得清清楚楚，石龟的眼睛竟真的变红了。

不明真相的老婆婆被眼前的景象吓得几乎说不出话来，“逃……逃吧！”心里只剩下了这一个念头，她颤颤巍巍地转过身，头也不回地朝城外而去。

等出了城，立马就有一个穿着青衣的童子迎了上来，一把牵住老婆婆的胳膊道：“我是龙的小儿子，来接婆婆出城。”一边说，一边带着老婆婆朝着山上而去，一路上，老婆婆听见背后传来震耳欲聋的咆哮与全城人绝望的呼喊，可她不敢回头，只能一直不停地往山上走，直到自己的耳边只能听到类似大海的波浪声与悲凉的风声。

“好了婆婆，我们歇一会儿吧。”青衣童子放开了拉着老婆婆的手，坐在了路边的石阶上。老婆婆往回望去，那座她曾经住了大半辈子的城池已经完全不见了踪影，只剩下了一片汪洋，波光粼粼的水面下有一群群的鱼儿懵懵懂懂地游来游去。

16. 鼠精

《玄中记》记载道：百岁之鼠化为蝙蝠。可见在古人心中老鼠虽然是卑鄙贪婪的象征，却也算得上是一种灵物。据说在六朝时，一伙荆州来的兵马驻扎在当涂县，才住下没多久，一只妖怪居然也跟了过来，平时只闻其声不见其形，说话时的声音又尖又细，有时听着像是从房檐上发出来的，有时则又像是躲在庭院里的树上。这妖怪可以为人占卜吉凶，而且在开口之前，还要让人在一边弹起琵琶来，跟着节奏边弹边说。

当时有一个叫郗倚的长史，听说后便专程赶来问这妖怪说："你看我能不能升官呢？"妖怪答说："过不了多久您就要当将军了。"没过几天，郗倚果然被封为南蛮校尉。后来有人到了荆州，便问当地人知不知道这种妖怪，他们回答说："这是老鼠干的，我们都称呼它叫鬼侯。"

在另一个故事里，老鼠则同样拥有未卜先知的能力，只不过这次所预知到的是自己悲催的命运。

故事讲到，一天夏夜，一个姓卢的御史看着庭院中月色正好，就想出去透透气，结果刚走出房间，就听见房子西边的台阶下边传来一阵说说笑笑的声音。御史很好奇，就蹑手蹑脚地走过去看。发现在台阶下居然坐着七八个只有不到一尺高，而且全都穿着白衣服的小人，他们男男女女杂坐在一起，食器酒器完备，只是都是微缩的。

众人喝了一会儿酒，席中一个人忽然说："今晚上咱们还能在这里饮酒作乐，可是白老眼看就要来了呀，这可如何是好！"并因此唉声叹气起来。过了一会儿，所有人就全都抹着泪走进了一条阴沟里，不见了。

几天以后，官署内来了一个新官员，其家里正好养着一只猫，而那猫的名字正是白老。那官员举家搬进来的第一天，白老自然也跟了来，一进到官署里，白老就直奔西阶之下，在那里的地洞里抓出了七八只白老鼠，挨个儿将它们咬死了。

咒鼠

咒鼠和普通的老鼠外形上没有任何区别，但却可以用自己的性命为抵押去诅咒他人，如果诅咒成功，对方就会暴亡，但是如果失败了，那死的就是自己了。而就目前看到的资料来说，咒鼠还没有一次诅咒成功的时候，往往被它诅咒的人最后一点儿事没有，反而自己先把命丢了，想来也是可怜。在下一个故事中，咒鼠和某人斗智斗勇，大有成功之势，结果却还是功亏一篑，给人家白当了一回看门的。

据说在六朝时，有一个叫终祚的僧人，一天正在僧房里躺着，一只老鼠忽然从洞里钻了出来，冲着终祚大喊道："终祚！你某月某日必死！"等终祚听见动静忙起身时，那老鼠已经钻回洞里去了。

终祚坐在床边，回想着老鼠刚才的话，十分厌恶，于是便喊外面的仆人牵狗过来要捉老鼠。结果话音刚落，那老鼠就又从洞中冒出头来道："我可不怕这个，那狗一踏进这门来，必死无疑！"片刻过后，仆人牵着狗走了进来，刚一进门，那狗就浑身瘫软倒在了地上，一会儿就没气了。

终祚不由得大惊，忙起身走到仆人身边悄声道："你马上去市场里雇几个担水的人来！”没想到话刚一出口，老鼠也就立马知道了，冷笑着对他道："不就是想用水来灌我的洞穴吗？放心吧，我的洞穴四通八达，无所不至，你灌再多的水也没用！”后来仆人领着人对着洞穴灌了整整一天，果然一点儿用都没有。

终祚不死心，又让仆人再多雇了三十人来接着灌，老鼠听后对其道："到时候我就去房梁上住，你能奈我何？”等到仆人将新雇的人带来时，那老鼠果然就已经跑到房梁上去了。终祚的这个仆人名叫阿同，站在房梁上的老鼠便对终祚道："阿同盗了你整整二十万钱，你还不知道吧？”终祚带人到府库里去调查，发现居然真的少了二十万，而等到终祚想要找阿同算账时，他却早已经溜了。

终祚是真没招了，当时他正好打算要出门做买卖，于是干脆将房门一锁，对着房里的老鼠道："你这是想要让我发财呀。我就要出远门了，你就守在这房里吧，记住，不许出一点儿闪失！”说罢便放心地离开了。

后来等到终祚回来时，打开门一看，发现房里果真一样东西都不少，而那只老鼠也已经不见了，大概是觉得没人陪它斗了，所以便自己离开了吧。

魇鼠

在唐代天宝年间，在邯郸县境内常有魇鬼出没，每到一村，都会停下来作怪上十几天才走，百姓们都习以为常了。

一天夜里，有三个卫兵到村中投宿，那户人家的老婆婆为难地对三人道："我不是怕你们几位住，只是我们这地方正在闹魇鬼呀。三位要是住在这里必然会被魇鬼骚扰，你们可要有些心理准备，那东西虽然不至于要人命，但却也够人难受一阵的。"三人都说不怕鬼，于是便住下了。

二更后，躺在前榻的两个人都已经睡熟了，躺在后面的那人也睡了一会儿，但没多久就惊醒了过来，他看到有一个东西从门外走了进来，形状像老鼠一样，黑乎乎的脸上长满了毛，身上则穿着一件绿衫，手中还拿着一条长五六寸的笏板。

只见这怪物持着笏板，弯腰弓背偷偷摸摸地走到了熟睡的两人床前，之后冲着他们吹了口气，二人便顿时陷入了可怕的梦魇之中。之后怪物便开始朝着床后的第三人走了过去，却不想这位压根儿没睡，刚走到跟前，还没来得及吹气，那人就突然伸出手来一把将它的腿给攥住了。

那人本来以为这怪物准会激烈反抗，结果怪物像是被吓呆了一样，被攥住后便一动都不动了。那人握着怪物的腿，感觉浑身都像被冰水泡着一样寒冷，可却始终咬着牙坚决不放。后来过了一阵子，先前的两个人便也恢复了过来，于是三人开始轮流地握着那怪物的腿，防止其跑掉。

就这样一直僵持到了天亮，闻讯赶来的村民一时全都拥进了老婆婆的家中，三个卫兵于是便当着众人的面，讯问这个怪物究竟是何来历。刚开始，怪物还不肯说，三人怒道："你要再不说，我就支起油锅来炸了你！"说罢就开始向村民借起锅来。

怪物见他们来真的，赶忙如实招道："我乃是千年老鼠。如果能够魇够三千人的话，便可以化为狐狸了。不过，我虽然魇人，但这并不会对人造成什么危害。你们要是肯放我的话，我一定会逃到千里之外去，再也不敢回来了。"三人见它还算诚实，而且也确实没犯下什么大罪，于是便将它放了。

17. 蛇妖

在古代，人们对于蛇的印象，一个是体形庞大，一个是毒性剧烈。古代被赋予了灵性的动物不在少数，可是无论这些灵物外貌如何变幻蜕化，修行如何增长积累，体形一般是不会变的，该多大还是多大。可是蛇却不一样，蛇的体形似乎可以无限增长，如《山海经》中的巴蛇就庞大到可以吞食大象，而《玄中记》中所记载的那条盘绕在一座山上的大蛇更是居然有整整九万里长，靠陆地的动物根本吃不饱，只能将头垂向大海里，也不知是仅靠喝海水混个水饱，还是靠吃海里的鱼类来填饱肚子。

后来到了唐代，关于蛇体形的传说逐渐收敛了些，不再像从前那样过于巨大,但还是动辄以里为长度单位,一般的妖怪完全望尘莫及。一个故事中就讲到，唐代某个地区的刺史职位就像是受到了诅咒一样，先后好几个官员都死在了任上，朝廷感觉一定事出有因，便派了一位行伍出身的将军去当这刺史，希望他可以查出数任刺史死亡背后的真凶。

将军到任后，一天夜里独自睡在府衙的前厅中，二更之后，只见房檐上有一个黑乎乎的影子起起伏伏，就如同一条大船一样，两只眼睛像两盏大灯笼，两眼之间的距离隔着好几丈远。将军凛然不惧，正色问道："敢问是哪位神灵来访？"对方答道："不是神，是大蛇。"将军于是问蛇能不能换个形象出来和他相见，对方答了声诺，不多时，一个穿着青衣的男子便走进了厅中。

将军请他入座，之后问道：“你因何两次三番杀戮官员？”蛇十分委屈地回答：“不是我杀的他们，我根本没有杀心，是那些人害怕，自己把自己吓死了。”将军又问：“你说你没有杀心，那你屡次闯进府衙中来做什么？”蛇回答：“我是遇到了困难，所以才想来找这里管事的帮忙的。”将军问是什么困难，蛇道：“我还是条小蛇的时候，稀里糊涂钻进一座古墓里，后来体形逐渐长大了，才发现已经钻不出去了，时不时地有些狐狸兔子之类的动物跑进墓里来，我才有机会饱餐一顿。直到如今我已经完全长在土里了，求死不得，所以才来求使君帮忙。”

将军于是问说：“如果是这样，我叫人把你挖出来怎么样？”蛇道：“我如今的身体在地下蜿蜒了十余里，如果我就这么出来，整座城都会因此塌掉的。”将军问那该怎么办。蛇道：“在城东几里远有个小村子叫王村，村西有一棵楸树，使君明日可命人前去掘树，当挖到树下二丈深时，会发现一个铁盒，只要将那个铁盒打开，我就可以解脱了。”说完便告辞走了。

第二天，将军便命人去村中发掘，果然挖到一个铁盒并带回府衙中，将军沐浴更衣后，毕恭毕敬地打开了铁盒，蓦然间，一条青龙从盒中飞腾而出，径直飞往了那条巨蛇潜身的地方将其断为两截。蛇死之后，府衙中的怪物也就消失了。

提起蛇的毒性来，那就更是蛇的强项了，不过古人总是善于夸张的，所以有时会将本就可怕的毒蛇描写得更为骇人。

某个官员曾出差去广州，在那里听说了一件怪事：某一天，有一个人提着一个竹笼走在集市上，边走边说道：“你们可曾见过双头蛇吗？你们见过的双头蛇，无非是一个身子上分出两个头来，我的双头蛇和那些都不一样，乃是首尾各有一头，你们可想见见吗？”众人一听，全都来了兴趣，围在这人周围让他亮出蛇来给大伙儿瞧瞧，这人于是便将竹笼中的蛇给倒了出来，众人一看，这条二尺多长的蛇果然是不仅前边长着一个脑袋，尾巴上居然也长着一个脑袋。

大家正惊叹之际，一个在集市上卖艺的人见了，对蛇的主人说："我跟蛇打了一辈子交道，平时就靠着摆弄蛇来赚钱，抓蛇时从来不管它毒不毒，你这蛇可敢让我碰碰么？"蛇主人笑着答道："您随意。"

卖艺人见其应允，俯下身便去抓蛇的脑袋，这本是他屡试不爽的伎俩，却不想就在他捏住那条蛇的前一个头时，后面的那个头就像毒蝎的弯尾一样出其不意地狠狠咬了他一口。卖艺人大叫一声，连忙将蛇给扔了，之后叫人取来药粉敷在了伤口上。可是却完全不起作用，疼痛越来越厉害，被咬的地方也有些发肿，很快，随着疼痛的扩散，卖艺人的全身竟都肿了起来，没一会儿就死掉了。

卖艺人死后，他的身体便开始像是被吹起来了一样不断地膨胀起来，身体里的骨肉则全都化为清水，顷刻之间，整具尸体就好似一个巨大的贮水的水袋一般。不一会儿，水从尸体中溃破，于是卖艺人的身体就都化尽了，尸骨无存。而那条双头蛇和它的主人则不知何时早已离开了。

选仙场

据说南中有一处选仙场，其实就是一片开阔的空地，正好处在一座悬崖峭壁之下，峭壁顶上有一座洞穴，人们都传说洞穴中住着神仙，每年中元节那天，洞里的神仙便会挑选一个修道的人飞升。

于是想要成仙的道士们便在悬崖下修筑了一座高坛，每到神仙选人的日子来临前，四面八方的道士们便都会聚集于此，大设斋醮，焚香祝祷。如此一连七天之后，众道士便会一起推选出一个修行最高的人，为其盛装打扮，将其送到高坛上，其他人则都退到台下，远远望着。

蛇精

猎人在洞中一阵寻找，却全然没发现仙人的踪影，反而找到了一具已经腐烂了的巨蟒尸体，而在巨蟒旁边，还有着一座人的骸骨堆起来的小山。这下人们才知道，那些所谓飞升了的道士其实都是当了这巨蟒的点心，而所谓的五色祥云，正是蟒蛇吐出的缕缕毒气。

不多时，便会有五色祥云徐徐自洞口而出，飘然来至坛前，站在坛上的人便会缓缓踏上祥云，凌空而去，在坛下观望的人们无不涕泪横流，又感动又羡慕。每年都是如此。

这一年又有一个道士被选为飞升之人，眼看着成仙的日子一天天临近，他的一个做和尚的亲戚忽然来看他，说是要做最后的诀别。谈话中，和尚交给这道士一斤雄黄道：“你们修道之人最看重这种药，这些就全送给你吧，一定要收好，千万别弄丢了。”道士满怀感动地接受了。

到了飞升的日子，这道士便怀揣着亲戚给他的雄黄登到了坛上，不多时，只见从洞中飞出的五色祥云冉冉飘至了面前，平复了一下激动的心情后，道士便登上了祥云，飘然而去。

可就在过了十几天以后，住在山附近的人就开始闻到山中飘出一股巨大的臭味，昼夜不散。后来又过了好几天，有一个猎人循着这臭味的来源，一路攀绝壁，过险径，最后进到了那个所谓有仙人居住的洞里。

猎人在洞中一阵寻找，却全然没发现仙人的踪影，反而找到了一具已经腐烂了的巨蟒尸体，而在巨蟒旁边，还有着一座人的骸骨堆起来的小山。这下人们才知道，那些所谓飞升了的道士其实都是当了这巨蟒的点心，而所谓的五色祥云，正是蟒蛇吐出的缕缕毒气。

白娘子

这里要讲的白娘子并不是《白蛇传》里那个白素贞白娘子，而是唐朝一个故事里的蛇精白娘子，但这故事若是考据起来，倒也算得上是《白蛇传》最早的原型之一。不过比起贤惠善良的白素贞来，这个故事里的白娘子可就要凶残多了。

长安城的李黄，一日正在东市中闲逛，忽然看见前边停着一辆牛车，有几个婢女正站在车边买东西。李黄走到车前，偷眼一瞧，瞥见车中坐着一个白衣妇人，风姿绰约，容貌绝美。

李黄一见顿时来了兴趣，问婢女这是哪家的娘子。婢女答道：“娘子乃是袁氏之女，之前嫁给了李家，可惜李郎短命，没几天就死了，如今娘子身上穿的正是李家的丧服。不过很快服丧期就要过了，所以娘子才带我们来买些好布做新衣服穿。”李黄听后便挑逗地问：“不知娘子可有另寻新欢的打算？”婢女笑道：“这我可不知道。”

李黄为了献殷勤，于是便提出要替婢女将买布的钱给付了，而且要再买一些价格昂贵的锦绣作为礼物，婢女推说要请示娘子。不一会儿，便传话道：“娘子说了，这钱算我们借的，请郎君跟我们到庄严寺左侧的住处，把钱还给你。”李黄于是便骑着马跟在了牛车的后面，相随而去。

直到天黑后，一行人才回到了那座宅中，白娘子从车上下来后，婢女们便撑起帷帐簇拥着她走进前堂，李黄不敢唐突，只能在前庭中等着。不一会儿，便有一个仆人提来了一把椅子请他坐下。之后，仆人对李黄道：“天色不早，郎君恐怕不好回去，不知附近有您的熟人吗？要不您先去他家借住，明天再来取钱如何？”李黄不高兴道：“我在这附近并不认识什么熟人，你们给不给我钱也不要紧，只是不知为何要对我如此防备？”

仆人答声不敢，之后便返身告退。不一会儿，又跑出来对李黄道：“娘子说了，若是郎君没有别处可住，就在这里委屈一晚也可以，只是您别笑话我们这里简陋。”片刻，又有人跑来对李黄道：“娘子有请。”李黄于是起身，整理了一下衣服，随仆人而去。

穿过前堂，进到中庭里，就见有一位穿着青衣的老妇站在庭中，二人相见行礼毕，仆人介绍说：“这是娘子的青大姨。”李黄忙恭维了她一阵，之后全都坐下了。过了一会儿，白娘子终于从房中走了出来，素色的裙子灿若霜雪，白皙的皮肤皎若月光，说起话来娴静雅致，简直与神仙没什么两样。然而白娘子只是走到李黄面前简单客套了几句，之后就又返身回到了房中。

李黄望着白娘子远去的背影不免有些失落，旁边的青大姨趁机道：“多蒙郎君垂青，买下了这些锦绣，比起我们这些天来买的那些布都要好得多，只是不知一共花了郎君多少钱？我们能不能还得起？”李黄愣了愣神，之后忙道：“只是些很粗陋的彩绸而已，根本不足以用来做美人的衣服，哪里还敢向您要钱呢。”

青大姨笑道：“我家娘子见识浅薄，长得也不算漂亮，本来根本配不上郎君，只是家中还欠着别人三十千钱的债，实在无力偿还，若是郎君愿意解囊相助的话，我家娘子必然会心甘情愿陪在您身边侍奉您。”李黄听后大喜，忙起身拜谢大姨。

李黄想起在这宅子附近就有自己所开的一家货易所，于是便让仆人带着自己的手信去取三十千钱来，钱很快就取来了。旋即，中堂的西门霍然而开，青大姨笑着对李黄道：“开饭了，我们走吧。”李黄便随着大姨进到了西间房中，果见酒菜佳肴已摆满了桌子。

二人坐下没多久，白娘子便也走了进来，拜见大姨后坐到了李黄身边，之后便有六七个人上来伺候着给三人布菜。吃完了饭，就又开始宴饮作乐，一直到夜深后白娘子才扶着已经喝得酩酊大醉的李黄回了房。

此后一连三天，李黄便一直住在白娘子家里，整日歌舞宴饮，无尽欢乐。到了第四天，青大姨忽然对李黄道：“李郎该回家了呀，要不然家人该着急了，以后还可以再来。”李黄这时也已有要回家看看的意思，见大姨如此说，便顺势告辞而出。出门一上马，给他牵马的仆人就闻到李黄身上有股浓重的腥臊气。

回家以后，家人问他这几天都去哪儿了，李黄随便找了个理由搪塞了过去。但没坐一会儿就开始觉得身体越来越沉重，眼中天旋地转，于是便回自己房里盖好被子睡了。过了一会儿，李黄的未婚妻走进房中来看他，坐在床边对他说："郎君调官的事已经成了，昨天要面试，到处都找不着你，只好让我哥哥替你去了，已经通过了。"李黄躺在床上，含糊地说了些表示惭愧的话。

不多时，未婚妻的哥哥便也走进了房里，责问李黄这些日子究竟去哪儿了，李黄这时已经有些神情恍惚，答起话来颠三倒四，语无伦次，勉强说了几句后，就突然对着自己未婚妻道："我起不来了……"就在他说出这句话的同时，未婚妻眼见着李黄盖着的被子瞬间就塌了下来，旁边的哥哥心知不好，掀开被子一看，发现被子里李黄的身体居然都已经化为一摊清水，仅剩露在外面的脑袋了。

全家人惊骇不已，忙将跟在李黄身边的那个仆人找了来，逼问他究竟是怎么回事，仆人不敢隐瞒，一五一十将李黄这几天的遭遇全都讲了出来。众人于是气势汹汹地去到那宅子要找白娘子算账。可当他们按照地址找过去时，却发现那里根本没有什么宅院，只有一处早已荒废了的空园子而已。在园中人们只找到一棵皂荚树，树枝上挂着十五千钱，树下面放着十五千钱，其他的什么也找不到。

据住在附近的人讲，经常能见到有一条大白蛇盘踞在树下，害死李黄的妖怪就是她吧？那妖怪说她姓袁，大概是将空"园"当作自己的姓了吧。

18. 猴妖

虽然在生活里，猴子给人的印象都是机灵的，作为古往今来最著名的猴子的孙悟空，其形象也非常正面，但在古人的眼中，猴子这种动物在成妖时却显得十分恐怖，除却各种动物都有的成精魅人的故事外，关于猴妖最震撼的故事要数《夷坚志》中所记的这一则。

书中道，福州能仁寺中有所谓的“护山林神”，但这神实际上却是人们将抓来的猕猴绑住，之后活生生地在猕猴身上糊上泥巴将其制成塑像，尊称其为猴王。

这种制作方法极为残忍的“保护神”最初或许还真能保护人们，但当年深日久，岁月积尘以后，这保护神便逐渐化为妖怪，在能仁寺附近的几个郡县横行肆虐。被其缠上的人最初像是得了疟疾，忽冷忽热，发展一阵子后就会变得不吃不喝，并且丧失理智，像猴子一样蹦跳着冲出家门，爬到树顶上，之后一跃而下……数年间不知有多少人死于非命，而且很多还都是孩子。

可即便如此，当地人却仍没有悔悟，反而认为这是猴王对他们的祭祀不满，所以才降下这种种灾祸来。于是得了病的人便会准备更丰厚的祭品，焚更多的香火，去向这猴王祈求保佑。如果这样仍不能让病好起来，他们还会找来巫师在夜里跑到寺庙前一边鸣锣吹角，一边像发了疯一样地舞蹈，寺里的和尚还会配合着撞钟击鼓，场面荒诞至极。可是这种事情已经变成了一种习俗，谁也没有想过要改变。

一天夜里，寺中的钟鼓又响起来，寺中挂锡的老僧宗演还以为是发生了什么大事，寺中人向其解释过后他才恍然大悟，喟然叹道："你的遭遇可以说是冤苦至极，可是如今杀你的人都已经遭到了报应，而你却还在不断地加害那些普通人，这样你的罪业不就更重了吗？如此下去，何年何月才能得以解脱呀！"说着走去了大殿，趺坐于佛像面前，一遍又一遍地为猴王诵经超度。

当天深夜，宗演正在自己的僧房中独坐，忽然房门洞开，一个身体像人但却长着一双猴脚的妇人走了进来，她左腋下满是血污，身边跟着一个小猴子，小猴双手被铁索绑得紧紧的。

妇人走到宗演身前，抱着怀中的女儿再拜叩谢，之后对其说道："弟子便是猴王。一直以来被沉冤之恨所纠缠，今日幸得尊师搭救，方才得以解脱，所以特来致谢。同时也想请尊师将这小猴的铁索一并解开。"宗演连忙下床来，解开了小猴的铁索，之后颂偈道："猴王久受幽沉苦。法力冥资得上天。须信自心原是佛。灵光洞耀没中边。"妇人在一旁虔诚地听完，再次拜谢后，便隐隐而没。

第二天，宗演终于说服了寺中的僧人，将放置"护山林神"的房间给打开了，一共去掉了三重锁，人们才进到了里面。房间里，猴王和她怀中的小女儿塑像的模样和宗演昨晚所见一模一样，猴王左腋下还有着一处箭伤，据说是当年巫师作法时留下的。在猴王身边，还有三十余座所谓的部从，也全都是用活捉来的乌鸦老鹰之类的禽鸟塑成的。

宗演双手合十，一边口诵着佛号，一边让人将这些塑像全都砸碎了，之后收拢起碎片抛进了河中，自此后，肆虐此地多年的猴妖便真的消失了。

猴灯

这是一个关于复仇的故事，某人的怨气化作一只奇特的小猴，用一种奇特的方式最终成功报复了自己的仇敌。

有一个姓薛的官员，曾做过湖南刺史，卸任后回到京城养老。薛老严于治家，每天清晨和傍晚时都要拄着拐杖绕着自己家来来回回巡视上一遭才放心。

一天早晨起来，薛老又四处闲晃，在经过厨房前时，忽然发现厨房炉灶的灶膛内居然有灯火在跳动。“大白天不把灯灭了，反而把灯放进灶膛里做什么！”等他气呼呼地走到灶前准备自己把灯取出来时，却发现灶膛里居然蹲着一只只有六七寸大的猕猴，猕猴前边摆着一个方圆一尺左右的盘子，盘中各种点心一应俱全，只是都特别小而已，而在盘子前面，还放着一盏灯，猕猴就坐在灯对面，时不时取盘子里的东西吃。

薛老见状惊骇不已，连忙举起拐杖伸进灶里去刺那猕猴，然而灶膛明明很浅，但薛老把整根拐杖都伸进去却还是够不到。薛老折腾了很久，累得气喘吁吁，只好把妻子和仆人们全都叫了来，让他们一起想办法，可是一大群人挤在厨房里半天，也拿不出什么主意来。

过了一会儿，猕猴忽然将那盏灯放进盘子里，之后又将盘子戴在头上，然后猝不及防地从灶膛中跳了出来，像人一样地行走，来到了前堂的台阶上，之后又将盘子和灯盏放了下来，旁若无人地吃起来。

薛老想要让人上前抓住那猕猴，却又怕引来什么灾祸，于是便让儿子去外面找个道士来治它。儿子领了命，刚出门没走几步，迎面就遇上一个骑着驴的道士，主动对他说道：“郎君神情如此仓促，一定是家中出了什么事吧？我刚才路过这宅子，望见其上妖气冲天，贫道平生修习道术，无非是为了救人危难，若是郎君家里果真有妖怪，就让贫道去降伏吧！”薛子听后大喜，连忙下马拜谢道士，将其请回家里。薛老亲自迎接这道士，并带领着道士去看猕猴。一行人到了堂前，坐在台阶上的猕猴见到道士，却仍是一点儿不害怕，照常低头捡盘子里的东西吃。道士思量了片刻，对薛老道：“这是使君前生曾经结下的冤仇所化，今日来者不善，若是不能想办法驱除它的话，必将为祸不浅。”薛老和妻子于是便都哭泣着求道士帮忙想想办法。

道士连忙道：“贫道既然有幸与使君相遇，自然不会袖手旁观。只是这妖怪必须要让使君受些屈辱，方肯消释其怨气。”薛老道：“只要能平安无事，受点儿屈辱算什么！”道士点点头，说道：“这猴子打算带着盘子和灯盏上到您头顶上去吃，若是使君能够暂时忍耐一会儿的话，那妖怪如愿以偿后自然就会离开了。”

薛老听后，虽然有些犹豫但也不敢推辞，不想自己妻儿听说那猕猴居然要上到人头顶才肯走，全都哭着说：“那可是妖怪呀，怎么可能让它待在头顶上，祈望尊师再想个别的主意吧！”道士皱眉道：“那不然，让猕猴先将盘子放到使君头顶上，放一会儿，然后拿下盘子来让猕猴吃，这样可以吗？”薛老妻儿还是不同意。道士无奈道：“这要也不行，那我没办法了。”

薛老在一旁哀求了半天，道士才为难地说：“使君家可有橱柜之类的家具吗？您可以钻进那里面，之后让猕猴坐在柜子上面吃，这样总可以吧？”众人一想，这样倒还说得过去，于是便都同意了。

不多时，仆人搬来了一个大柜子，之后在里面铺好了褥垫，等薛老钻进了里面，仆人便上前将柜门又重新关好了。仆人关好门后刚走开，那只猕猴就头戴着盘子，手中提着灯盏跑了过来，轻盈地跳到了柜子上，将盘子放好后便吃了起来。薛老家人在一旁看着，担忧不已。

片刻之后，忽然有人喊道：“道士呢?！”人们这才注意到那道士不知何时已经不见了，正四处寻找时，柜子上的那只猕猴和它的盘子灯盏倏忽之间竟然也消失了，家人大骇，连忙将柜子打开，结果发现柜子里的薛老也已凭空消失了。

一家人一连找了许多天，却始终一点儿线索都没有，最后只能找来巫师通过柜子向四方招魂，把柜子当作薛老埋进了坟墓里。

19. 猿精

猿在我国古代是有名的灵物，而又因为猿那一身雪白的皮毛，所以在很多传说中猿都是以道行高深的老者形象出现的。传说在春秋的越国，有一位剑术高超的越女就曾经跟一个自称袁公的老猿精较量过剑法，一番激战后袁公惜败，仓皇地跳到树上，重新化作一只白猿逃走了。在三国时，一个叫作周群的蜀汉官员据说也曾遇到过一只白猿化成的老翁，其自称已忘记自己究竟活了多少岁，只记得在黄帝据有天下时他便开始学习天文历法，之后历经颛顼、两周、春秋战国、秦汉数代，看遍了人世间的胜败兴衰，到头来还是选择了隐居于绝峰峭壁之间。

不过猿猴有时却也以一种野性难驯的面目出现，如《宣室志》中的某人就娶了一个猿猴化作的妻子，最初这位侯氏还很恭谨贤淑，对自己丈夫相敬如宾，可后来当丈夫带着她去了大城市后，也不知是不是在喧嚣的环境中猛然受了刺激，侯氏逐渐开始展露出其原本的野性，先是性情大变，动辄对人发怒咒骂，后来又开始毁坏家中的衣服，家中细软几乎全都被侯氏撕成了碎布条，丈夫大怒，刚要指责她几句，没想到侯氏已抢先一步朝他扑了上来，把身上衣服挠烂了不说，就连脸上也被抓得尽是血痕，狼狈而逃。后来幸好有一个道士经过，才让这侯氏现出了原形。

而在另一个故事里，一只猿猴精更是变着法地吓唬人。

某个年轻人一天正在自家的一间阁子内独坐，忽然听见阁檐上有动静，抬头一看阁檐上有一个牛头人也正歪着头在看他，模样就跟地狱图里所画的鬼卒牛头一模一样。年轻人吓了一跳，正不知该如何是好，那牛头人已经跳到了地面上，拾级而上，走到了年轻人床前，弯着腰不时看看他，如此过了片刻，就又转身退到了房门旁边。

年轻人被困在房里，想来想去不如拼一把，于是随手抱起一个枕头，之后跳下床猛走几步对准牛头人便扔了过去，可惜没扔中，年轻人却还是趁着牛头人躲闪的机会冲上前打开了房门，跑到了外面，牛头人反应过来后，也急忙追了上去。年轻人一边大叫，一边跑进了庭院里，身后的牛头人很快就追了上来，年轻人慌不择路，只能和牛头人绕着一口枯井不停地转圈，后来牛头人越追越急，年轻人心一横，竟翻身直接跳进了井里。

牛头人见状，也就不再穷追不舍，而是坐在井沿上休息起来，年轻人抬头望着井口，发现那牛头人居然忽然间变成了一只猿猴。

过了很久，年轻人的家人到庭院中来找他，那时那只猿猴已经悄然不见了，偶然看见在井边有一大片纷乱的足迹，很是奇怪，走近前一看发现年轻人居然就窝在井里，忙叫人来把他给救了上来，这时年轻人已经有些神情恍惚不能说话了，休养了三天后才逐渐恢复过来，向人们说了他的遭遇。

舍心猿

会稽有一个姓杨的老翁，家中十分富有，在全郡中都堪称翘楚。一天，老翁忽然得了重病，躺在床上不停地呻吟，仿佛没剩几天活头了一样。老翁有个儿子叫宗素，对老父亲向来很孝顺，自从老父得病后，便一直想方设法为其医治，甚至不惜倾尽家财四处寻求名医。

后来有一个姓陈的书生给宗素出主意说："令尊的病恐怕是在心上，纯粹是因为财产太多，原本的心已经完全被利益所侵蚀，要不得了，除非是吃一颗别人的心，要不然很难补得回来。不过这人心该怎么得，那就不是我所知道的了。"宗素一想，这人心根本不可能得到，不过若是诚心礼佛的话，大概多少可以缓解一下老父的痛苦，于是又是找僧人为老父念经，又是花钱雇工人铸造佛像，并且时不时还会亲自带上吃的去寺中斋僧。

一天，宗素又挎上竹篮，带着斋饭去建在山上的一座寺中施斋，中途却意外走错了路，他沿着小道走了一会儿，忽然望见前方的山岩下有一座石龛，石龛中坐着一个老和尚，身体枯瘦如柴，容貌衰老得已辨不清年纪，袈裟已经烂成了一堆碎布条，一动不动地趺坐在一块大石头上，宛如一尊雕像一般。

宗素认为这和尚一定不一般，于是便对其施礼道："敢问尊师是何人？为何独自身处在这深山之中，把人迹罕至之地当家，身边也没有仆人，难道就不怕山里的野兽会伤害您吗？"

老和尚听到有人说话，缓缓睁开眼睛，盯着宗素看了一阵儿，才慢悠悠地说道："我俗姓袁，祖辈居住在巴山，后代子孙则散居于各地的山谷之中，不过也全都很好地继承了先辈的遗志，甘愿藏身于林泉中当隐士。我辈因为极为善于吟啸，有些喜欢写诗的人对于我们这点特别赞赏，于是便经常将我们写进诗里，渐渐地我们也就稍微有了些名气。还有孙氏，那也是我的族人，只不过他们多喜欢攀附于豪门大族，又因为善于戏谑，所以时常能在市场里见到他们的身影，每每随意做些把戏，都可以让人获利不少。我则唯独喜好佛家，所以便从凡尘俗世中脱身出来，隐居在此穷山僻谷之中已经很多年了，时常倾慕佛经里佛祖舍身饲虎的壮举，可是我在这石头上坐了这么久，却始终不见有虎狼来吃我，若是有的话，我一定会欣然让他们吃的。"

宗素听罢，想起老父的病来，忙对老和尚道："师尊真是得道高僧呀！甘愿舍弃自身而去喂饱野兽，真可谓至仁至勇了！弟子之父也已经生病几个月

猿精

老和尚站在树枝上，高声对宗素道："施主刚才想要什么来着？"宗素回答："想要活人的心，用来治我父亲的病。"老和尚又问："施主想要的贫僧已经许给你了，而今我想要先讲一段《金刚经》里的道理，施主可愿意听吗？"宗素道："弟子向来尊奉佛家，今日有幸得遇尊师，怎么敢不听呢？"老和尚于是对宗素道："《金刚经》有云：过去心不可得，现在心不可得，未来心不可得。照此说来，施主你想要取贫僧的心，自然也是不可得呀。"说罢，老和尚转眼化作一只猿猴，跳跃啸叫着跑了。

了，想尽各种办法都无法治好，弟子侍奉在旁终日忧心忡忡，夙夜难寐，却苦于没有医治的办法，终是无可奈何。幸而前几日有一个大夫对我道：‘这是心上的病，除吃掉别人的心之外没有其他的办法。’尊师既然甘愿葬身于虎狼之口，只为让它们填饱一顿肚子，那何不将生命施舍给他人，让其得以继续生存下去呢？愿尊师考虑考虑吧！”

老和尚很爽快地回答：“若是如此的话，倒也符合贫僧的理想。施主今日为了老父亲而来求贫僧，贫僧岂有不答应的道理？而且我这一把老骨头与其去喂了老虎，哪里比得上救人一命呢？只是今天我还没有吃饭呢，施主能不能让我吃顿饱饭再死？”

宗素见老和尚答应了，心中欢喜不尽，一面感谢着老和尚，一面忙将自己带的斋饭放到了老和尚跟前，请其享用，老和尚也丝毫不客气，将整整一篮子的饭风卷残云般吃光了，之后擦了擦嘴对宗素道：“既然我已经吃饱了，理当兑现对施主的承诺，不过在这之前，请让我先拜完四方吧。”说着整理了一下自己的衣服，之后从石龛中走了出来，像模像样地首先冲着东方跪了下来，恭恭敬敬地叩拜。拜完后刚站起身，老和尚就忽然蓦地跳到了一棵大树上，宗素还以为这老和尚道行深厚，惊叹不已。

老和尚站在树枝上，高声对宗素道：“施主刚才想要什么来着？”宗素回答：“想要活人的心，用来治我父亲的病。”老和尚又问：“施主想要的贫僧已经许给你了，而今我想要先讲一段《金刚经》里的道理，施主可愿意听？”宗素道：“弟子向来尊奉佛家，今日有幸得遇尊师，怎么敢不听呢？”老和尚于是对宗素道:“《金刚经》有云:过去心不可得,现在心不可得,未来心不可得。照此说来，施主你想要取贫僧的心，自然也是不可得呀。”说罢，老和尚转眼化作一只猿猴，跳跃啸叫着跑了。

猿妻

唐代有一个名叫孙恪的秀才，科举落第后，便在洛阳城中四处游玩，一次走到魏王池附近时，望见池边坐落着一座大宅子，门宇高大，气势恢宏，问路人时路人答道："那是袁氏的府第。"孙恪当时的盘缠已经不多，便希望可以靠着自己的才华得到这座大宅子主人的赏识，多少求些路费也好。于是便径直走到大门外，站在门口喊了几声，却始终没人应答。孙恪瞧见门内一侧有一座小房子，门上挂着的帘帷都很精致，以为是专门供客人歇息的，便暂时先进到里面等着。

过了很久，孙恪忽然听到房门被打开了，便连忙起身去看，发现从房里走出来一个年轻姑娘，长得光洁艳丽，钟灵隽秀，孙恪见了以为是宅子主人的女儿，也不敢贸然从小屋中出来，只好躲在帘帷后偷看。

只见这姑娘走到庭院里，摘下一朵忘忧草来，凝神看了一会儿，吟道："彼见是忘忧，此看同腐草。青山与白云，方展我怀抱。"吟诗时神色寂寥而哀伤。之后便走到小房子前，掀起门帘刚要进去，却突然发现孙恪站在里面，顿时吓了一跳，忙躲回了房间里，之后让一个婢女来问孙恪道："郎君是何人？天都快黑了你在这里做什么？"孙恪忙说自己只是想要租房子住，并对婢女道："是我太过唐突，不慎惊吓到了娘子，真是惭愧至极，可我真的没有恶意，还望你能去跟娘子说清楚。"婢女点点头，之后便退了出去。

不多时，婢女返回来道："我家娘子说了，刚才郎君躲在门后面，把她的一举一动都看遍了，如今没有再躲着不见的道理，只是希望郎君能耐心等一会儿，等娘子暂且打扮一下再出来。"边说，边引着孙恪到了正堂。

孙恪一边听，一边回忆着那姑娘的美貌，心中喜不自胜，忙问婢女道："敢问娘子是谁家的闺秀？"婢女答道："是已故袁长官的女儿。娘子从小便失去了父母，也没有关系近的亲戚可以依靠，一直都是和我们几个丫鬟住在这宅子中相依为命。娘子最近正打算嫁人，只是还没找到合适的人选。”

在正堂里坐了很久，袁姑娘终于从外面走了进来，经过一番打扮，容貌看上去比之前还要美艳。她一边让婢女给孙恪上茶，一边对其道：“郎君若是没有地方住，不如就暂时先住在我这里吧？”之后指着刚才质问孙恪的那个婢女道：“要是有什么需要的，找她就好了。”孙恪只是在一旁满怀惭愧地答应而已。

孙恪此时还没有娶妻，如今看到这姑娘如此漂亮，不禁动了心，告辞以后便立即找来了媒人上门求亲，而袁姑娘对这个只有一面之缘的书生也很满意，很爽快地就答应了。于是二人便挑选了一个良辰吉日结为夫妻。

孙恪这些年本来一直穷得叮当响，但自从入赘袁家后，袁府里的万贯家财就都成了他的所有，于是一夜之间，他所乘坐的车马就都焕然一新，身上穿的衣服也都换成了绫罗绸缎，俨然成了富家公子。有些到京城来的亲友见了他，几乎都快要认不出来了，而当他们满怀疑惑地问起孙恪是如何从一个穷书生变成现在这样时，孙恪则随便撒个谎搪塞过去，从不肯对他们透露实情。后来孙恪越来越散漫放纵，不再去想求取功名之事，只是每天行走于豪门贵族之中，纵情于笙歌杯酒之间，如此过了三四年，孙恪一直都住在洛阳，不曾离开过。

有一天，孙恪走在街上，忽然遇上了他的一个当道士的表兄，孙恪从小和这个表兄感情就非常好，于是便约定今晚与他促膝长谈，以叙旧情。表兄将自己的住处告诉了他。

到了夜里，孙恪准时而来，表兄也已经备好了酒菜来招待他，但二人刚客套了几句，表兄就一脸紧张地对孙恪道：“你老兄我这些年也颇习得了一些道术，看老弟气色，感觉有一股妖气，不知你我分别这几年来老弟是不是又遇上了什么事？事情不论或大或小，希望你都能对我说明白，否则必将深受其害呀！”孙恪不明所以地回答：“没遇到过什么特别的事呀。”

表兄却坚持说："人都是秉阳气而生，妖怪则是受阴气而生，若是阳魂可以压制住阴魄，人便可以得长生，而如果是被阴魄压制住了阳魂，那人则必死无疑。阴魄阳魂之盛衰交战，在人体内稍微失去平衡，无不立即表现在气色上，我观察老弟的神色，如今已是阴盛阳衰，邪气也已入犯脏腑，必是由于被妖怪所侵凌之故，事已至此，老弟为何还是不肯对我说实话呢？"

孙恪想来想去，自己这几年无非就是娶了袁姑娘为妻而已，难不成会是因为这个？于是便吞吞吐吐地将这事告诉给了表兄，表兄听后大骇道："她就是妖怪呀，老弟你难道还不明白！"孙恪不敢置信地说："可是我这几年，也没觉出哪里不对呀……"表兄恨恨道："我的傻老弟，袁氏若真像那妖怪所说，家大业大，家财万贯，又怎么可能零落到连一个远房亲戚都没有？而那妖女本身又过于聪慧，这难道还不奇怪呢？"

可是孙恪一想起袁姑娘这些年对他的好，忍不住替她说好话道："我一生坎坷无依，挨饿受冻，后来多亏因为娶了袁氏才渐渐有了好转，如今就算她真的是妖怪，我也不能辜负她呀，这可如何是好……"表兄却大怒道："大丈夫连人的事都管不过来，哪里顾得上妖怪！再者说，是那妖怪重要，还是你自己的小命重要？自己天天都在受妖怪的侵害，却还在因为她给你的一点恩惠而可怜她，这种事就连小孩子都做不出来，何况堂堂大丈夫呢！"

看孙恪还有些犹豫，表兄又接着说道："我有一口宝剑，可以与干将莫邪媲美，凡是妖怪见了它，没有不魂飞魄散的，明天把他借给你，你带回家把剑放在一间密室中，之后把那妖女也带进去，必能验证我说的话究竟是真是假！若是老弟不肯，那就等着妖女替你收尸吧。"孙恪被表兄教训了一大通，意志愈发动摇起来，第二天一大早，竟真的接受了表兄给他的剑，回家去了。

孙恪回到家里，坐在卧房里终究难以下定决心，袁姑娘见他神色不对，三两句之下便将实情套了出来，不禁大怒道："郎君当初穷困潦倒时，是我不嫌弃你，还心甘情愿嫁给你当妻子，如今你却全然不顾这搭救之恩、夫妻之情，竟背地里盘算起这样的阴谋！如此歹毒的心肠，挖出来扔到地上就是猪狗也不会去吃！这样的节行还怎么在这世上立身呢！”孙恪听着妻子的责备，心里既愧疚又恐惧，慌忙伏在地上叩头道：“这都是我表兄教我的，并非我的本意，我愿意与娘子歃血为盟，绝不敢有他心！”汗水滴在地上，洇湿了一大片。

袁姑娘说罢，走到床边将孙恪表兄交给他的剑抽了出来，之后伸出两根手指捏住剑身，就像折断莲藕一样一节一节地将宝剑给捏碎了，孙恪在旁边听着宝剑碎片落在地上时那一声声清脆的响声，吓得恨不得长出一双翅膀来飞出去。袁姑娘看看自己丈夫的狼狈模样，忙笑着对他道：“那个臭道士，不能用道家的道理去教导他表弟，反而教唆你行凶，他要敢来我一定要羞辱他一顿。而观郎君之心，确实也不会想出这样的点子来，所以原谅你了。还有呀，我都嫁给你好几年了，你还这么害怕我做什么？”孙恪这才松了口气。

过了几天，孙恪在街上又遇到了表兄，忙拉着他的胳膊诉苦道：“你闲着没事让我去撩老虎胡子，差点儿没被老虎给吞了！”表兄知道是事没办成，于是忙问他那把宝剑，孙恪说早就被他娘子给捏碎了。表兄听后大惊道：“这可就不是我能管得了的了！”孙恪虽然再三邀请他去府上坐坐，可表兄死活不肯，灰溜溜地走了。

后来过了十几年，袁姑娘生下了两个孩子，平时治家十分严格，也不喜欢和外人交往。后来孙恪一次去长安拜访他的一位曾经当过相国的老朋友，结果竟意外被这朋友推荐给了某地的太守，让他做了那太守底下的一个僚属。孙恪于是带上全家上任去了。

一路上，每每经过长满了青松的高山时，袁姑娘都会出神地眺望上许久，神色中仿佛带着不快。后来到了端州，袁姑娘对孙恪提议说：“离这里不到一半的路程，江边有座峡山寺，寺中住着一个老和尚，乃是我的旧相识，算起来自从分离后，已经几十年都没有见过了。这老僧道行极高，超尘脱俗，如果我们在经过时能去寺中拜访一下他，也能为之后的路途添些福气。”

于是等他们路过那座寺庙时，便暂时停下了船，袁姑娘在船中精心打扮了一番，又换上了一身自己最喜欢的衣服，之后牵着自己的两个孩子一起走进了庙里。进到庙里后，袁姑娘找起路来就像回到了自己家一样熟悉，孙恪跟在后面颇为诧异。等见到那个老和尚后，袁姑娘从怀中取出来一个碧玉环献给了僧人道：“这是寺里的旧物，现在还给你吧。”僧人接过碧玉环，也是一脸茫然。

等到吃完了斋饭，忽然有几十头野猿手牵着手从寺墙外的松树上下到了地面上，之后跑到桌前捡人们剩的斋饭吃，吃完后便又吟啸着成群结队地跳跃而去，袁姑娘在一旁看着，悲伤不已。

过了一会儿，袁姑娘忽然叫人端来笔砚，在寺院的墙壁上写道：“刚被恩情役此心，无端变化几湮沉。不如逐伴归山去，长啸一声烟雾深。”写完，将笔扔到了地上，之后抚摩着两个孩子的头忍不住哭起来，许久，抬起头对孙恪道:“保重吧,保重吧,以后再也见不到了。”说完将身上的衣服撕裂开来，化成了一只猿猴，追赶着之前的那群野猿，跳上大树走了。

孙恪目睹着眼前发生的一切，整个人就像丢了魂一样一动不动，过了很久，才缓缓地把两个孩子抱在怀里，放声大哭起来。后来再去问那老和尚时，对方才醒悟道：“这猿猴乃是贫僧还是个小沙弥的时候养的。开元年间，高力士经过寺里，看中了她聪明过人，于是便用一捆绢帛将其换去了。后来听说她被带去了京城，献给了天子，当时常有朝廷的使者来到庙里，提起她时无不夸她聪明，一直陪在天子的身边。后来安史之乱后，便不知所踪了，唉，没想到今天还能再见到她！那个碧玉环，本来是个胡人施舍给寺里的，当时就戴在她的脖子上，后来便也随着她去了京城，我现在才醒悟过来呀！”

孙恪失去了妻子，心情惆怅难以排遣，逗留了六七日以后，便带着孩子们返回了洛阳，不再想赴任之事。

20. 山魈

山魈这种妖怪的原型大概是某种生活在深山里的猿猴之类的动物，只是后来传说得时间长了，被人们不断地添油加醋，于是便增添了许多神异的色彩。

据说，山魈身高只有一尺左右，只长着一条腿，平时赤身裸体，喜欢捕捉水中的虾蟹来吃。它胆子大，不怕人，若是有人在山中露宿，傍晚时生起火来，山魈便会趁机凑到火堆前烤螃蟹吃，趁人不注意时，还会盗用人带的盐来给螃蟹调味。山魈虽不怕人，但害怕爆竹，只要将新鲜的竹子砍下一段来扔进火里，之后随着竹节被火烤得爆裂开“嘭”的一声，正在火边专心烤着螃蟹的山魈便会吓得落荒而逃。而等到它镇定下来以后，还会很小心眼儿地返回来报复那个扔爆竹的人，暗中作祟，让那人生病，不过也不会有什么大碍，顶多就是像生了疟疾似的忽冷忽热的难受上几天而已。

而关于山魈祟人的方式，有一个故事中这样记载：某人在一条河中放置了蟹断（一种竹制的捕蟹工具）来捕蟹，刚放置好就被一只山魈给盯上了，自此后天天都跑到蟹断边偷螃蟹吃，吃饱后便变成一段朽木躺在蟹断边优哉游哉地睡大觉。蟹断主人每天都要到河边去看一遭，结果发现自己的蟹断上总是一只螃蟹都没有，只有一根朽木漂在水上。头几天还没注意，后来才疑心这木头恐怕是妖物，于是便将木头装进了蟹笼里，扬言要带回家里拿斧子劈了它。

结果半路上就听身后的蟹笼里响起一阵窸窸窣窣的响声，回头一看，那截木头居然已经变成了一个怪模怪样的动物，脸看起来像人，身体却长得像猴子，而且只有一只手和一条腿，那东西见这人在看着它，忙对他说："我是有喜欢吃螃蟹的毛病，您的蟹断里的螃蟹也确实都是我偷吃的，错已经铸成了，还希望您能原谅。我乃是这山的山神，如果您愿意放了我，我一定会保佑你的，而且还会让您的蟹断捉到好多螃蟹。"蟹断主人却不依不饶道："你偷吃螃蟹不是一次两次了，你素来祸害人，我绝不能饶你！"山魈不放弃，一直不停地求饶，蟹断主人于是扭过头不搭理它了。

又走了一会儿，山魈忽然问说："您叫什么名字？快告诉我！告诉我吧！"一遍一遍没完没了地问，可蟹断主人仍是不回答，回到家里后便点起一堆柴来，将山魈投进了火里。

当地人都说，山魈只要知道了人的姓名，便能任意地作祟伤人，故事里的山魈之所以一遍遍问那人的名字，正是想要通过他的名字害人好趁机逃走。

山魈是种很团结的动物，据说有一次一只山魈正抱着自己的孩子凑在火堆边烤螃蟹，几个没睡的人发觉后，便冲过去要抓她，山魈受惊后赶忙逃了，却留下了自己的孩子趴在地上像婴儿一样地哭泣着。人们看着这小家伙正不知如何是好，却见四周的黑暗里突然冒出来许多双绿幽幽的眼睛，之后雨点般的石块就砸了过来，人们还以为是山神发了怒，慌慌张张地夺路而逃，等跑远后回头看时，望见火堆边竟聚集起了好多山魈，抱起了它们遗落下的小孩子后，不一会儿就又离开了。

在六朝时，山魈还成了人们年节习俗的一部分，据《荆楚岁时记》记载，那时每到大年初一时，人们就要早早起床，到院子里去放爆竹，以驱辟那些山魈和恶鬼——如此说来的话，其实山魈还可以看作是现在年兽的原型之一。

宋代有一个关于山魈的故事也很有趣。有一只山魈偷偷摸摸地进到一个宜兴人的家里，之后从房顶上的天窗里伸下了一条毛茸茸的大长腿来，大脚丫子一直垂到了地面上。宜兴人进屋一看，一点儿也不害怕，反而笑着对山魈道：“您要是真有神通，那就再放下一只脚来呀！”房顶上的山魈沉默了许多，之后默默地将腿给收了上去，离开了，而且从此再也没来过。唉，纯粹是欺负人家山魈只有一条腿呀……

山公、山姑

所谓山公、山姑，其实就是唐代人对雌雄山魈的尊称。

据说在当时岭南一带的山中到处都有山魈的身影，这种妖怪长着一条腿，脚跟向后，双手和双脚都长着八根指头。雄性山魈爱钱，雌性山魈爱美。山魈会在大树顶上的空洞里做巢，巢中摆设着木屏风，挂满了帷幔，还储备着大量的食物，跟普通的人家相比几乎没什么不同。当地人进山时，身边一定会带上很多胭脂和铜钱，万一遇上了山魈，雄山魈，也就是山公，必然会向人要钱，雌山魈，也就是山姑，必然会要胭脂，要是人出手很大方，山魈夫妻俩便会在暗中保护对方。

一次，有一个北方人路过岭南的一座山里，天黑后害怕会遇到老虎，于是便爬到了树上，结果刚上去就看见枝头上坐着一只雌山魈，正幽幽地看着他。这人连忙下到了地面上，一边朝着雌山魈作揖一边亲切地喊着山姑，对方问他道：“你可带了些什么吗？”这人于是赶忙把身上的胭脂拿出来扔给了雌山魈。雌山魈接过胭脂，乐得合不拢嘴，对那人道：“好好睡吧，什么也不用担心。”于是那人便睡在了树下。

半夜时，有两只老虎趁着那人睡着了，悄悄地凑了上来，刚要下嘴咬，那只雌山魈就跳到了树下，用手抚着老虎的头说：“斑子呀斑子，这是我的客人，你还是去别处找吃的吧。”两只老虎竟然真的转身离开了。第二天清晨，那人向山魈告别，雌山魈还送了点儿礼物给他作为谢礼。

山魈有时还会和人合伙种田，人负责出田地和种子，剩下的像耕地种植之类的事，全都是由山魈来干，谷子成熟后便叫人来平分。山魈性子耿直质朴，和人分谷子时从来不多要一点儿，而人也不敢多要，因为若是敢偷奸耍滑的话，那家人便会因此被山魈报复，染上疫病。

山魈可以驱使老虎是唐代人对于山魈的普遍认识。天宝年间，有一个叫刘荐的官员去岭南赴任，经过一段山路时，忽然望见前方山坡的一棵树上坐着一只山魈，正靠着树干打盹。

本来刘荐完全可以不声不响地从树下过去就算了，可刘荐没见过山魈，头一次见这么奇怪的妖怪，忍不住对着身后的仆人道："快看，是妖鬼！妖鬼！"结果就把树上的那只山魈给吵醒了，睁开眼呵斥刘荐道："姓刘的，我在树上睡得好好的，哪里招惹到你了？你骂我是妖怪?！"说着从树上跳了下来，对着山林中高呼"斑子"，不多时，一头花斑猛虎就从山中冲了出来，山魈随即指着刘荐道："斑子，把那姓刘的给我抓来！"老虎得令，冲着刘荐就扑了上来。

刘荐大惊失色，慌忙掉转马头策马狂奔，可没跑多远就被老虎追上，并拽下马来，之后咬着他的衣服将其拖到了山魈面前。山魈笑着对刘荐道："姓刘的，你还敢不敢骂我了？"刘荐忙伏在地上乞饶，旁边人也都跟着求情，过了一会儿，山魈才徐徐道："好了，斑子，你走吧。"老虎这才松开了刘荐，跳跟着回山中去了。刘荐则吓得半死，被人扶回家后大病了数日方才恢复。但这事后来却成了他最重要的谈资，每次见到人都要拉着对方讲说一遍自己的这段经历才行。

独足鬼

宜兴山中有一个姓赵的猎户，每天夜里都会生好火炉，以供明天早上用。后来有一天，赵猎户起床后发现，火炉里的煤和炭火居然全都被人掏出来扔到了地上，之后一连好几天都是如此。

赵猎户也想不明白是什么人在作怪，于是便叫来了几个同伴彻夜不眠地等着，要一探究竟。半夜时，只见有一个黑影一蹦一跳地来到火炉跟前，之后一边哧哧笑着一边伸手掏炉里的煤，借着火光人们看到，那竟然是一只只有一条腿，浑身漆黑如墨的怪物。赵猎户一想到这几天就是这东西在捣乱，心中顿时大怒，吼叫着就冲了上去，结果那怪物纵身一跳就消失了。

有人出主意说，这只怪物名叫山魈，最害怕爆竹。于是等怪物再来时，人们便点燃了一堆爆竹扔了过去，噼里啪啦一通响后，只见那怪物捂着头趴在地上，浑身颤抖个不停。人们于是便上前将其捉住了，在它身边还找到了一个拨浪鼓。

这怪物虽然长得又黑又丑，但一点儿特殊本领都没有，被人捉住后便跪在地上不停地叩头求饶，有人给它吃的，它却因为害怕每次都只肯吃一点，只有把拨浪鼓拿出来给它看时，这怪物才会欢喜得笑起来。人们见它这么喜欢拨浪鼓，于是便将拨浪鼓还给了它，怪物一接过手，便哈哈大笑起来，之后突然铆足力气一跃，便挣脱了捆绑逃走了。

21. 姑获鸟

正月的一天夜里，自黄昏开始降下的雪此刻已落满了庭院，主人的房舍内灯火通明，一大群人围在火炉边，喝酒聊天，唱歌跳舞。还没出元宵节，热闹的新年还没有过完。突然之间，天空中蓦地传来一声声鸟鸣，顷刻间就将这和乐融融的气氛击得粉碎。那一声声鸣叫凄厉而阴森，简直不像是人间所应有的。前一刻还陶醉在宴乐中的人们互相看了一眼，便赶忙行动起来，有人捶打起房门，有人敲击起窗棂，还有人干脆把狗拽了来，强揪着它的耳朵，只求它能冲着外面凶狠地叫上几声。这一切看似荒诞的行为，正是为了驱赶那发出怪叫的来源——一种名为姑获鸟，也名天帝少女、夜行游女的妖怪。

传说这种妖怪长得像猫头鹰，披有羽毛时外形便是只鸟，如果脱下羽毛（实际上，那是一件用羽毛织成的衣服），便会变成一位妇人。在白天时，姑获鸟的视力差得就如同睁眼瞎，可一到了晚上，就是在一点儿光都没有的环境里，也能看得清清楚楚，所以它总是在天黑后才现身。姑获鸟无法生育，所以只能靠偷取人类的孩子当作自己的。在古时，严禁在夜里将小孩子的衣服晾在外面，正因为姑获鸟有时会将血洒在小孩子的衣服上作为标志，以此来窃取小儿。

姑获鸟在唐朝时逐渐演变为由难产而死的妇人所化，会将灰尘或者自己的羽毛撒在小孩的衣服上，小孩自此就会生病，直到病死，而死后这小孩便会成为姑获鸟的孩子。同时又传说姑获鸟可以根据人剪下的指甲来判断人的吉凶，如果是凶的话，便会站在这户人家的房檐上鸣叫，不久这户人家就将遇到灾祸。所以后来不仅是小孩的衣服不能晾在外面，就连人剪下的指甲都要埋好，不能随意乱丢。

关于姑获鸟，还有一个流传很广的故事，发生地据说是在晋时的豫章，其地有一男子，一天在田里耕作时，忽然望见远处有六七个年轻女孩在水田中嬉戏，一旁的田埂上还放着她们脱下的仿佛是用羽毛织成的外衣。

男子不知她们是鸟，竟偷偷地爬了过去，将其中一个女孩的羽衣给藏了起来，大概是想要用这衣服来勒索些钱财吧。之后便走过去质问那群女孩，女孩们见状不好，全都吓坏了，争先恐后地捡起地上的羽衣披在身上，一个个全都化为鸟飞走了，而只剩下先前羽衣已经被男子给藏起来的女孩。

可怜的女孩无处可逃，被男子给扣押了下来，最终只得做了他的妻子。

数年后，女孩已经为男子生下了三个女儿，一天，通过自己的女儿，女孩得知了自己羽衣被藏的地点，便背着男子取出了羽衣，披在身上振翅而去。过了些日子，女孩又带着三件新羽衣回到了家中，分别让女儿们穿上，之后带着她们一起飞走了。

姑获鸟鬼车之辨

就像很多中国妖怪都曾经历的那样，姑获鸟在流传的过程中，逐渐也与另外一种同样有着鸟的外形的妖怪——鬼车——混淆在了一起，并最终被人们当作了同一种妖怪。

这种混淆最初发生于哪个时期，现在已经很难考证了，不过在鲁迅先生所著的《古小说钩沉》（辑录晋代《玄中记》部分）中，在“姑获鸟”一条的最后，就已经有了“今谓之鬼车”的句子，可知人们把这两种妖怪弄混的历史也由来已久了。

但其实，姑获鸟和鬼车之间的差别非常明显。最大的不同，鬼车乃是一种有着九个脑袋、身躯庞大的妖怪，鸣叫的声音就如同许多辆车子在天空中奔驰，而姑获鸟始终只有一个头，体型也要比鬼车小得多。

从出现时间上来说，鬼车也要略胜一筹。传说当年周公居住在东周时，曾经非常讨厌鬼车在飞行时所发出的那嘎吱嘎吱的叫声，于是命令善射的庭氏去射杀它，结果庭氏连射三箭，却没能射中鬼车——大概因为鬼车是妖怪的缘故吧。幸而后来上天得知了周公的苦恼，便派遣了一条天狗，一口咬掉了毫无防备的鬼车的脑袋,鬼车自知不敌,落荒而逃。原本鬼车是有十个头的，自此之后才变为九头。

更糟糕的是，鬼车被天狗咬掉的那个头的伤口始终无法愈合，以至于至今都在淌血，而一旦那血滴在了某户人的家里，那户人家就一定会遭受灾祸。于是，每当在夜里空中传来鬼车的叫声时，人们就会像文章开头对待姑获鸟那样，奋力地造出些动静来驱赶它。

从人们对于鬼车与姑获鸟的待遇来说，这两种妖怪倒也算得上是一对难兄难弟了，也或许正是由于它们自身都不讨喜的特性，才会被越传越乱，以至于合二为一，变成了同一种妖怪吧。

22. 九尾狐

绥绥白狐，九尾庞庞

成于家室，我都攸昌

这是上古时流传于涂山一地的民歌，大意为：“白色狐狸缓缓行，九条长尾蓬又松，若是娶得涂山女，家族永远都昌盛！”

传说中，治理洪水的大禹因为整日都在外奔波，直到三十岁还没能娶上妻子，在经过涂山时，担心自己再这样下去会违背了当时的制度，便在心里默默祝祷：“如果我就要娶妻的话，那就请上天给我一些启示吧！”结果大禹才刚许下愿，一只浑身雪白，身后还拖着九条像蒲公英一样蓬松的大尾巴的狐狸便出现在了他的面前，先是冲着他看了看，又摆了摆尾巴，之后便转身离开了。

大禹见了这奇异的动物，心下欢喜道：“白色是我服饰的颜色，九尾是祥瑞的象征，这是在预示着我将在此地娶到我心仪的妻子吧！”于是大禹便暂时停下了他的脚步，在涂山住了下来，一番打听之后，还真的让他找到了一个好姑娘：在《吴越春秋》里，这个姑娘名叫女娇，而在其他的书中，则只是简单地称呼其为“涂山氏”。后来有人说涂山氏就是九尾狐，其实这是弄错了，九尾狐实际上仅仅是当了一回大禹和涂山氏之间的媒人而已。

九尾狐

大禹因为整日都在外治理洪水，直到三十岁还没能娶上妻子，在经过涂山时，担心自己再这样下去会违背了当时的制度，便在心里默默祝祷："如果我就要娶妻的话，那就请上天给我一些启示吧！"结果大禹才刚许下愿，一只浑身雪白，身后还拖着九条像蒲公英一样蓬松的大尾巴的狐狸便出现在了他的面前，先是冲着他看了看，又摆了摆尾巴，之后便转身离开了。

大禹对于女娇可谓是一见钟情，而女娇面对着眼前这位被天下人称颂的大英雄，想必心中也充满着好感，于是在简单见了几面以后，二人便成亲了。那之后，仅在新家里和妻子共度了四天，心系着苍生的大禹便整理好行装，跨出家门治水去了。

翻开《山海经》也可以找到九尾狐的踪迹，然而和大禹所遇到的那只象征着祥瑞的九尾狐不同，《山海经》中的九尾狐的形象多少有些恐怖。据说这种妖怪住在青丘之山上，形状像狐狸，身后长有九条尾巴，叫声就像是婴儿在哭泣，经常将人类当作自己的粮食。而如果有人可以捕捉到这种妖怪，却也可以把它当粮食，只要吃了它的肉，便可以不受妖邪之气的侵害。

这只九尾狐和大禹遇到的那只实在差别太大，一个是预示着吉祥的瑞兽，一个却是爱好把人捉来吃的凶兽，虽然外形相似，却也不好将其混为一谈。不过要我说，这两个妖怪之间大概还是有点儿关系的，比如是远房亲戚之类，一个住在山清水秀、安稳舒适的地方，生活悠闲，一个却住在虎豹成群、榛莽丛生之地，连活下来都很艰难。不同的成长背景造就了它们不同的处世原则，所以才会虽然长得很像，但性格上却是大相径庭。话又说回来，就是人类自己也有文明和野蛮的区别，两个妖怪之间一个善良一个凶恶，也就不是什么难以理解的事情了。

23. 无支祁

无支祁这家伙实在是种很奇怪的妖怪。首先它的名字就很怪——“无支祁”，单看字面完全猜不出这是什么妖怪，翻开古书一查，发现其来头却还不小，乃是上古时的淮涡水神，当年大禹治水到淮河时它还曾经带领着一帮手下兴风作浪，飞沙走石，阻扰大禹疏通河道。

大禹一连来了三次，每次无支祁都是故技重施，给他捣乱，忍无可忍的大禹发布号令，集合了山川中所有的精灵鬼怪以及众山之神，又命夔龙做先锋，一战而擒获了无支祁的帮凶鸿蒙氏、章商氏、兜卢氏、犁娄氏等人，失去了翼护的无支祁只好亲自迎战。

头一阵，大禹命一个叫童律的将军去擒拿无支祁，可才交手了几个回合，童律就败下阵来。大禹又命一个叫乌木由的将军出战，片刻之后又败了回来。大禹只得再命庚辰将军出战。

庚辰领命，即刻跳入淮水之中，与无支祁厮斗在一起。这回大禹总算是找对了人，在庚辰的猛攻之下，无支祁渐渐露出了颓势，再加上体力的消耗，终于被庚辰所擒。然而此时，还有数以千计的木魅、水灵、山妖、石怪聚集在二人的周围，不停地奔走咆哮，似乎是想援救它们的主人，庚辰又费了好大一番力气，才将它们通通赶走。

刚打走了喽啰，庚辰又连忙用粗重的铁链套在无支祁的脖子上，又在它的鼻子上穿了金铃，最后将其锁在了龟山之下，自此淮河才不再像往日那般难驯，规规矩矩地流向了大海。

除了无支祁这名字，它的外形更加奇怪，按说，古书上既然说它是“淮涡水神”，那按照一般的理解，它应该就是人面鱼身的模样——比如传说中的河伯冯夷，就是这样的形象。可无支祁却偏偏不走寻常路，既不像人，也不像鱼，居然是只猴子！古书上说它：“形状好似猿猴，塌鼻子，高额头，青色的身躯，白色的脑袋，金光闪闪的双眼，牙齿像雪一样白。”看模样还是只挺有气势的猴子，可是猴子怎么就跑去了河里，还当上了水神呢？

此外，奇怪之处还有无支祁的力量，据说它只要耸耸脖子就能长到百尺之高，力气比九头大象加在一起都大，身手却又出奇地敏捷，闪转腾挪，奔行跳跃都像风一样，面对这样一只几乎没有任何短处的妖怪，也无怪乎大禹一连派出的两员大将都不是其对手了。

据说唐代曾有一个渔夫，夜晚垂钓于龟山之下，忽然感觉鱼竿动了一下，他满怀欣喜地往上提，却怎么也提不动。渔夫好奇，就跳进水里一探究竟，结果当沉到水下一百多米深时，猛然发现一条布满了水苔和绿锈的铁索就像巨蟒一样盘绕在水中的山体上，寻不见它的源头与尽头。渔人大惊，急忙潜出水来，将此事报告给了当地的刺史。

刺史得知后，便命渔夫与几十名会水的人一起下到水里，想要将那铁索给打捞上来，结果无论那几十人怎样用力，水中的铁索都纹丝不动。刺史又命渔夫他们将绳子一头绑在铁索上，一头系在五十头牛身上，之后，随着驱牛人挥舞起鞭子，五十头牛铆足了力气一同发力，僵持良久，那头的铁索才稍稍松动，之后一点一点从水中被拖了出来。

正当一切进展顺利之时，原本风平浪静的水面蓦然间浪涌翻滚，狂波大作。河水就像沸腾了一般,两岸围观的众人惊骇不已,胆小的甚至已经开溜了。

又过了片刻，铁链终于被完全拽出了水面，紧随着铁链一同出水的还有一头恐怖的巨兽。那东西外形像是猿猴，头颅雪白，脑后还长着马鬃一样的长毛，身高五丈有余，爪牙狰狞，咆哮着闯上了岸来。

但不知是不是因为在水底沉睡得太久，刚刚上岸的它就像没睡醒一样，一动不动地蹲坐在岸边，昏沉沉地闭着双眼，嘴角还淌起了口水，气味腥秽难闻，人们倒也不害怕这妖怪，反而是被这气味熏得连连往后退却。

过了很久，巨兽终于又动了，它先耸了耸肩膀，之后大大地伸了个懒腰，随着它睁开眼来，双目中射出一道道闪电般的强光，而当它看到围着自己发笑的人群以后，更是勃然大怒，张牙舞爪，号叫不止。围观的人一个个全都吓得面如土色，没一会儿的工夫便逃得无影无踪了。

巨兽其实并没去追赶谁，甚至压根儿就不曾动地方，望着那突然狂叫奔逃起来的人群，它说不定反而还有些奇怪呢。巨兽在原地又坐了一会儿，便拽起地上的铁索，以及被绑在铁索那头逃都逃不掉的五十头牛——或许巨兽是将这些牛误认为人类送给它的见面礼了吧——又重新缓缓返回了水里，这之后就再没有出现过。

后来有人偶然发现了一本古籍《岳渎经》，翻阅后才知道那年出现在淮河边的巨兽正是当年与大禹大战了一场的淮涡水神——无支祁。

关于无支祁的故事其实还有很多，尤其是在宋代，还出现了所谓“僧伽大圣降水母”的故事，其中水母的原型正是无支祁，只是形象上来了个大转弯，从一只充满野性的猿猴摇身一变成了一个外表柔弱的妇人，但其作为水神（或者说水妖）藏身在淮河中为害一方的属性却始终没有变化。

更有趣的是，到了元杂剧《西游记》中，在介绍孙行者（那时还没有孙悟空这名字）的唱词里有这样一句：“无支祁是他姊妹……”一方面坐实了无支祁的女性形象，另一方面也说明了它其实也是只猴子。两种差异如此之大的传说在这里居然被完美地融合在了一起，让人不得不佩服古人兼容并蓄的胸襟。

24. 犬妖

在魏晋时期，除了众所周知的狐妖以外，别的动物成精成妖的记录也非常多，若再算上鬼怪的话，那个时期真可以说是“妖魔乱舞”了。而在这么多妖怪中，犬妖则是比较常见的一种，和动辄就要魅人至死的狐妖不同，犬类成妖多数只是想占人类一点儿便宜而已。

比如《搜神记》中就提到，有一位名叫李德的司空，死后还未下葬，一次家人在其灵前祭祀时，李司空却凭空出现在了祭床上，无论模样、服饰还是说话时的声音语气都和生前一模一样，教训起儿女后辈来也是头头是道。

家人们见状都以为老太爷复活了，全都高兴得不得了。结果这位李司空在吃完了家人给他精心准备的饭菜之后，就把嘴一抹告辞了。家人望着他离去的背影，无论大小都难过极了。

然而令所有人没想到的是，过了一阵后，李司空居然又现身了，见了家人也没别的话，只是要吃要喝。家人虽然已经开始感觉有些奇怪，但谁也不敢真的拒绝老太爷的命令，只能是百依百顺，而当司空吃饱喝足以后，也就如同上次那样，打了声招呼就不见了。

此后，每隔一段时间，李司空就会故技重施，卷土重来。如此过了好几年的时间，整个家中都被他闹得不堪其扰。

终于有一次，当李司空在享用家人为他准备的酒饭时，酒喝得多了些，结果吃着吃着就现了原形——原来是只皱皮耷耳的老狗，家人气得七窍生烟，不容分说便一齐上前将其打杀了。

而在同书的另一则故事中，一只可以变成人的犬妖则是趁着男主人有丧在身，不能与妻子住在一起的空当，趁机变成了男主人的模样，进到房中与其妻子幽会。这点就和狐狸有很大的不同，狐狸都是直接变作美貌的少男少女，以魅惑他人，而犬妖则会根据人类的疏忽而见缝插针地攫取利益，看上去似乎犬妖要比狐妖更会算计，不过要我说，造成这种情况的原因多半是因为犬妖底子太差，变不成太漂亮的人，只能是抓住人们对熟悉的人缺乏戒备的心理，借机揩油而已。

此外，除了上面所说的可以变化的犬妖以外，还有一种会为人预报灾祸的犬妖，而预报的方式更是干脆利落——直接说人话告诉你。

据说有一对兄弟，一日正坐在家中闲聊，忽然有一条狗跑进了屋里，在二人面前蹲坐，朝着他们笑起来，一边摇头一边唱道："言我不能歌，听我歌梅花，今年故复可，奈汝明年何？"大意是说你不是说我不会唱吗？我今天就给你唱一个，今年勉强还能熬过去，可明年又该怎么办呢？

兄弟俩见自家狗居然开口唱歌了，全都吓了一跳，急忙将这条不安分的狗给杀了，希望这能禳除可能发生的灾祸。

结果到了年终岁末，梅花绽放时，兄弟俩不知因何反目成仇，大打了一架，兄弟因为用戟伤了哥哥，被官府给抓了去，而哥哥恐怕是有罪在先，竟也被关进了大牢，一连关了好几个月才被放出来。到了第二年夏天，时疫流行，兄弟俩双双染了重病，没多久就都死掉了。

可惜那条提前报信的狗了，好心好意为哥俩预警，没道谢就算了，居然反被杀害。

对了，还有大名鼎鼎的哮天犬，这位应该算是所有犬妖中名气最高的了，但其出现时间却很晚，一直到元代的元杂剧里才出现，而那时它却也不叫哮天犬，只是跟在二郎神身边的一条“细犬”而已，直到明代的《西游记》里才有了哮天犬这个名字。此外，流传很广的天狗食月的故事其实和哮天犬也没什么关系，因为这传说的出现时间要比哮天犬本身早得多了。

25. 宅妖

宅妖，顾名思义，就是出现于人家中的妖怪，并不特指某一种妖怪，而是一大类妖怪的统称。宅妖也有强弱之分，强的可以将宅院霸为己有，如果有人想要住进来，轻者要吃点儿苦头，若是不识相的则有性命之忧。也有一些宅妖能力很弱，顶多只是长得奇奇怪怪，或者趁人不注意在家中给人捣捣乱而已，并不会造成太大的危害。

《聊斋志异》中就曾记载了好几种宅妖。其中有形如肉红色的长凳，外表光泽润洁，仿佛有生命一般的妖怪，有时会混在厅堂上正常的长凳中间，当有人抚摩它时，被抚摩的地方则会随着人的手的触摸而弯曲，而一旦被人识破——原来这不是条凳子！——便会拔腿就跑，一头扎进墙壁里消失不见。

还有好似长木棍一样的妖怪，平时喜欢孤零零地在墙边靠着，如果被人发现了，就会软绵绵地倒在地上，之后像蛇一样蜿蜒着爬进墙壁里，一会儿就消失了。

此外，还有可以变成人的宅妖。同样是出自《聊斋志异》中的一个故事：

那是一天黄昏，屋子里刚点上蜡烛，书生躺在床上小憩，忽然看见地上有一个三寸来高的小人自门外而来，在屋中央略略转了一圈之后就又出去了。过了一会儿，小人又出现了，肩头还扛着两个同样袖珍的小长凳，看模样就像小孩子们用秸秆编着玩的一样。小人把两个长凳摆在屋子中央，等了一会儿，就见门外两个小人抬着一副足有四寸多长的棺材走了进来。

两人晃晃悠悠，将棺材刚放置在长凳上，就有一女子领着几个婢女走了进来——当然，身量和之前的小人差不多——女子身着重孝，用袖子捂着嘴，跪在棺前嘤嘤地哭个不停，声音就如同一只大苍蝇在人耳边乱飞。

书生在床上偷看了老半天，心里一阵阵地发毛，禁不住大声喊起人来，他想要逃走，结果刚起身就摔倒在了床下，不停打着寒战，起也起不来了。

等到外面的人全都闻声赶过来时，那些小人早就消失得无影无踪了。

除了这些来无影去无踪没有原型的宅妖之外，像是家中常见的枕头、灯台、水桶乃至于笤帚，只要和人接触的时间长了，感染了人的精气，都可以为妖作怪，从这些传说中也可以看出万物有灵的思想对于古人的影响有多么大。

凶宅妖

虽然大部分的宅妖都无害于人，顶多只是吓人一跳，但也有一些占据在人家中的妖怪十分凶狠，尤其是当人类已经侵犯到它，决意报仇之时。如在《会昌解颐录》中，就记载着一个带着浓重悲情色彩的宅妖。

在一位新上任的刺史准备搬进一座宅院时，有一个模样看上去已经七八十岁的老者忽然出现在了众人面前，自称萧老。他央求宅院的新主人说，他们一家已经在这里住了不知多少年，从来都不占用前面的厅堂，希望刺史可以宽宏大量，不要驱赶他们，说罢隐隐而没。此后，凡是刺史要遇到什么危险时，萧老还会屡屡为之预报，让其早做提防。但这位刺史却压根儿不信鬼神，对萧老始终不屑一顾。

但家中的怪事却是一件接着一件，有时会发现有人正坐于房檐上，而双脚却一直垂到了地面；偶尔一抬头则可能会望见三三两两的人在半空中飞来飞去；或者是有人抱着婴儿向人要东西吃，或者是有浓妆艳抹的女子半夜里站在月下说说笑笑——各种怪事搅得全家鸡犬不宁，叫苦不迭，就连本来没把这事放在心上的刺史本人也开始受不了了。

有一天，萧老忽然找到刺史道："我要出门几天去看望亲友，一家老小就拜托你给照顾了。"萧老放心地离开后，刺史却召集起家人，问他们知不知道妖怪的底细，其中一个老仆就向刺史报告道："常听人说后堂庭院中的枯树里躲藏着妖怪，这些日子在家中作怪的一定就是他们！"

刺史于是便命人抱来柴火，堆得和枯树一般高，之后纵火焚烧。大火中，从枯树里不断地传来喊冤之声，令人毛骨悚然。

一个月之后，身穿丧服的萧老蓦然出现在了前厅中，对着刺史痛哭道："只因为要远出几天，不想竟因此将妻儿都交到了贼人手上，现在四海之内，我已经是孑然一身，如今，也该让使君尝尝这是什么滋味了！"说着从衣带上解下一个小盒丢到了地上，一面说道："快走吧，快走吧！"说完，倏然不见。

刺史捡起地上的小盒，打开后只见里面居然蹲伏着一只小虎，个头只有绳结那么大，刺史刚想要捉住它，小虎就已经一跃跳到了地上，须臾之间已变成了一头凶猛的巨兽，之后直扑刺史家人所在的院落而去，直到将那里面的最后一个人也杀死后，老虎便也随之不见了踪影。这下，刺史也像萧老一样，孑然一身了。

上面故事里的萧老虽然在日常生活中给宅院的主人造成了不少麻烦，但毕竟没有成心加害于人，若是看不惯，直接好言相劝，请他们移家去别处就是了，而像那位刺史那样，仅为一时之快，就要灭掉对方全家老小的行为未免太过残忍，后面萧老的报复虽然狠毒，但也算是情有可原，并不能指责他是完全的恶妖，反而多少是让人同情的。

可在其他的一些传说里，宅妖却是没来由地恶，这种宅妖很多是宅院以前的主人，生前刻薄吝啬，死后阴魂不散，于是便宁愿不投胎，也要守护着自己的房子，只要别人稍稍惹到它，就要与那人斗个至死方休。

如在唐代的一个故事里，一户人家只是因为女主人要在家中生孩子，便触怒了这所宅子旧主人的亡魂，先是对女主人一通警告，结果被无视了。在女主人刚刚把孩子生下来之后，那妖怪就突然现身，一顿乱殴要将产妇生生打死。幸而产妇的丈夫据理力争，又得一位仙人相助，最后才终于让恶鬼伏法，同时救回了自己妻子的性命。

但在大多数时候，这种人与鬼之间的房屋争夺战却往往是以人的失败告终，即使分明是那鬼有错在先，无理取闹，可自己却还是只能忍气吞声，不了了之，毕竟恶鬼常在，可仙人却不常有呀。

26. 人化虎

人化为异兽的传说可谓由来已久，据说当年周穆王南征，一仗下来，军中的将领就全都化为猿猴和白鹤，小卒们则化为虫子和沙子，想来那场面必定是十分之壮观。

而在种种人化兽的传说中，尤以人化虎的传说流传最广，出现时间也最早，这里便着重来讲一讲。关于人化虎，最早可以追溯到战国，据说战国时还有一个叫牛哀的人，本来身体不错，后来忽然生了病，一连在床上躺了七天，不知不觉中便化作一只老虎。后来他哥哥来探病，结果刚一进门就被变成老虎的牛哀扑倒在地咬死了。

《搜神记》里则记载着一个天生就可以化为虎的部族，名为貙（音如出）人，就生活在江汉一带。据说长沙某个村子的居民曾经布下了许多陷阱捕虎，一夜过后，等众人去布下陷阱的地方查看时，却发现陷阱中居然坐着一个亭长，裹着红头巾，戴着高高的头冠，气呼呼地望着来人。众人不知所以，忙问道："您怎么跑到这里面去了？"亭长大怒道："昨天夜里忽然被县里召见，天黑看不清路，所以才不小心掉进了陷阱里，快点儿把我放出来！"众人道："您既然是被县里召去，是不是该有文书呢？"亭长探了探怀中，掏出公文来在众人眼前晃了晃。

众人一看，都认为陷阱里的人真的是亭长，于是便把他放了出来，结果那人从陷阱中出来后，没走几步就变成了一只老虎，啸叫着逃回山上去了。人们都说：貙虎化作人时，喜欢穿着紫色的葛布衣，其脚上没有脚后跟，而老虎若是长有五个指头，都是貙人所化。

还有一个故事讲到，一个樵夫进山砍柴，天快黑时被两只老虎盯上了，幸而这樵夫反应机敏，发现老虎后便急忙爬到了一棵树上。树并不算高，可是两只老虎轮流跳起来要抓樵夫，却怎么也够不着，过了一会儿，其中一只老虎忽然对另一只道："要是把朱都事叫来，一定能抓住他！"于是，一只老虎留下看着树上的樵夫，另一只则转身而去。

过了一会儿，刚才离开的老虎领着又一只身形更加颀长的老虎回来了，新加入的老虎果然要比之前的两头厉害得多，纵身跃起时都已经可以够到樵夫的衣服。樵夫大惧，忙抽出了腰上的樵刀，等那老虎再跳起来时，一刀砍向了它的爪子。老虎大吼一声，落地后便趔趄着落荒而逃了，其他的两只老虎也相随而去。

一直到天亮后，樵夫才战战兢兢地下了树，回到了村中。路上有熟人问昨夜为何不见他回来，樵夫便将夜里自己的遭遇对其讲了，熟人听后，大惊道："而今县城里就住着一个姓朱的都事，我们去看看他，说不定他就是那老虎呢？"于是他俩又叫上了另外几个人，一起去县里拜访这朱都事，结果都事家人却推辞说："昨天夜里出门时伤到了手，如今正在床上躺着呢。"这下众人更加认定这朱都事就是夜里的那只老虎。

他们忙去报告给了县令，县令听说后便命令官兵围住了朱都事的宅子，之后纵火焚烧。大火中，朱都事忽然从房中冲出来，伏在地上化作一只老虎，跳出人群的包围，不知所踪了。

前面两个故事中，无论是亭长还是朱都事，都是官吏。而在别的故事中，化为虎的人里居然还有一个太守。这太守姓封，当官时整日无所事事碌碌无为，化成虎后则以治下的民众为食，人们尊称其为"封使君"，这老虎才一去没有再回来。后来当地就流传下了一句俗语:“做人别做封使君，活着不做事，死了还吃人！”可见在人化虎这种传说的背后，实际还隐含着人们对于贪官污吏的讽刺和痛恨，毕竟人为的苛政可要比一只老虎凶猛得多。

而人化虎，除了自愿的以外，有时还有被迫的情况发生。

传说荆州有一人在山中赶路时，忽然遇到了一只伥鬼，手撑着一张虎皮不由分说地披在了他身上，须臾之间，他便化作一只老虎，受着伥鬼的指挥。三四年间，他吃的人和其他的野兽数不胜数。而这人虽然身体已经做了老虎，心里却对吃人这事极不情愿，可是想想如今自己的模样，就算逃走了也只能被人当成老虎杀掉，所以也只好就这么忍耐着。后来有一次伥鬼引着他经过一座寺庙，这人感到有机可乘，便径直冲进庙里，躲在僧房中不出来了。

僧人们发现有老虎闯了进来，惊恐不已，刚要去报官，忽然有位禅师走到了那老虎所在房间里，之后问道 :“弟子所为何来？是想要吃人，还是已经厌倦了野兽的身体？”老虎伏着双耳低下了头，眼中流出泪来。禅师于是用自己的手巾系在了老虎的脖子上，牵它去了自己的房间。每天都用化来的斋饭哺喂它，如此过了半年，老虎身上的兽毛才逐渐脱落，重新现出了人形，这才将自己的遭遇对众人讲了。

后来过了两年，这人才敢从寺里离开，去到了外面。结果没走多远，居然又遇上了那只伥鬼，又把虎皮披在了他身上，他虽然拼命逃回了寺里，可虎皮却还是已经粘在了他的腰上，于是整个下半身就又变成了老虎，而上半身则还是人的模样。这人待在寺中虔心诵经，过了一年多时间才又重新变回来，那之后便再也不敢踏出寺门，一直到死。

另一个被强迫化虎的故事则更为瘆人。

广陵太守郑袭身边有一个随从，一天忽然发起狂来，大吼大叫着狂奔不止，不一会儿便不见了踪影。过了一整天，当人们在路边找到他时，他已经是浑身鲜血淋漓，一丝不挂了。

众人问他究竟是怎么回事，他答说：“土地神将我捉去，命我做虎，之后便让人将虎皮披在了我身上。我推辞说我不过是为人牵马的，根本承受不了。土地神见我不愿意，顿时怒不可遏，便又让人重新把皮剥下来，可那时虎皮已经和我的肉长在了一起，剥皮时简直生不如死！”后来养了半个多月，这人浑身的疮口才渐渐恢复。

狼母

唐代的太原，有一个名叫王含的军官，其母亲金氏，本是胡人之女，自幼精通骑马射箭，素来有粗野凶悍的名声。年轻时常身骑骏马，腰挎弓箭，进到深山里去捕猎，像是熊鹿狐兔之类，每次都能打上一大堆，人们都从心底里佩服他。

金老太太七十岁以后，因为生病的缘故，便自己住进了一间僻静的房间里，日常也不要婢女来服侍，甚至不许人们随意靠近，天一黑便锁上门睡觉。平时动不动就要发怒，动辄就要用木杖惩罚家里的人。

有天夜里，老太太锁上门以后，家里人忽然听到那房间里有动静，跑过去看时，望见一只狼竟然从室内打开了门跑了出去。天快亮时，那狼就又从外面返了回来，进到房里后还将房门重新锁上了。家里人见状大为恐惧，忙将此事告诉给了王含。当天夜里，王含便也躲在暗处偷看，发现情况果然如家人所说。王含心里又忧愁又怕，一时也不知如何是好。

天亮后，金老太太把王含叫了来，说要吃麋鹿肉，王含不敢怠慢，连忙让人买了肉来，做熟后端给了母亲，却不料母亲竟道：“我需要的是生的！”王含无奈，只好端了盘生肉献给了母亲，母亲见肉大喜，坐在桌前几口就给吃完了。王含站在一边看着，更加害怕了。

后来有一次，老太太偶然听到家里的下人在窃窃私语，说自家主人的母亲居然是个妖怪之类的话，心里惭愧不已。当天晚上，锁上门以后，家里人照常在暗处偷看，突然望见有一只狼从房中破门而出，转眼就消失在了夜色里，此后再也没有回来过。

无独有偶，在清代，也有一户人家的老母亲化为狼的传说。同样是七十多岁的老人，忽然有一天双臂上生出了许多长毛，之后渐渐蔓延至后背和肚子上，后来连手上都有了，身体也越来越佝偻，身后甚至开始长出了尾巴。后来，没过多久，老人便扑倒在地上化作一只白狼，夺门而去。然而在化为狼后，她还是放心不下家里人，每隔上一个月或者半个月，就会回家来看看家里的孩子们，并且吃些儿孙们为她准备的饭菜。对此，她的家人们早已习以为常，可是邻居们却都很害怕，一直商量着要合伙把那狼杀死。

其儿媳妇听说后，便买了几个猪蹄，等到婆婆又回家来时对其道："婆婆吃了这些猪蹄，以后就别再来了。我们这些儿女们知道婆婆您只是想家，所以才总回来看看，对谁也没有恶意，可是其他人又怎能知道？若是他们真的伤到了您，我们又如何忍心呢？"

白狼听后，仰天哀号，环视了一遭，便转身离开了。自此后再也没回来过。

鼋母

三国时，清河有一个叫宋士宗的人，一年夏天，其母照常到浴室中洗浴，平时，宋母身边需要好几个婢女伺候着她，可这次宋母刚进到水中，就将婢女们全都给轰了出去，说是想要静静。

过了老半天，家人们不见宋母出来，心里都有些惴惴不安，就透过墙壁上的一个小孔向里张望，结果发现房中根本不见宋母的影子，澡盆里只有一只大鳖在游来游去。众人大惊，忙推门进到了浴室里，那大鳖见有人进来，毫不惊慌，似乎就是一只普通的乌龟，可宋母先前戴在头上的银钗，此刻又分明就戴在它的头上。一家人守在大鳖身边，除了哭也想不出别的什么办法。

过了一会儿，这大鳖忽然从澡盆中爬了出来，似乎是想要离开，家人想着它这一走估计就再也不会回来了，于是就都拦着，不让它走。过了一天多，看守得稍微松懈了些，大鳖就自己开了门，爬了出去，速度快得惊人。等到家人发现时，竟已经完全追不上了。后来过了几天，大鳖还回过一次家，但只是像平时那样简单巡视了一遭后，就又离开了。

在汉代的江夏，一户黄姓人家中的老母亲也是在洗浴的时候，忽然变成了一只大鼋，之后进了一处深水潭中后消失了。和上面所说的宋母之事几乎一模一样，因为老母亲的缘故，黄姓一家人一连好几代人都不敢再吃鼋肉。

妖怪杂辑

1. 蛙女

一个为了避雷劫而躲进了一户人家中的青蛙少女，得到了那户人家主人的帮助后还不忘知恩图报，在多年以后的危急时刻及时出现救下了主人一家。

在北方某地，有一个姓刘的中年妇人，独自在村中拉扯着一个孩子过活。一天外面下起了大雨，私塾中上学的儿子迟迟没有回来，刘姓妇人不放心，站在门边不停地向外张望。忽然，妇人看到雨中跑来一个少女，年纪才十三四岁的模样，长得秀美可人，穿着一身绿色的衣服，被雨淋湿后显得光彩熠熠。少女跑到妇人跟前对她道："请让我暂时借您的房子避下雨，等天晴了我马上就走！"妇人见少女楚楚可怜的样子，连忙让开身，将少女迎进了屋里。

妇人生起一堆火来，一边让女孩烤火，一边问起了她的来历。女孩微笑着一一作答，条理清晰，简洁大方。妇人越看越喜欢，心里都想着该不该为儿子提前说门亲了。正聊着，突然间外面雷声滚滚，一阵响过一阵，少女吓

蛙女

雨中跑来一个少女，年纪才十三四岁的模样，长得秀美可人，穿着一身绿色的衣服，被雨淋湿后显得光彩熠熠。少女跑到妇人跟前对她道：“请让我暂时借您的房子避下雨，等天晴了我马上就走！”妇人见少女楚楚可怜的样子，连忙让开身，将少女迎进了屋里。

得脸色大变，尖叫着钻进了妇人的怀里，妇人只以为是这孩子胆小，于是便像母亲似的抱住了她，一边还不忘轻声安慰。

过了一顿饭的工夫，雨消云散，女孩才从妇人怀中钻了出来，之后跪倒在地向着妇人叩头道谢，妇人刚起身想要把女孩扶起来，倏忽间女孩已经不见了。这时，妇人儿子正好从私塾中回来，离家老远，望见一个女孩从自家门中冲了出来，还没看清长什么模样，女孩就化为一只足有车轮那么大的青蛙，一蹦一跳地走了。他赶忙跑回家中去看母亲，发现母亲并没什么事后才放下心来，妇人问儿子为何如此慌张，他便对母亲说了自己刚才在门外所见，妇人听后也是大为惊异。

过了些年，妇人所在的地方发生了战乱，母子俩只好背井离乡去逃难。一次二人搭上了一条客船要渡过河去，不料船行到河心水面忽然波涛大作，小船在浪中不停摇晃，随时都有倾覆的危险。这时，一道黑影从水中蓦地跳到了船上，躲在船舱里的妇人都没看清那东西的样子，船就在惊涛骇浪之中奇迹般的平稳了下来，一直载着一船人安全到达了对岸。

等到妇人一手牵着儿子，一手提着行李从船舱里走出来时，才看到船头上居然蹲着一只巨大的青蛙，妇人刚想指给儿子看，那青蛙就已扑通一声跳进了水里，消失了。

2. 蚁王

富阳县的董昭之，一次坐船渡钱塘江，看见江面上漂着一截芦苇，有一只蚂蚁在上面不停地跑来跑去，惶恐无助，董昭之见了不禁恻隐道：“这小东西也是怕死呀。”于是便想将那截芦苇捞起来，船里的人却都反对道：“这是蜇人的毒物，岂能把它放进船里？你弄上来我也要踩死它！”董昭之没办法，只好用一条绳子一头绑在芦苇上，一头攥在自己手里，就这样一路拖着那截芦苇到了对岸，芦苇被江水冲到了岸上，那只蚂蚁也就趁机逃走了。

当天夜里，董昭之睡梦中走来一人，穿着一身漆黑的衣服，身后还跟着上百个仆从向他致谢道：“我乃是蚁中之王，不小心掉进了江里，多亏了郎君搭救才捡回了一条命，若是您以后遇到了什么危难，还请您务必告诉我。”

过了十几年，董昭之所在的地方盗匪横行，而董昭之不知是不是得罪了什么人，竟被指为盗匪头子抓进了大牢，过不了多久就要被砍头了。董昭之待在牢里，无可奈何。忽然，他想起十几年前做过的怪梦，可是转念一想，自己如今身陷囹圄，又该怎么去找那蚁王呢？刚刚燃起的一点希望转瞬就又破灭了。同牢房的犯人见他愁眉不展，问他是不是有什么遗憾。董昭之便将自己的苦恼告诉了这人，没想到这人竟指点他道：“只要取两三只蚂蚁放在手心里，之后告诉它们你要求救的事不就可以了？”董昭之一想反正也没别的办法，不如试试看，于是便照着这人所说的做了。

当天夜里，他果然又梦见那黑衣人跑来对他道：“郎君可以暂时逃到余杭山里去，天下既然已经乱了，赦令不久也就到了。”说完，董昭之突然感到被咬了一下，猛然醒了过来，之后发现自己身上的枷锁和牢门居然都已经被蚂蚁给咬断了，董昭之于是便趁机逃了出去，躲进了山中。过了些日子，朝廷发布了赦令，董昭之的罪于是也就给免了。

3. 鳀鱼怪

传说孔子当年困于陈蔡之间，进退不得，一天夜里坐在馆驿中操琴而歌，忽然有一个身长九尺的大汉闯了进来，穿一身黑色的衣服，头上戴着高冠，他一走进来便大喊大叫。子贡上前叱问，这人竟直接将子贡给提了起来扔到了一边，向来勇猛的子路一看来者不善，便冲上去与其交战，两人在庭院来来回回打了许久，仍是分不出胜负。

一直在庭前观战的孔子发现这人两腋间的铠甲时不时便会张开一个大口子，于是便对子路道："抓住他铠甲的缝隙，摔翻他！"子路照夫子所说，趁对方铠甲再张开时，猛地将手伸进了里面，之后一把将其掀翻在地，转瞬之间，倒在地上的那人便化为一条足有九尺多长的大鳀鱼，直挺挺地躺着一动不动了。

孔子回到屋里对弟子们道："我听说只要事物经历的年岁多了，便会被各方精灵所依附，而且还会被人的衰败感召而来。这怪物这次来，是否正是因为我们被困在了这里，没粮食，又有人生病了呢？凡是常见的动物，以及水族、虫蛇、草木之类，时间久了就都可以拥有神识，成为妖怪。物老则为怪，这是很正常的事，将其杀死就可以了，没有什么可怕的。"说罢坐到了琴前，继续弹奏起来。

子路将这条大鳀鱼煮着吃了，其味道还很不错，原本生着病的人吃过了妖怪的肉竟也渐渐感觉好多了。第二天一行人便离开了馆驿，继续出发了。

4. 鼠妇精

据说豫章有一户人家，一天一个婢女正在炉灶前打扫，忽然不知从哪里钻出来一个几寸长的小人，在婢女脚下跑来跑去，婢女也没注意到，一不小心便将这小人给踩死了。

过了一会儿，就有数百个和之前的小人身量差不多的小人，穿着丧服，哭哭啼啼地走进了厨房，有人扛着棺材，有人打着招魂幡，有人撒着纸钱，浩浩荡荡来到那个不幸被踩死的小人前，将其装殓后，整支队伍就又原路折了回去。

在一旁目睹了这一切的婢女惊异不已，忙跟了出去，只见这一行人最后全都走进了一只倒扣在院子里的船中。婢女走过去从缝隙中一看，发现小人们已经变成了一群圆滚滚的鼠妇，这婢女怕它们会惹出什么麻烦，于是便端来一盆热水灌进了船里。后来这些小人就再也没出现过。

5. 馆驿三怪

安阳城外有一座馆驿，传说里面有妖怪，入夜后便不能住人，否则就会被妖怪所害。有一个懂得些道术的书生一天路过这里，见天正好黑了，便想要住进去，馆驿主人劝他说：“这里不能住，前前后后有不少人在里面过夜，可没有一个能活到第二天的！”书生道：“不用担心，我自有办法。”馆驿主人拦不住，只好让他住到了楼上。

入夜后，书生端坐在房中秉烛读书，过了很久，楼下的院子里忽然传来一阵脚步声，书生连忙走到窗边向下张望，借着月光就见一个穿着黑衣服的人走到了一座小亭子前，之后冲着亭中喊说：“亭主可在？”只听一个声音答道：“诺。”那人又道：“我来啦，现在馆驿中可有人在？”那声音答道：“之前有一书生，就住在楼上，现在估计还没睡着呢。”那人听后，唉声叹气地走了。过了一会儿，庭院里又走来一人，头上戴着鲜红的头巾，对着亭子里喊亭主，之后的问答也跟前一回一样，听到有人在后便叹着气走了。

这之后很久，一直再没有其他的动静，书生估计不会再有人来了，于是便下了楼，走到那座亭子前喊道：“亭主可在？”亭主答道：“诺。”书生问道：“馆驿中可有人在？”亭主答道：“有呀，一个书生，现在也不知道睡没睡。”书生窃笑。继而接着问：“刚才那个穿黑衣服的人是谁？”亭主回答：“北舍里的母猪呀。”书生又问：“戴着红色头巾的是谁？”亭主回答：“西舍里的

馆驿三怪

书生问道："穿黑衣服的人是谁？"亭主回答："北舍里的母猪呀。"书生又问："戴着红色头巾的是谁？"亭主回答："西舍里的老公鸡呀。"又问："那你又是谁？"亭主回答："我是老蝎子呀。"书生一一记在心里，之后回到房中，继续聚精会神地读书，彻夜不敢合眼。

老公鸡呀。”又问：“那你又是谁？”亭主回答：“我是老蝎子呀。”书生一一记在心里，之后回到房中，继续聚精会神地读书，彻夜不敢合眼。

第二天天亮后，馆驿主人带着几个人来给书生收尸，却发现他居然还活着，忙问道：“郎君是怎么活下来的?！”书生笑道：“先别管这个，快取剑来，我带尔等去除妖。”众人忙找了把剑递给书生。书生接过剑，先是带着他们来到昨晚的那座亭子里，四处寻找后在地上发现一道裂缝，将其挖开后便露出了一个大洞，从洞里挖出了一个足有琵琶那么大的蝎子，带着毒针的尾巴有好几尺长。之后又去了西舍，在舍下的鸡棚里找到了那只大公鸡，又在北舍的猪圈里找到了那只老母猪，将这三位全都杀死后，馆驿中的妖怪便也就消失了。

6. 青蝉精

有一个小官吏的妻子，最近一段日子以来总是鬼鬼祟祟的，穿着打扮也比以前要精细得多，小官吏看着这种种异常，不禁怀疑妻子是不是有了外遇。

一天，小官吏骗妻子说自己要出门了，其实却是跑到了隔壁的房间，通过墙上事先掏好的小洞偷偷观察起房里完全不知情的妻子。刚开始一切还很正常，但过了一会儿，妻子就忽然将头歪向了院子里，像是在跟谁聊天似的，一言一语地搭起话来，时不时还会开心地笑笑。小官吏见状大惊，跑到窗边向外一看，发现在院子里的桑树上，居然坐着一个看上去只有十四五岁的少年，身穿一袭青衣，头上戴的头巾也是青色的，正笑着和坐在房里的妻子攀谈。

小官吏顿时怒不可遏，以为对方便是勾引自己妻子的浪荡子，盛怒之下，返回身将挂在墙上的弓箭取了下来，对准那少年便是一箭，不料弓弦响处，那少年蓦地化作一只足有簸箕那么大的蝉，鼓振着翅膀飞走了。小官吏妻子在房里见了，应声喊道："哎呀！这是谁干的！"自此后，这妻子就又回到了原来庸庸碌碌的样子。

过了些日子，小官吏走在路上时，忽然看见路旁有两个少年在聊天，其中一个正是那天他在树上见到的少年。另一人对少年道："最近怎么老也见不到你？"少年回答："前阵子不幸被人给射了一箭，养伤养了好久。"另一人问："现在可好些了？"少年道："多亏朱太守梁上的药膏，如今已经痊愈了。"

小官吏耳朵里听着他们聊天，脸上则装作不认识的样子，快步走了过去。

后来小官吏遇见了这位朱太守，便对其道："有人偷了您的药膏，您可知道？"朱太守道："我的药膏都放在房梁上，谁能偷得了？"小官吏道："您要不信，可以取下来看看呀。"朱太守不信邪，便让人把装药膏的盒子从梁上取了下来，只见盒上的锁分明还是完好的，朱太守笑着说："我就说你是在胡说，药膏这不是好好的吗？"可是等朱太守将盒子打开一看，盒里的药膏居然已经没了一半，在剩下的那一半上，还能看到好几道类似昆虫留下的足迹。

7. 飞头蛮

三国时代的吴国，有一个叫朱桓的将军，家中的一个婢女每到夜里睡着后，头便会凌空飞走，将敞开的窗子当作门来出入，以耳朵当作翅膀，天快亮时头就会再飞回来。

这样飞走的次数多了，跟她睡在同一间屋里的人又害怕又好奇。一次，等这婢女的头又飞走后，这几个人便点亮了蜡烛走到了婢女床前，发现床上果然只有她的身子，而头已经不见了。有人壮着胆子伸出手摸了摸她的身子，吃惊地发现居然已经凉了，众人担心这婢女会死掉，连忙找来被子将她的身体整个儿给盖得严严实实，之后就各自回床睡了。

结果等这婢女的脑袋飞回来后，却因为身体完全被盖在了被子里，没办法再和身体接在一起，试了好几次都不成功，反而因为没有了力气而坠到了地上，呼哧呼哧地喘着粗气，仿佛就要死了。无奈之下，婢女只好大喊起来叫醒了同伴，几人醒来后忙将被子给掀开，婢女的脑袋才又飞起来接在了自己的脖子上，不一会儿就恢复了正常。

朱桓知道这事后，认为这婢女一定是妖怪，不敢再让她当婢女，给了她些路费打发她走了。后来他才知道，南方本来就有一种所谓“落头民”，人家脑袋生下来就能飞，这是这个部族的天性。不过头离开身体的时间也有限制，若是天亮后头还是不能和身体接合的话，那人便只能以身首分离的方式悲惨地死去了。

8. 猳国

猳国是一种长得像猴子的妖怪，身长七尺，能像人一样行走，而且速度很快，很轻松就可以追上人。它们有时会躲在山里的路旁，若是路上有长相姣好的女子经过，便会趁机将其劫走。走山路的人为了防止被劫，会用一条绳子将彼此都绑在一起，可即使如此，猳国却还是能成功。猳国能够分别男女之间的气味，所以就算行人乔装打扮过，猳国也还是能准确地劫走女子，而不打男人的主意。可怜的女子被猳国劫走后，便会成为它的妻子，如果一直没能怀上孩子，则一辈子都不能回家，十年之后，女子便会变得如同猳国一样，意识也会变得迷惑，不会再想要回去了。而若是怀上了猳国的孩子，猳国便会抱起女子送回到她家去，等到孩子产下后，那孩子也和人没什么不同，长大后就更没有区别了。

9. 陈宝

传说秦穆公时，一个陈仓人在取土时，从地里忽然挖出来一只动物，似羊非羊，似猪非猪，没人叫得出这怪物的名字，陈仓人觉得这说不定是什么祥瑞，于是便决定去献给秦穆公。半路上他忽然遇见两个小孩子，他们指着那怪物道："这怪物名为媪，平时躲藏在地下，以死人脑子为食，想要杀死它的话，可以用柏树枝插它的头顶。"媪一看这俩小孩子这么不仗义，也立即对陈仓人说道："这两个小孩子名为陈宝，得到雄的那个人能夺取天下，得到雌的人能统领诸侯！"陈仓人一合计，立即扔掉了牵着那怪物的绳子，冲上来要抓那两个小孩子，没想到它俩却蓦地化作两只雉鸟，飞走了。

陈仓人不甘心，将这事报告给了秦穆公，秦穆公听后也是大感兴趣，发动周围郡县的人通通到野外去围猎，一番搜捕后，果然抓住了两只雉鸟中雌的那一只，但刚一抓住那鸟便化为一只石鸟。后来秦穆公成就了一番霸业，不知是不是因为得到了陈宝的缘故。

10. 驴怪

说来也怪，吃草的驴在成为妖怪后不知怎么居然就改吃肉了。

据说唐代有一个叫王薰的人，住在长安城里，一天晚上叫来了几个朋友在家里吃饭，正热闹时，堂前一盏烛火的后面伸出来一条长长的手臂，一直伸到了王薰几人的桌前。众人吓得全都四散开来，躲远后又忍不住朝着那手臂张望，发现那手臂皮肤漆黑，上面还长满了黑毛。

不一会儿，就有个声音对王薰道："郎君有聚会，难道就不能叫我一起参加吗？算了，我也不追究你失礼了，郎君只要放点儿肉在我手掌里就好了。"王薰不敢违背，忙拿起一块肘子放到了它手里，之后那条手臂便逐渐缩了回去。

过了一会儿，那手臂又伸了过来，有声音对王薰说："感谢郎君给我肉吃，刚才那块已经吃完了，还请郎君再赐我一点儿。"王薰没法子，只好又挑了块肘子给了它，于是手臂就又缩回去了。等手臂不见后，王薰便和朋友商议道："这一定是妖怪，等它再来时，我们就把它手臂砍断！"

片刻过后，那条手臂果然再一次伸了过来，王薰当机立断，抽出剑来砍了下去，手臂应声而坠，那怪物随即便逃走了。王薰低头一看，那手臂已经化为一个驴蹄子，鲜血淌了一地。

第二天，王薰循着血迹一路追踪找到了一户人家中，之后问他家中有没有什么异常，对方答道："家里养了一头驴，已经二十年了，今天起来那驴忽然少了一只蹄子，像是被人砍断似的，也不知是怎么回事。"王薰于是便将昨天夜里的事情对他讲了，对方这才醒悟，邀请王薰到家里，将那驴杀掉煮着吃了。

11. 枯骨妻

一个名叫金友章的书生，隐居在一座大山里五年了。最近一段日子，有一个年轻女子每天都会提着陶瓶路过金友章居处的窗前去小溪中打水，容貌长得十分艳丽。金生望见女子的次数多了，心里便渐渐对其产生了好感。

一天女子又到溪边打水，金生便趁机走到她背后道："这是谁家的漂亮娘子？总到这里来打水呀？"女子回过身来，笑道："这是山中自然流出的泉水，又没有主人，有需要就来打一些，难道还要定时定量吗？倒是你我本来从不相识，你冷不丁地跳出来，未免也太造次了！我就住在这附近，父母都已经不在了，如今寄住在姨家，受尽了辛苦劳累，正不知该怎么办呢。"

金生一听对方原来还未婚配，忙说道："我如今也是孑然一身，正想要找一个贤惠的妻子，娘子现在也正孤苦无依，没有着落，要不然我娶你如何？当然，娘子要是不愿意那就算了。"女子愣了愣神，马上道："郎君都没有嫌弃我相貌丑陋，我又怎敢拒绝你呢？只是还请郎君耐下心来等到晚上，等我去向姨家辞别。"说罢，女子便提着陶瓶匆匆而去。

入夜后，金生忐忑不安，生怕女子是在欺骗自己，焦灼等待了许久，房门忽然被推开了，女子走了进来，金生大喜，冲上去便将其抱在了怀里。没有举行任何仪式，也没有通知任何人，二人就这样成了夫妻。

生活在一起后，金生和妻子之间的感情一直不错，金生每天都要读书至深夜，妻子便一直坐在他身边陪他，不时嘘寒问暖，端茶倒水，时间一晃便过去了半年。

一天夜里，金生照常坐在房中读书，妻子却始终站在一旁，不肯坐下，金生疑惑地问妻子这是怎么了，妻子则顾左右而言他，随便找了个理由搪塞了过去。金生感觉今天妻子有些不正常，于是便催促妻子早些去睡，妻子为难地沉默了一阵子，对金生道:“我这就去睡，只是郎君等一会儿回房的时候，可千万不要点灯，千万记住。”金生心思全在书上，也没细想妻子为何会那么说，便含混地答应了，妻子点点头，转身去了卧房。

又过了一阵子，金生逐渐感到有些疲倦，便放下了书，随手拿起桌上的烛台就回了卧房。结果等他走到床前，一掀被子，吃惊地发现被中的妻子竟然变成了一具骷髅，金生吓得一把丢开了被子，扑倒在床前哭起自己妻子来，可没一会儿，被中又有了动静，很快妻子就又活生生地坐了起来。金生不胜骇惧，正想要起身逃走，可转念一想不仅没跑，反而破涕为笑起来，毕竟眼前的人是他的妻子。

金生妻子握住他的手臂，满面愁容地对他道：“让郎君担心了。我并非是人类，乃是僵卧在山南荒草堆里的一具枯骨之精。有一个名叫恒明王的人，乃是群鬼的首领，以前每月我都要去他那里一次供其驱使，可是自从嫁给了郎君，都已经半年没有去过了。刚才恒明王派鬼卒将我抓了去，用铁杖整整打了我一百杖，受的伤实在太重，以至于都现出了本形。本来再过一会儿就能恢复了，却不料还是被郎君见到了我原来的样子。事已至此，我不能再和郎君在一起了，还请郎君赶快离开这里，不要有任何留恋。在这山里到处都是被精魅依附其身的妖怪，郎君待在这里迟早要受害的！”说罢痛哭起来，不一会儿就消失了。金生无奈，只得遵照妻子的嘱托，第二天便收拾好行囊离开了山里。

12. 扫帚怪

扫帚作为平时经常被人所接触的工具，很容易沾染上人的精气，又因为不用时都被放在犄角旮旯里，易受到阴气附着，特别容易成精。

传说六朝时东海郡有一户姓徐的人家，家中有一个叫阿兰的婢女，某天开始忽然和平时沉默寡言的样子完全不一样，变得机灵爱笑起来。以后的每一天里，阿兰一有时间就会坐在镜前仔细地打扮自己，之后还会穿上自己最喜欢的一套衣服在房里走来走去，就像是要去幽会一样，可是从早到晚她却又连家门都不曾出。

人们感到很奇怪，于是便躲在暗处偷偷地观察她。一天阿兰打扮好以后，便躺回到床上睡着了。过了一会儿，只见原本靠在墙角的一条扫帚忽然用它身下无数条的高粱穗当作腿，径直朝着阿兰的床跑了过去，众人大惊，忙跳出来捉住了那把扫帚，点了把火将其烧掉了，那之后阿兰就又变回了原来呆蠢沉默的模样。

还有一个妇人，一天早晨起来，忽然看见墙角那里站着两个小孩子，模样光鲜洁净，简直就像在皇宫当差的小官吏。妇人一见便喜欢得不得了，忙从床上跳起来朝着二人跑过去，想要将他们抱在怀里，可是就当这妇人跑到两个小孩子跟前时，他俩却倏忽间变成了两把破扫帚。

关于扫帚怪，最奇特的还要数僧人太琼的一段遭遇。唐开元年间，僧人太琼到奉先县京遥村去讲经，讲完后住在了村中的一座小寺庙里。如此一住便是两年，一天清晨，太琼从僧房出来，关上门正想要到正堂去，忽然有一个东西从眼前飞过，掉到了屋檐下边。当时天色尚暗，太琼走近后才看清，地上躺着的居然是一个新生的婴儿，包裹着他的襁褓还是崭新的。

太琼惊异不已，连忙将其抱在了怀里，之后想着这么小的婴儿，最好还是去村里找户人家让他们帮忙养着比较好。于是便将婴儿放进了衣袖里，之后便出了门。走了五六里地后，太琼忽然觉得衣袖变得轻飘飘的，将手伸进袖里一探，婴儿居然已经变成了一把破笤帚。

13. 青苗神

青苗神是一种只在春天时出现的妖怪。当蛰伏了一冬的麦苗绿油油地披满了原野时，夜里，月色朦胧中，麦田里就会出现一种妖怪。其形状就像是一个大布袋，只能翻着跟头前进，行动起来十分迟缓，而且也分不清哪边是头哪边是脚，每翻一下跟头，就会发出用木棒杵地的动静。

农人们对于这种妖怪已经见怪不怪了，据说它可以为人驱鬼，人们还尊称其为青苗神。据说只要这青苗神一出现，原本游荡在田间荒野中的孤魂野鬼们就都会躲起来，不敢再乱晃害人了。

青苗神

当蛰伏了一冬的麦苗绿油油地披满了原野时，夜里，月色朦胧中，麦田里就会出现一种妖怪。其形状就像是一个大布袋，只能翻着跟头前进，行动起来十分迟缓，而且也分不清哪边是头哪边是脚，每翻一下跟头，就会发出用木棒杵地的动静。

14. 高山君

汉代时一个叫梁文的人的家里，建有一间所谓的“神祠”，祠中布满黑色的纱帐，梁文没事时就会到神祠去看看，希望真的能有神灵降临到他家里。

一直过了几十年，一天梁文正在神祠中准备祭品，忽然听见纱帐里有人说话，自称“高山君”。梁文大喜过望，以为是有神降临，忙将这个好消息告诉给了其他人。渐渐地便开始有人来到梁文家求这位高山君，或是占卜吉凶，或者替人治病，几回下来还都挺灵验，梁文于是便更坚信了高山君是神的想法。高山君没什么别的爱好，就是喜欢吃，饭量还特别大，幸好梁文家不缺钱，对其供奉始终很丰盛。

过了好几年，梁文和高山君也混熟了，终于获准进到了神祠中的纱帐里面，梁文于是趁机希望可以一睹高山君的真容，这时高山君也正好喝醉了，就对梁文说:“把手伸过来。”梁文连忙将手伸进了帐中。之后感觉自己像是摸到了神的下巴，并且发现神的胡子好像特别长，居然能绕在手上好几圈，一时有些激动，猛地往回缩了下手——却忘记了自己手上还缠着高山君的胡子呢—— 一时只听咩的一声，帐中居然传出了羊叫的声音。

当时神祠中还有其他人，一听声音不对，顿时全都冲上来帮着梁文一起拽，最后拽出来一看，发现原来是只老山羊。

15. 黑鱼怪

据说明时归安县有一个县令，到任才半年，一夜和妻子入睡后，忽然听到有东西在撞门，知县起床去查看情况，不一会儿就返回来了，并抚慰妻子说："风吹得门响而已，睡吧。"其妻子也就没当回事，只是当丈夫躺回到自己身边后，发现丈夫身上突然多出来一股浓重的腥气。自从这天以后，原本有些碌碌无为的县令就像换了个人一样，变得精明强干起来，尤其是在审理案件时，简直有如神助。

过了好几年，一个大名鼎鼎的道士经过归安县，按理说当地官员都应当去迎接才对，可是这县令却一直躲在县衙里不敢相见，而道士一进归安县，便神色紧张地对随从道："这县中有妖气。"之后便派人将县令的妻子找了来，问她说："你可还记得某年某月有东西撞门的事情吗？"县令妻子答道："记得。"道士道："你现在的丈夫已经不是原来的丈夫了，而是一条黑鱼精，你真正的丈夫早已经在当初去查看情况时被妖怪给吃掉了。"县令妻子不胜骇异，立即求道士为她报仇。

于是道士当即登坛作法，不多时，便有一条身长数丈的大黑鱼自天而坠，伏在地上乞求饶命。道士对其道："以你的罪行本来当斩，但念你在做县令时对县中人民多有恩惠，今日姑且免去你的死罪。"

说罢命人取来一口大瓮，将黑鱼精囚进了瓮里，并用符咒封住瓮口，之后埋在了县衙的大堂地下，并筑起一座高台来镇压它。道士临走时，瓮中的黑鱼精问道士什么时候才能放自己出来，道士答说：“等我再从这里路过时便放你。”然而道士自此以后便再也没来过此县。

16. 山和尚

山和尚是一种生活在山里的妖怪，形状像人，长得青面獠牙，但却穿着和尚的僧衣，剃着光头，会在夜里下到山脚下去袭击人，在进到人家中前会先跪在地上膜拜，也不知是在拜谁。拜完之后，便会冲上来用獠牙撕开栅栏，然后咬门。如果这时屋中只有一个人，山和尚便会无所顾忌，而如果人很多的话，山和尚也会知难而退，见势不妙就会立即逃回山上。据当地人说，这种妖怪最喜欢吃人的脑子。

此外，还有一种生活在海中的海和尚，其形状像是小孩子，浑身都长满了如猕猴一样的长毛，唯独头顶是光的。一见到人便会合掌做顶礼状，能说话,但是人听不懂。善于游泳,也可以短时间地在海面上行走。据海边的人说，如果把这怪物做成腊肉吃掉的话，那么一年之内就都不会觉得饿了。

17. 獭精

在古人心中獭和狐狸成妖后在形象上是很像的，都喜欢化为美女来魅惑人。比如《搜神记》里就提到，有一个叫丁初的守堤官吏，每到大雨时便会到堤上巡查，以防溃口。春天时尤其多雨，一天丁初早早就出了门，直到傍晚时才巡查回来，走在堤上时，忽然就听到背后有个声音喊道：“丁郎等等我！”丁初回头一看，发现身后不远走来一个妇人，穿青色的衣服，还打着一把青色的伞。

丁初一开始觉得这妇人挺可怜的，就想要等她过来一起走，但很快转念一想，又起了疑惑：“我没见过这妇人呀，而且这阴雨连绵她一个人到这大堤上来做什么？别再是妖怪呀……”心里想着，不觉加快了脚步，走了一会儿，回头看那妇人时，发现对方竟仍是紧追不舍。于是丁初走得更快了，又过了一会儿，只听背后扑通一声，回头一看原来是那妇人走得太急，脚下一滑摔进水里去了，而当妇人从水中潜出来时，已经化作一只青色的大水獭，而她的衣服和伞原来都是随手摘来的荷叶而已。

和狐狸不同的是，獭精的幻术似乎要比狐狸更强一点，而且更喜欢恶作剧。有一个叫钟道的人，一次得了重病差点儿死掉，病好以后忽然想起了从前喜欢过的一个女子，正怀念时，那女子竟径自推门而入。钟道见状大喜，竟也没想这女子是从何而来，抓住她的手就拽到了自己身边。

后来的日子里，这女子每隔不久便会来看他，一次钟道忽然对女子说：“想吃鸡舌香了，可惜现在没有呀。”不料女子笑道：“这有何难？”说着转过身去，不多时再转回来时手中就已掬满了鸡舌香。钟道拿起一片尝了尝，同时让女子也来一点儿，女子却推辞说：“我口中气味本来就很香，不用吃这个。”钟道只好自己慢慢吃。

过了一会儿，女子要离开了，结果刚一出门，院中的狗就发现了她，吼叫着冲了上来，一口咬在女子腿上，女子瞬间便化作一只水獭，随即，狗便将其咬死了。獭精断气后，钟道再看自己手里的鸡舌香，已经变成了一把獭粪了。

18. 蛴螬怪

平阳的张景，在县中担任武官，有一个女儿才十七岁，机敏又贤惠，夫妻俩爱如掌上明珠。

一天，这女孩自己一个人在家，躺在床上还没入睡，就听见有人推门，不一会儿一个人走进屋里，身上披着白色的衣服，容貌丰盈。白衣人毫不见外，走进来后便躺到了女孩的床上。女孩害怕他是强盗，吓得不敢出声。

白衣人待了一会儿，见女孩也不说话，便主动地凑到女孩身边，一边嘿嘿地笑着。女孩更加害怕了，而且开始怀疑这家伙会不会是妖怪。强挨了一会儿，女孩实在是被这笑声缠得受不了，便厉声叱问他道："郎君可是强盗？要不然，就是妖怪！"

白衣人听女孩如此说，一点儿也不生气，仍是满脸堆笑道："我是怀着做东床快婿的心来的，不该叫强盗的，娘子弄错了；而且我也不是妖怪，娘子这么称呼我，未免也有些过分了。我乃是齐人曹氏之子，人人都夸我仪表堂堂，风度不凡，难道娘子就没听说过吗？虽然你讨厌我，但是我还是要住在这里。"说完就躺下了，不一会儿还响起了呼噜声。女孩嫌弃得要命，连看都不想看他一眼，躲得远远的，第二天醒来时白衣人就不见了。

女孩刚松了一口气，不想到了夜里，白衣人居然又来了，一进门便倒头就睡，女孩没奈何只好又听了一夜的呼噜。第二天早上，女孩忍无可忍，找到父亲说了这事，张景听后说道：“这一定是妖怪！”于是便找了一把纳鞋底用的锥子，并在其顶端系上了一根丝线，之后重新打磨锋利，交给了女孩，并告诉她说：“那妖怪再来时，就用这把锥子戳他！”

到了夜里，白衣人果然准时而至，女孩装作很欢喜的模样与他交谈，白衣人见女孩忽然改变了态度，一时也很高兴，说起话来滔滔不绝。一直聊到了半夜，白衣人禁不住开始打起了瞌睡，女孩于是趁机取出锥子来对准他的脖子刺了下去，白衣人疼得瞬间从床上跳了起来，吼叫着夺路而逃，将锥子上连着的丝线也一路带了出去。

天亮后，女孩便找到了父亲，父亲于是带着仆人沿着丝线的痕迹一路跟踪，一直追到宅院外几十步远的一棵古树下，丝线钻进了树下的一个小洞里。往下挖了几尺后，从地下挖出来一只大蛴螬，足有一尺来长，像根白萝卜一样躺在土里，脖子上还插着女孩刺进的那把锥子。这妖怪自称“齐人曹氏之子”，大概就是将“蛴螬”二字拆开来讲的吧。

19. 石雕怪

石雕作为一种到处都有的景观物，关于其成怪的传说特别多，和大多数的怪物一样，石雕即使成怪了也变不成人，只不过是能自由行动了而已。

据说苏州开元寺前就蹲着两只大石狮子，后来时间长了，便逐渐有了生命。每当半夜三更，这石狮子就跑到人家的菜地里去啃青菜吃，守菜园的人只能远远地望见一个黑影在自己菜园里缓缓移动，可究竟是什么谁也看不清，而等到纠集来同伴壮着胆子凑近时，那黑影早就不见了。

一连好几天都是如此，看园人看着被糟蹋得一片狼藉的菜地，恨得咬牙切齿，于是叫来了一大帮人，入夜后埋伏在菜园四周等着。半夜时那黑影果然又来了，看园人一声号令，众人立即举起火炬，手持着棍棒冲了上来，黑影猝不及防，掉头就跑，一群人在身后紧追不舍，一直追到了开元寺前，黑影才停了下来，众人赶上来一看，原来是寺前的一只石狮子，嘴角上还沾着菜叶呢。

后来人们铸了几个大铁钉，将石狮的脚钉在了地里，石狮子才总算不到处乱跑了。

还有个传说，某县北门外有一座孩儿桥，桥栏杆上每隔不远就有一尊小孩造型的石像，桥也因此得名，而桥的建造年代则因为过去了太久没人能说得清了。年深日久，这些石刻的小孩便都化为妖怪，每到夜里就会进到城里去，或者敲别人家大门向对方要东西吃，或者三三两两地在集市上做游戏。

后来有一个人在夜里躲在暗处，亲眼看见有几个石刻小孩从桥上走了下来，天亮后便将这事对众人说了，人们于是就用刀将桥上那些石刻的脑袋全都砍了下来，此后，那群总是在夜里做着游戏的小孩子就再也没出现过了。

20. 蝴蝶怪

京城里住着一个姓叶的人，与城外一个叫王四的人交情十分要好。某月某日，乃是王四的六十大寿，为了给好友祝寿，叶某一大早便骑驴出了城。赶了一天的路，快到朋友家时，天色也渐渐黑了下来，叶某心想，反正离朋友家已不太远，并不着急。忽然身后传来个声音道：“劳驾，您这是要去哪儿呀？”叶某回头看时，只见一个相貌雄伟的大汉骑着一匹高头大马赶了上来。叶某见其不像坏人，便将自己要去给朋友祝寿的事告诉了他。

大汉听后，面露喜色道：“王四乃是我的表兄呀，我正要去给他拜寿呢，我们一起走怎么样？”叶某一听原来不是外人，想着路上有个伴也没有什么不好，便答应了。

然而叶某很快就发现，这大汉骑着一匹骏马，却每走一会儿就落在他的小毛驴后面，他提出让大汉走前面，大汉每次都含混地答应，但不一会儿就又落在了后边。叶某怀疑这人恐怕动机不纯，不禁提高了警惕，每隔一会儿就回头看上一眼。当时天已经黑了，只能模糊地看到大汉的轮廓，可是时不时地，就会有一道闪电从半空中劈下来，而借着一闪而过的电光，叶某惊愕地发现，那大汉居然倒悬在马上，头冲着地面，双脚踏空而行，每一道闪电劈下来，大汉就会从嘴中吐出一条一丈多长、色如朱砂的舌头与闪电相击，四周黑气盘绕，电光赫赫，就像是在和雷公斗法一样。

叶某见状，吓得心惊胆裂，可是又无可奈何，只能强忍害怕，催促毛驴跑快些。过了一会儿，终于赶到了王四的家，叶某急忙下驴去叫门，王四听到老朋友的声音，便亲自出门来迎接，之后挽住叶某的胳膊拉他进了家里，一面忙命人置酒款待，那大汉和王四搭着话，也一同跟了进去。

在酒宴上，叶某坐在王四身边，趁着那大汉埋头大吃的空隙，侧身问王四道："对面那大汉和你究竟是什么亲戚？"王四笑着答道："这是我表弟，姓张，就住在京城里，是个银匠。"叶某这才稍稍放下了心，同时怀疑起自己当时是不是眼花了。

酒宴结束后，叶某和那大汉便一起住进了王四为他们准备的客房。可是躺床上以后，叶某却无论如何也睡不着，而且还莫名其妙地感到一阵阵的心慌，忍了许久，最后还是坐起来要求换房，说什么也不肯和这大汉一起睡，可大汉却也认准了叶某，说什么也不肯换。争执了半晌，王四只好让自家的一个老仆人陪他俩一起睡，叶某也不想太为难老朋友，勉强答应了。

重新躺回床上后，叶某仍是睡不着，倒是睡在自己外侧的老仆不一会儿便已是鼾声大作。三更以后，对面床上的大汉突然坐了起来，之后张开嘴将那条一丈多长的舌头又伸了出来，舌身四周遍布着电光，将整间房子映得亮如白昼。大汉吐着长舌头，站起身几步走到了叶某的床前，之后将头伸进叶某的床帐里嗅了嗅，顿时口水流了一地。紧接着，大汉伸出双手将那个睡得正香的老仆人像提小孩一样地抱了起来，不多一会儿的工夫，本来身躯高大的老仆就只剩了一地的骨头渣了。

叶某此时几乎快要被吓晕过去了，凭着最后的一丝理智，叶某大喊道："伏魔大帝何在?！"之后只听钟鼓之声大作，武帝关羽突然手执大刀从天而降，径直朝大汉劈了过去，大汉也不示弱，转瞬间便化为一只足有车轮大小的蝴蝶,扑打着双翅与关帝抗衡。如此僵持了一会儿,忽然一声巨雷轰然炸响，关帝和蝴蝶怪同时不见了踪影，叶某也被震晕了过去。

第二天，直到中午时王四都不见老朋友起床，便叫人将门打开，进去后房里却只剩了昏迷着的叶某和地上一大摊的血迹，张某和那老仆人已经不见了。将叶某唤醒后，缓了好一会儿，叶某才将昨晚的遭遇讲了出来。王四听后大为震惊，忙派人去京城打探张某的下落，结果等到了张某家时，却发现张某正好端端地坐在炉前熔银，压根儿就不曾去祝寿。

21. 花魄

一个谢姓书生在某座山中读书时，一天早晨起来，忽然听到不远处的树林里有鸟儿鸣叫，声音听着像是鹦鹉。谢书生一边想这山上哪来的鹦鹉，一边循着声音找了过去。走近时发现，那声音居然是树枝上的一个小人发出来的，那小人长得容貌艳丽，浑身赤条条的，皮肤洁白如玉，而眉宇之间似乎凝蹙着无尽的愁苦。

谢书生觉得新奇，便一把将她抓住带回了家里，而这小人被他攥在手里，却始终没有一点儿畏惧之色。谢书生将小人放进了笼子里，每天喂她米饭吃，闲暇时则坐在桌前静静地看着她，小人有时会倚着栅栏对谢书生说上好些话，可惜谢书生一个字都听不懂。过了些日子，小人不小心被太阳照得太久，竟变成了一具肉干，死掉了。

另一个洪姓书生听说后，对谢书生道："这是花魄。凡是一棵树上先后缢死过三个人，其冤苦之气便会凝结为此物，若是能够给她浇点儿水的话，还能活过来呢。"谢书生照着这人的指点试了试，花魄果然真的活了过来，而当山下的人们得知了这消息后，也从四面八方赶了过来，一时观者如云。谢书生害怕这样下去会太过招摇，也不忍心花魄成为众人的玩物，于是便将其重新放回了树上，而就在她站上树枝的一瞬间，一只形状奇特的怪鸟啸叫着俯冲下来，捉起花魄飞走了。

22. 羊骨怪

一个姓李的书生在县衙门里当师爷，一次，有一个同乡要回家了，李生便托他为自己带封家书回去。写完信后，便叫来下人端来了一碗面糊黏信封，那碗面糊用完后还剩了些，就随手放在了茶几上。

入夜后，李生躺在床上，忽然听见房里有“吧嗒吧嗒”的动静，以为是有老鼠来偷吃，便掀开床帐的一角朝外瞧了瞧，发现在茶几的灯台下面，站着一只只有两寸来长的小羊，浑身长满了白毛，正踮起前腿伸长了脖子偷喝碗里的面糊，半晌，直到把面糊都喝光了才掉头离开。李生不相信地揉了揉眼睛，心里想一定是自己眼花了。

第二天，临睡前，李生又叫人弄了一碗面糊放在茶几上，回到床上等着。不多时那只小羊果然又来了，喝光了面糊后转身就走，李生则悄悄跟在后面，亲眼见着这小羊走到窗外树下消失后才回床睡了。

天亮后，李生便将这怪事告诉了宅子主人，一番挖掘，果然从树下挖出了一条已经腐朽了的羊骨，骨头里还残留着不少的面糊。

23. 虹

彩虹本是一种自然现象，但在古人的认知中，虹却是有生命的，并且有着两颗头颅——因为彩虹有两端——可以下到地面上来喝水甚至是吃东西。

有一条彩虹将自己的一端垂进了一户人家的庭院里，之后把头伸向了庭院中放着的一口锅中咕咚咕咚喝起来，须臾之间就将一整锅的水全都喝光了。这家的人见到后大为惊异，于是命人往锅中倒酒，结果这条彩虹喝酒的速度居然和倒酒的速度一样快，不多一会儿整整好几瓮酒就被虹给喝光了。之后，彩虹慢悠悠地将头从锅中抬了起来，摇摇晃晃的像是喝醉了，突然间“哇”的一声，彩虹居然对着那口锅吐了起来，而它吐出来的东西竟全是黄澄澄的金子，一直将金子吐满了整口锅，虹才渐渐地消失掉。

而在另一个故事里，一条彩虹则竟然将头伸进了人的家中，偷偷地喝起主人放在桌上的粥来，而当被主人发现时，却也不慌不忙，而是兴起一阵风雨来吓唬人，直到将粥都喝光后很久才慢慢消失掉。

有时，虹还可以变成人的模样。太原的温湛一天在堂前闲坐，忽然见自家的一个婢女哭着朝自己跑了过来，而在她身后则跟着一个样貌怪异的老妇人，浑身湿淋淋的，脸上平整得像面镜子，竟然连五官都没有。温湛见状大怒，连忙抽出佩刀来就冲了过去，老妇人转身遁走，跑进庭院后倏然间便化作一道彩虹，缓缓升到了天上。

鬼怪篇

卷首语

本卷中所收录的基本是古时所发生的和鬼有关的故事。其中有像人们比较熟悉的伥鬼、溺鬼、缢鬼之类，也有现在人不那么熟悉的如掠剩鬼、耐重鬼之类。

本卷中考证了一下传说中地府里的工作人员，如像孟婆、黑白无常、牛头马面这些人的事迹，同时收录了几个被古人视为“鬼仙”的女子的故事。此卷中对于一部分没有多少故事可讲的鬼们，亦将其收录在了鬼怪杂辑篇。

1. 伥鬼

说起来，人们对于“伥鬼”这个词多少还是比较熟悉的，毕竟“为虎作伥”这成语大家谁都听说过。其实伥鬼分为两种，一种是虎伥，也就是“为虎作伥”中的那个伥；还有一种名为水伥，也就是后来人们所说的溺死鬼。在下一章中我会专门讲溺鬼，这里就先讲虎伥吧。

虎伥这种鬼最早应该出现于唐代，从古至今一千多年含义从来没变过，指的都是因为被老虎当了点心，死后的鬼魂甘心为老虎当牛做马的人。关于伥鬼为什么对老虎竟会百依百顺，流传最广的说法是，伥鬼必须要拉来新的人替代自己在老虎身边的位置，自己才能投胎，所以他们为了能够早日获得自由，便只能是死心塌地，想方设法地让老虎多吃人，这逻辑多少有点儿“强盗”，但现实就是如此，伥鬼自己也难以改变。而前边说过的溺鬼之所以也被称为“伥”，其实正是因为它们同样需要有人替代才能投胎。

可能有人会奇怪，既然伥鬼是因为受老虎的胁迫，才不得不替它出力的，那为什么不直接联合起来将老虎给杀了呢？不同样可以获得自由吗？想法确实不错，但在古人看来事情却远没那么简单。

《广异记》中就提到，伥鬼和老虎之间其实是相互依存的关系，如果老虎死了，那么伥鬼也就会死。故事中提到：伥鬼不穿衣服，通身碧色，会在山林中为老虎探路，将猎人设下的陷阱解除掉。老虎一旦被猎人所杀，伥鬼也

伥鬼

等到夜深人静之后，路上忽然走来一大帮人，有僧人，有道士，有丈夫，有妇人，有唱着歌的，也有跳着舞的。这些人走到半路，发现了陷阱后，便骂道："之前刚有两个贼人杀了我们的禅师，现在正找他们呢，这会儿居然又有人想要来害我们将军！"趴在树上的猎人小声地对马拯解释道："别奇怪，这就是虎伥呀，他们都是被老虎吃掉的人，这是在为老虎清道呢。"

会消失，化为老虎喉中一块鸡蛋那么大的碧色石头。可见伥鬼的处境实在是极为尴尬、悲凉，投胎不能投胎，逃又逃不掉，就连想手刃自己的仇敌也不行，只能乖乖做着老虎的奴仆，自己被这野兽吃掉了还不够，还要眼睁睁地看着老虎生吞其他人——这些人还都是因为自己的缘故才会被老虎吃掉！——在这些时刻，作为旁观者的伥鬼想来心中也是备受煎熬的吧。

有良心不安的伥鬼，也就有全无是非，一心只知道伺候好虎主子的伥鬼，那可就真叫“为虎作伥”了。

《传奇》中就有这样一个故事，书生马拯带着仆人一起去游览一座山，峰顶有庙，马拯在庙中闲坐，令仆人下山取东西。庙中有一老僧，见状也告退了。结果没过多久，一个进庙来的山民却告诉马拯说，半山腰有一人被老虎给吃了，吃完后那老虎便变作了一个和尚，若无其事地走了。马拯惊问被吃掉的那人的模样，正是自己的仆人。

过了一会儿，庙中的老僧也回来了，山民当即认出此僧正是那老虎所变化，马拯留心一看，老僧嘴角竟然还留着些许血迹未曾擦去。马拯和山民二人与老僧周旋了一阵儿，之后设计将其推进了一口枯井里，僧人坠到井里，须臾便化为一头猛虎，咆哮跳跃，二人连忙搬来巨石，扔进井里将老虎砸死。

下山时已近黄昏，半道上二人遇到一个猎人正在布置陷阱猎虎，便和猎人一起上到树上，等待着老虎经过。

等到夜深人静之后，路上忽然走来一大帮人，有僧人，有道士，有丈夫，有妇人，有唱着歌的，也有跳着舞的。这些人走到半路，发现了陷阱后，便骂道：“之前刚有两个贼人杀了我们的禅师，现在正找他们呢，这会儿居然又有人想要来害我们将军！”趴在树上的猎人小声地对马拯解释道：“别奇怪，这就是虎伥呀，他们都是被老虎吃掉的人，这是在为老虎清道呢。”

树下的人一边叫骂一边将陷阱给拆了，之后便又唱着歌、跳着舞地去了。待他们走远后，猎人便立即跳下树来，将陷阱重新布好。又等了一会儿，果然有一只老虎当道而来，没走几步就正好触发了陷阱，一排箭蓦然齐发，老虎身中数箭，当即毙命。虎伥们纷纷赶来，一个个都如丧考妣一般，痛哭流涕，哀伤不已，甚至还有人气冲冲地说要为他们的将军报仇……

这些虎伥忠心是够忠心了，可惜能力实在太差，明明已经发现了陷阱却只是将其拆掉，都不曾想到要通知老虎一声，老虎找了这么一群跟班，也真不知是福还是祸了。

然而历史上大部分的虎伥不仅可以为老虎去除路上的陷阱，甚至在老虎吃人时还会帮着老虎按住人的手脚，防止其乱动，可谓忠心至极。此外虎伥还有一个特点，那就是它们普遍反应迟钝，昏昏蒙蒙，整个人仿佛总是睡不醒一样，以至于像上面那样，即使尽心尽力，也帮不了老虎多大的忙。不过，或许也只有这样的人，才会在死后心甘情愿地被老虎所操纵吧。

陷虎之伥

所谓陷虎之伥，指的正是宁愿做一只孤魂野鬼也要向老虎报仇的伥鬼。在《广异记》中，就记载着这样一个故事。

有一家人居住在山脚之下，夫妇俩的孩子近来每到夜里，总会梦到篱笆墙外蹲着一人，旁边还卧着一只老虎，那人不时对着自己指指点点，之后又会对着老虎窃窃私语一阵，一连十几天都是如此。

小孩心知这一定是伥鬼在给老虎指他为其选定的对象，于是便对父母道：“如果伥鬼真的引了老虎来，那我必死无疑。人们都说，一旦被虎吃掉，那死后就会变成伥鬼，我死后，恐怕也将如此。如果那时老虎要指使我的话，我就会引它到村里来，那时你们务必在要道上设好陷阱，老虎便一定可以被擒住。”

几天后，这孩子竟真的被老虎捉去了。过了很久，他忽然出现在父亲的梦里对其道:“儿如今已是伥鬼了，明天当引老虎来，大家可于村西埋设陷阱。”父亲连忙召集起村民连夜做好了陷阱，第二天，果然抓住了老虎，为儿子报了仇。

2. 溺鬼

溺鬼，也就是所谓的“淹死鬼”。在宋代以前是没有这种鬼的——当然，这可不是说宋代以前没人淹死——而是说在宋以前，淹死的人跟因为其他原因死掉的人并没什么不同，是可以正常地去投胎的，但到了宋代，就有了所谓“水伥”之说，也就是和虎伥一样，必须要有人代替自己，才能投胎转世的鬼魂。后来这说法传得久了，人们也就逐渐弃用了水伥这种说法，而直呼其为溺鬼。

为了能够找人替代自己，溺鬼想出的办法可谓是五花八门、千奇百怪：有的变成美女勾引路人，以送她回家之名将其带至河边，当路人在美女的催促之下迈进家门之时，也就扑通一声掉进水里去了；也有变成峨冠博带、风度翩翩的君子拉人下水的例子；还有的则躲在水面下不停呼喊岸上人的名字，当对方不明就里走近时，便一把将其拽住，拖进水里了事；更多的，则是各地都有的，水中淹死过人，自那以后再下水的人便总会有几个倒霉蛋被一心渴望投胎的水鬼拖进水底，成了替死鬼。

这样的故事教育意味很浓，无非是为了警告人们随意游泳的危险性，以及恐吓那些想要用跳水来寻短见的人死后的代价有多悲惨。值得一讲的故事并不多，或许唯有《王六郎》一篇而已。

这故事出自《聊斋志异》，讲的是一个许姓渔人与一溺鬼王六郎相善，但却不知王六郎是鬼。二人约定每天在河岸边相见，渔人会给王六郎带酒来，供两人对饮，王六郎则会帮着渔人将河中的鱼驱赶进网里，作为报答。

如此过了半年，王六郎忽然很凄凉地对渔人说："你我相识至今，亲爱如同手足，可惜也就快要分别了。"渔人不解，问王六郎为什么，六郎便将自己乃是溺鬼的事与其说了，并对他说："明天我的罪业就要赎清了，会有人来代替我，那时我便可以离开此地去投胎了，我俩相聚的日子只剩下今天了。"因为相处的日子太久了，所以即使得知王六郎是鬼以后，渔人也并没有害怕，反而举起酒杯祝贺他，二人于是开怀痛饮。

喝了一阵儿，渔人又问王六郎道："替代你的那人是谁？"六郎答说："兄长明日可在河畔观之，中午时会有一女子失足落入水中，那就是代替我的人。"

第二天，到了中午，果见一个怀抱婴儿的女子走在河边时意外掉进了水里，婴儿却被抛在了岸上，无助地号啕大哭，岸边的渔人看着直揪心，却又因为这是好友等了多少年才等来的机会，所以竟也不愿伸出援手。不料水中的女子在挣扎了一阵儿以后，竟毫发无损地爬上了岸，休息了一会儿，就抱着婴儿走了。

渔人大为不解，黄昏时，又来到了他和王六郎相聚的老地方，果然看见六郎正在那儿等着，而且笑意洋洋地对他说："咱们又见了呀，而且可以不用再说分别的事了。"

渔人不解其意，问王六郎是怎么回事，六郎回答道："那女子本来是要替代我的，可我见她还带着一孩子，若为了弟兄一个人，却要伤害两个人的性命，这样的事实在于心不忍，便只好将其放过了。再想要有人替代不知要等到何年何月去了，不过这也可能是因为咱俩的缘分还没有尽吧！"说罢哈哈大笑起来，毫不介意。

又过了几天，王六郎又来向渔人告别，渔人以为是又找到了替死鬼，王六郎却回答说："没有什么替死鬼，是我被天帝封为招远县邬镇土地爷了，明日就将上任，所以特来向老朋友辞行。"

后来，六郎就再也没在河边出现过了，说不定是真的上任去了吧。

3. 缢鬼

作为厉鬼的一种，缢鬼的形象始终都不怎么好，披头散发，龇嘴瞪目，还有向外吐着的又细又长的舌头，这些样样都可以算得上是缢鬼的标志了。大概是因为缢鬼要比溺鬼活动起来更自由，古代关于缢鬼的故事就远比溺鬼要多，细节也更丰富，这里不妨来详细说说。

首先，缢鬼和前面讲过的虎伥与溺鬼一样，同样需要有人代替，否则是不能投胎的，这估计是旧时人们为了劝诫那些动辄想上吊的人们多想想后果，所以故意传播的吧。和主动去找人甚至陷害人来代替自己的虎伥和溺鬼不同，缢鬼多数时候是人自己招来的，也就是说往往是因为某个人已经有了要寻短见的念头，之后缢鬼才会乘虚而入，他或者会装作邻居，或者装作亲友，黏在受害人身边不停地说着好话——让人去死的好话——甚至会帮人系绳子，搬凳子，只盼着对方能早点儿投缳，自己也就能早点儿不用再当吊死鬼了。

此外，缢鬼还有一个特点，那就是有时他们会自带草绳给受害者用——或许就是他们自己用过的那根吧——而一旦有人偶然得到了这绳子，并且将其给藏了起来，缢鬼也就不能害人了。对于藏起自己绳子的人，缢鬼也往往没有什么好办法，只能是先好言央求，若是不给就变副丑脸出现吓唬人，再不给就冲着人吹气，让其寒战大作。如果对方连这也不怕的话，那缢鬼就真没招了，只能怏怏而去。再说缢鬼留下的绳子，在故事中，这种东西肯定是

缢鬼

范生在床上看着，心里奇怪，还以为妇人是和别人约好，打扮得漂漂亮亮准备一起私奔了。却没想到妇人在梳妆完以后，就随手拿起了一条长带子，之后将其悬在了房梁上，并打好了结。范生心中一惊，还没反应过来，少妇就已经踮起脚尖，将头伸进了打好的结中，并缓缓地闭上了双眼。须臾之间，长长的舌头就从嘴中像死掉的蛇一样伸了出来，脸色也变得如同恶鬼一般。

不能留下来当纪念品的，于是便只好烧掉，而当绳子被投进火里时，便会滋滋地冒出血来，仿佛有生命一般，而且还会发出恶臭，几里内都能闻得到。

古代故事里的缢鬼绝大多数都是女性，她们所引诱用来替代自己的对象，也都是女性。究其原因,还是因为古代封建礼教束缚太重,女性地位低下不说，就连其最基本的生命价值往往都被极度忽视，整个人完全被视为父母、丈夫的附庸，各种贞洁烈女层出不穷，不是殉夫，就是殉父，死掉以后还能获得官府的嘉奖与社会舆论的赞誉，在这样的风气之下，一些女性就算不想死也得被逼死，更何况像饿死事小，失节事大这样的所谓“古训”早就在其父兄们的影响下被她们视为真理了呢?

另一方面，平白无故失掉一个人，毕竟是件令人伤心而且会让自身蒙受巨大损失的事情，所以古人一面在倡导女性应当以死明志，一面又编出许多恐怖的故事来吓唬她们，以免她们动不动就要上吊。

如在《聊斋志异》中就有这样一个故事：范生投宿在一间旅店里，晚饭后便回到了房间里躺着，过了一会儿，忽然看见一个婢女走进了房里，先是将一个包袱放在了椅子上，又将梳妆用的镜匣和盒子一样一样全都在桌上摆好，之后便出去了。

不多时，又有一个少妇从里面房间出来，打开了梳妆盒子和镜匣，对着镜子梳妆，一会儿梳理发髻，一会儿插戴头簪，又对着镜子前后左右仔细打量自己的身影。片刻之后，那个侍女又走了进来，端来了水让少妇洗脸。洗完之后，侍女捧上手巾，等少妇擦拭完了，又把洗脸水端走了。

婢女出去后，少妇便解开包袱，取出了裙子和披肩来，光灿灿的全都是崭新的，少妇一一将其穿戴好，之后又细心地舒舒衣摆，折折衣领，既周到又从容。

范生在床上看着，心里奇怪，还以为妇人是和别人约好，打扮得漂漂亮亮准备一起私奔了。却没想到妇人在梳妆完以后，就随手拿起了一条长带子，之后将其悬在了房梁上，并打好了结。范生心中一惊，还没反应过来，少妇就已经踮起脚尖，将头伸进了打好的结中，并缓缓地闭上了双眼。须臾之间，长长的舌头就从嘴中像死掉的蛇一样伸了出来，脸色也变得如同恶鬼一般。

范生吓得连忙跑了出去，喊来了旅店主人，可等他们相伴着再回到房里时，那少妇已经不见了。店主像谈着一件和自己毫不相干的事似的对范生说："以前我儿媳妇自尽于此，客人刚才见到的或许就是她。"

应该来说，蒲松龄老先生还是真心同情着这些无辜的女性的，因为在这故事结束后的评语中，开头第一句就是："受到冤屈至极以至于不得不自尽，苦呀！"

但同时代的纪晓岚可就没这么好心了，在他所讲的故事里，凡是自缢死的，如果是因为一时激愤、嫉妒而自尽的，那在死后就将承受无尽的痛苦，而如果是因为像忠臣尽节、烈女完贞之类的事情而不得不自尽，那死时可就要轻松多了，估计就跟睡一觉差不了多少，死后也不用等人代替。一番话可知，在纪晓岚心里，自缢这种事最好是别干，不过对于一部分特殊人群来说，可就真是既便捷又无痛苦的最佳方案了。

捉缢鬼

句容有一个名叫殷乾的捕快，抓贼经验特别丰富，每天夜里都会躲在隐僻处观察着路上的行人。一夜，殷乾又在暗处蹲守，忽然看到有一个手持绳索的人冒冒失失地从路上狂奔而过，句容感觉这人形迹可疑，恐怕非奸即盗，于是便悄悄地跟了上去。

殷乾跟着这人一路来到了一个村子，之后这人在一户人家的墙外停了下来，翻墙进到了里面。殷乾刚要尾随着进去抓贼，转念一想，如果就这么把贼抓住，官府也不会特意赏自己，若是等到这家人被偷完后再将其抓住，这家人肯定就会拿出被盗的一部分来酬谢自己，那样更加有利可图。于是殷乾便守在墙下，耐心等那贼出来。

过不多时，那户人家中隐隐传来一阵妇女的哭声，殷乾怀疑是那贼在行凶，忙翻墙进到院里，走到屋前，透过窗子朝里看，却发现屋里有一个妇人在对镜梳妆，脖子上绕着一根绳子，房梁上有一个披散着头发的人正在往上提绳子。殷乾心知是缢鬼在求代，于是连忙大喊着破窗而入。

很快，左右四邻和妇人的公婆便都赶了过来，殷乾一面告诉他们事情的来龙去脉，一面将已经吊在了梁上的妇人救了下来。妇人的公婆对殷乾千恩万谢，并置酒款待他，殷乾喝了几杯，之后就告辞了。

回来的路上，天还没亮，殷乾正晃晃悠悠地走着，忽然感觉背后有人追了上来，回头一看，竟是那个持着绳子的缢鬼，对方冲着殷乾大骂道："我找我自己的替代，与你何干，要坏我的好事！"说着便挥着拳头冲了上来。却不料殷乾丝毫都不怕他，反而与其对打起来，殷乾每被缢鬼击中一下，都感到身体冰冷彻骨，而且能闻到一股浓重的腥气。殷乾就这样一直和缢鬼僵持到了天亮，缢鬼体力渐渐支撑不住，殷乾却越战越勇，为了防止缢鬼逃跑，干脆一把将其抱在了怀里，说什么也不肯放开。又过了半晌，有过路的人看见殷乾抱着一根朽木站在路旁，嘴里还喃喃地骂个不停，以为他是中了邪，忙喊了他一声，殷乾这才如梦初醒，而怀里的朽木也落到了地上。殷乾怒气不消道："缢鬼就附在这根木头上，我不会放过这木头！"于是将其抱回衙门里，钉在了一根柱子上，每天夜里，都能听见木头里传来阵阵的哭泣声，极为哀恸悲苦。

此后的几天里，有来向这鬼慰问的，陪他聊天的，也有向殷乾求情的，总之大概都是这鬼的朋友吧，各种声音混杂在一起就像一群七嘴八舌的小孩子一样，而殷乾一概不理。一天，忽然有一个鬼对缢鬼道："幸亏这人是用钉子将你钉住了，要是用绳子绑住你，那你的苦头可就更大了！”一群鬼忙制止他道：“别说别说，要是泄露了秘密，被殷乾学去了怎么办！”殷乾此时却早已听得真真切切。

第二天，殷乾便将钉子拔掉，换成了绳子将朽木捆在了柱子上。结果等到了晚上，忽然听不到那鬼在哭了。第二天清早去庭前查看时，发现绑在柱子上的朽木已经不见了。

4. 髑髅鬼

所谓髑髅，指的就是人的骨头，古人事死如事生，生前死后并没什么不同，一个人生前有感觉，有思想，会说话，死后这些能力也都还保留着，或化为鬼魂四处飘荡，或依附于自己的髑髅中。

《述异记》中有这样一个故事，一个女孩进山拾柴火，拾到一半感觉累了，便靠着树睡着了。梦里就见到一女子对自己说："就在你头边，我眼中有根刺，麻烦你帮我拔掉吧，我会报答你的。"说完便不见了。

女孩豁然而醒，扭头一看，发现旁边的树丛中原来停着一口朽棺，前边已经破了一个大洞，棺主人的髑髅从洞里滚到了外面，杂草都长进了它的眼睛里。女孩便起身将那髑髅中的草全都拔掉了，之后将其放回到了棺里，还搬来石块将棺材的缺口给堵住了——搬石头的时候，女孩意外在一块石头下面发现了一对金指环，大概就是梦中的女子所说的报答吧。

分明都已经变成了一堆白骨，却还能感觉到疼痛，还能向他人求助，这和活着又有什么不同呢？或许反倒比活着还要轻松吧。正像《庄子》中的那个髑髅所说的那样："人一旦死了，上不用受国君的统治，下不用受官吏的管辖；没有四季的操劳，从容安逸，冷眼旁观天地间的沧海桑田，即使是当皇帝又哪里有我逍遥快活呢？"

有这种想法还不止庄子一人。在另一个故事里，一个农夫在田间割草时偶然发现了一颗髑髅，不忍见它暴露在荒野里，便挖了个坑将它埋了。自以为是做了好事，不想回家后没多久就生了病，躺在床上含混不清地说着："我在旷野里快乐得很，你却把我埋进土里，闷得简直受不了，我必杀你报仇！"这髑髅虽然和《庄子》中的髑髅追求相似，可是那农夫毕竟是好心，它却如此对待人家，未免就有些太过小气了。

不过，关于髑髅，最多的还是因为人先欺辱了髑髅，之后髑髅才进行报复的。这种故事数量很多，比较有代表性的是《耳食录》中的一篇：

扬州有一个狂夫——通俗说法叫莽夫——名叫大胆，一次和几个人出城，见路上荒地里髑髅很多。骷髅的脾气很大，人要是惹到它们，动辄会被臭骂一顿。可大胆不管这个，走到半路上见到一个髑髅，不仅不避让，还故意往人家头上撒尿，嘴里还说："我请你喝酒呀！"撒完了也没什么事，大胆以为是自己将鬼给镇住了，得意满满。结果往前走了没多远，就听背后有个声音喊道："拿酒来！"大胆回头一看，后面却根本没人。大胆以为自己听错了，但刚走几步，背后那声音又响了起来，大胆一愣神，那声音就又说道："不是你说要请我喝酒的吗？难不成是骗我？！"大胆这才意识到可能真的是髑髅在说话，于是便含糊答应道："那好吧，你想喝酒就跟我来吧！"髑髅应了一声诺，之后就没动静了。

大胆进了城，找了一家酒楼，选好座位后也给髑髅留了位置——髑髅自己没来，但魂魄却跟来了——大胆每喝一杯，也给髑髅倒一杯，之后向着空中一泼，算是祭飨它了。

这样一来二去，不知喝了多少杯，泼出去的酒在地上都流成了小河。大胆有些撑不住了，便问髑髅说："您醉了吗？"髑髅满不在乎地回答："死我都不怕，几杯酒算得了什么呢！"大胆没办法，只能接着陪髑髅喝，又过了半天，髑髅终于有了些醉意，大胆受不了了，于是便骗髑髅要去如厕，出去后随便扔给了店家一锭银子，也没工夫算账，灰溜溜地逃了。

5. 白骨怪

说起白骨怪，人们最先想到的大概要属《西游记》里的白骨精，那妖怪既诡计多端，又能自由变化，从头到尾耍得师徒四人团团转。但这里要说的白骨怪却远没有这么厉害，而只是以骷髅的外形出现的妖怪而已。

白骨怪在古代传说中并不多见，而在本就不多的记载里，这种妖怪行事风格都表现得十分神秘，来历说不清，结局也不清，分明只是一堆白骨，却透着一股异样的恐怖。

一个叫于凝的人，在朋友家住了半个多月，告别宴上喝得多了些，回来的路上便开始觉得有些头晕，忽然看见道旁有一块树荫不错，便下了马，想先歇歇再走。

结果在树下坐了没多一会儿，就发觉自己的马总是向南看，而且呼吸急促，似乎很惊恐的样子。于凝奇怪，就也朝着南边望去，发现在离他百步远的地方有一座荒冢，而冢上居然坐着一具枯骨，颜色像雪一样白，浑身的骨头一块不少，见不到丝毫的血肉，七窍变成了七个空洞，背上的肋骨一条条的玲珑分明，可以数得过来。

于凝胆子很大，见此情形也不害怕，反而骑上马缓缓地朝那具枯骨靠近。没走多远，枯骨就发现了他，立即张开嘴向外吹气，枯叶和尘土便纷纷从它的口中飞出直冲于凝，还有无数只乌鸦和老鹰在半空中乱飞乱叫。于凝硬撑着又向前逼近了一些，枯骨见他还敢向前，于是便站立了起来，身躯蓦然间变得庞大而骇人。

这下不仅于凝吓坏了，就连他身下的马都惊了，不受控制地夺路而走，于凝没办法，只好骑着马先赶去了旅店。

在那里，他召集了自己的仆人和十几个兵卒以及一大帮同住在旅店里的年轻人，各带着武器重新去找那具枯骨，而且还约定说："如果见到那怪物，一定要一起砸碎了它！"

等回到于凝见到枯骨的地方，果然看见对方还悠闲自在地端坐在坟头上，有人远远地冲它叫骂，枯骨却根本不搭理；有人朝着它射箭，却一支也射不中；说要一起上吧，可是谁又不敢带头，于是只能这样僵持着。

过了很久，枯骨突然猛地站了起来，之后徐徐走向了南方的荒野里。当时天已近黄昏，众人又见那枯骨已经走了，便也都各自散了，于凝也骑马而回。走了一阵儿，回头看时，望见枯骨走去的方向有一大群的乌鸦在盘旋。后来于凝又经过那地方很多次，每回都会向附近的居民打听，可是却再也没有关于那具枯骨出没的消息了。

这故事里的白骨怪就十分典型，论其来历，若说它就是那座荒冢的主人，为何故事最后又会离开呢？论其结局，在它离开后又到底去了哪儿呢？为什么从此后就再没出现了？还有与其身份极不相符，可以飞沙走石的能力，这也不像是一个妖怪可以具有的，可如果不是妖怪，那具枯骨又究竟是何物呢？

无独有偶，在《子不语》里也记录着一个同样神秘的白骨怪：

一个名为伊都拉的少年，一日去城外打猎，望见一大群鸟雀飞进了树林中，于是便放出了猎鹰逐捕，自己则用鸟枪射击落单的。

过了一会儿，少年到树林里想要把鹰收回来，意外望见自己的鹰居然落在树林深处的一个人的手臂上，那人还用右手很怜惜地抚摩着鹰的羽毛。

少年最初以为是别的猎人，可等走近了却发现那人从头到脚居然都是枯骨，惊骇之下，少年急忙举起了鸟枪，对准那人猛然击发。等到硝烟散后，枯骨人已经消失了，原地也只有厚厚的落叶而已。

白骨小儿

顾名思义，所谓白骨小儿，指的就是一具小孩子的骷髅。某天夜里，它突然毫无征兆地出现在了一户人家的院子里，在月光下莫名其妙地走来走去，摇头摆臂，白骨的关节互相摩擦碰撞，咯咯作响。那家主人冲着他大喝一声，结果白骨小儿竟循着声音径直闯进了房里，主人对其大骂不止，小孩却只是说:“母亲，我要喝奶！”主人伸出手打他，小孩应声而倒，但很快就又站起来，闪躲跳跃着一直喊：“母亲，我要喝奶！”

这时家中的其他人也都赶了过来，有人用木棒狠狠地打他，本就是具骷髅的小孩立即像积木一样碎了一地，可须臾之间就又重新聚在了一起，嘴里只是喊:“母亲，我要喝奶！”如此反复了三四次，这家人拿来了一个布袋子，将白骨小儿套进了袋子里，之后走到村外三四里远的地方，将其扔进了一口枯井里，而这一路上，小孩一直在喊：“母亲，我要喝奶！”

到了第二天夜里，白骨小儿又出现在了这户人家的院子里，手里还举着昨天套住他的那个布袋，这家人不信邪，又将他抓住，重新装进了布袋里，之后用绳子捆住袋口，又在袋子上绑上一块大石头，将其扔进了河里。沉河之前，小孩在布袋里对众人说：“我还会像昨夜一样来做客的。”一天过后，白骨小儿果然又来了，左手提着布袋，右手拿着断了的绳子，一个人玩得倒也开心。

这家人却是怒不可遏，他们先找来一段大木，之后将里面掏空，把白骨小儿塞了进去，接着用铁皮将木头封口，用钉子钉好，然后又在木头上绑上了一块巨石，派人扔到了离他家很远的大江里。临出发前，白骨小儿对众人说："谢谢你们送我这么好的棺椁。"自此这妖怪没有再出现过。

6. 紫姑

在民间，人们一般都尊称紫姑为紫姑神，也就是俗称的厕神。但和其他的那些高高在上，整天享受着人们顶礼膜拜的神不同，紫姑的任务只是在平日里大门不出二门不迈的女孩们想要有个玩伴的时候，受召唤来陪她们玩游戏而已。

据最早的记载，紫姑本是一户人家的小妾，因为被正室所嫉恨，所以在其家饱受虐待，什么脏活累活全都推给她做，最后实在不堪忍受，于正月十五那天悲愤而死。后来人们每到正月十五那天，便会用草秸或者碎布做成一个小人偶，等到夜里便捧着人偶到茅厕或者猪圈边去迎紫姑。

迎接紫姑时，要先祝祷说："子胥（即紫姑的丈夫）不在，曹姑（即正室）也回家去了，小姑可以出来玩呀！"之后如果感觉手中的人偶忽然重了一些，便是紫姑降临了。这时就可以带着紫姑回到房间里，并摆好酒果之类招待她，过不了多久，人偶的面容便会变得有光泽起来，很快就能活动自如了。

紫姑可以占卜很多事情——当然也不过就是随便说几句闺房之间的事而已——尤其善于教女孩们如何养蚕，此外还喜欢玩射钩，如果玩得好就会高兴地跳起舞来，如果手气太差便会倒在地上呼呼大睡。

迎紫姑的习俗在古代流传非常广，早期属于小孩子之间的游戏，而且迎紫姑的日子也只有正月十五那一天而已。到了宋代时，紫姑就已经不必要等到正月才能请了，只要想要人陪，随时都可以请紫姑来玩。另一方面，迎紫姑的习俗也逐渐流传到了文人墨客那里，此时的紫姑自然就不能只回答一些如何养蚕之类的事了，而开始可以陪着人们一起作诗、写字、下棋之类。

同一时期，在一些传说里，紫姑的身世也有了一些变化，变成了一个姓何名媚字丽卿，诗词歌赋、吹拉弹唱无一不通的大才女。究其原因，大概还是因为文人们觉得只有这样一个雅致非凡的女子陪着自己消遣才更符合他们的身份，所以才编出了这样的说法吧。

后来紫姑的形象就开始进一步分化，一方面是文人的紫姑，不仅能舞文弄墨，而且更有了各种仙子、真人之类的名号；而另一方面在民间，紫姑却还是那个可以陪人消遣解闷的小姑娘，只要随意扎个人偶就能请得来，一点儿架子都没有。此外，每个地区的紫姑神的名字其实都不一样，有叫她坑三姑娘的，也有叫灰七姑娘的，也有叫簸箕神的，还有其他许许多多个称呼，大概是由于传说不同的缘故吧。

蓬瀛真人

前面已经说过，宋代时紫姑的名号里经常带有仙子、真人之类的词，蓬瀛真人这名字正是紫姑的自称之一，不过故事中的蓬瀛真人却并非真紫姑，而是其他妖怪冒名顶替的。

一个姓黄的书生还没有结婚，一天闲来无事便试着邀请紫姑降临。他又是焚香，又是祷告，试了几次以后，果真有一女子凭空出现在了他眼前。女子自称蓬瀛真人，穿着一身黑色的衣服，长得不算惊为天人，但言谈举止十分典雅，非平常女子可比。

黄姓书生大喜过望，没说多少话，便问女子能不能留宿一晚，而女子竟也没犹豫，就答应了。自此之后，每天夜里女子都会出现来陪着黄姓书生。

一眨眼半年时间过去了，黄姓书生日渐消瘦。他母亲见了，知道必有隐情，于是再三诘问，黄姓书生挨不住，便将他和那女子的事情全都讲了出来。这老妇人听完，便说道："这一定是妖怪！哪里有神仙天天只穿着一身黑衣服的？既和人相处，却反而让人受损的？整整半年时间，却不敢在青天白日现身的？你何不试着要求去她家中一访，看她反应如何？"黄姓书生唯唯允诺。等到再和女子见面时，黄姓书生便提出要到女子家中去，女子欣然应允。于是二人便相携出了门，在荆棘中穿行了约半里的路程，望见一所宅院。既不华丽也不宽敞，但矮墙环绕，绿柳阴森，别有一番景致。

进到宅子里，女子便命仆人备茶，一面对书生说："大晚上的也没来得及准备，只有豆羹和浊酒而已。"等到茶水上来时，所用的器物也都很简朴，完全没有世传仙人家动辄金雕玉琢的气派，数数她家中的仆役，也不过只有小童八九人而已。

书生回家后，便一五一十全和母亲说了。书生母亲依照儿子所说，让人遍索自己家附近类似的宅院，却始终没有找到。这时某人就献计说："我听说物久则妖，您家养的那头母猪已经超过十年了，小猪现在正好有八九只，况且黑色正好是其本色，莫非那所谓真人就是它吗？"书生母亲深以为然，于是就派人去和肉铺商量将家中的那头母猪卖掉的事。

当天夜里，书生睡后，便梦见女子来向自己告辞："相处的日子还没有多久，冥冥之中的缘分便已经尽了，劝公子别后还须自爱，勿要以我为念。"说罢，洒泪而别。

7. 穷疫二鬼

在古人的世界观里，似乎无论什么事的背后都有鬼神在操纵，甚至连贫穷和瘟疫也不例外。

先说穷鬼。据《荆楚岁时记》记载，穷鬼乃是高阳氏（也就是颛顼，五帝之一）的儿子，名叫瘦约。这人脾气很古怪，作为帝王之子却不好锦衣玉食，只喜欢穿破衣服，喝稀饭。有人做新衣服给他，他也要用火烧出几个大洞来再穿，当时宫里人都呼其为“穷子”，最后在正月晦日（阴历每月的最后一天为晦日）那天死在了巷子里。后来，人们到了晦日便会做稀粥，扔掉破衣服，在巷子里祭祀，称为送穷鬼。

这种风俗在民间十分盛行，唐代的韩愈还曾写过一篇《送穷文》，文中将穷鬼分为智穷、学穷、文穷、命穷、交穷五种，纷纷扰扰始终纠缠着他，致使其一生都困顿不顺，终于忍无可忍，决心要把五个穷鬼送走。虽然这篇文章多少属于韩愈的游戏之笔，但既然能引得昌黎先生也加入这送穷鬼的队伍中来，也足见这风俗在当时是何等的深入人心了。

关于疫鬼，同样是在《荆楚岁时记》里有记载，说上古共工氏有一个不成器的儿子，终日游手好闲，无所事事，最后在冬至那日死去，死后便变成了疫鬼，到处传播瘟疫害人。然而这鬼却有一个最大的缺点，那就是害怕红豆，至于原因我也不知道，反正每到冬至，疫鬼准备出来害人时，家家户户都会熬上一锅又甜又稠、热气腾腾的红豆粥，每人都喝上一大碗，疫鬼见人们早有防备，就不敢来侵害了。

而在《搜神记》中则说，疫鬼乃是颛顼氏的儿子，而且不止一个，而是三个，一个居住在长江里，为虐鬼；一个居住在若水里，为魍魉鬼；还有一个居住在人家中，会让家中的小孩惊风，名为小鬼。

逐疫

古代医学技术落后，人们一旦感染瘟疫，往往束手无策，只能坐以待毙。又因为古人认为瘟疫流行乃是疫鬼作祟的缘故，所以既然医术对付起瘟疫来收效甚微，那人们就只好将注意力全都放在如何驱逐疫鬼上了。

据史书记载，秦汉时，在腊日（也就是腊月初八，喝腊八粥的日子）的前一天，人们会挑选出壮实的小伙子，将其打扮成传说中专门驱鬼的凶神——方相氏的模样，为其披上熊皮，戴上画着四只黄金眼睛的面具，黑衣红裳，一手持戈，一手持盾，一边跳着怪异的舞蹈一边前行，人们敲锣打鼓地跟在他背后，走街串巷地游行以驱逐疫鬼，称之为逐除。

而在皇宫中，这种仪式则更加盛大，同样是在腊日前一日，宫中会举行被称为“逐疫”的大傩。在夜色降临后，精心挑选出的一百二十名十岁以上十二岁以下的侲子（音同镇紫，特指做逐鬼之用的童子）便会头系红巾，身穿黑衣，手中摇晃着拨浪鼓，在方相氏以及十二个披毛戴角如同怪兽似的凶神的带领下，声势浩大地行遍宫中任何一个角落，以将躲藏起来的恶鬼通通赶出来。在绕了一大圈以后，这支奇异的队伍将会回到前殿，此时那里已经汇集了文武百官，个个衣冠严整，神情肃穆，而整个逐疫仪式也将在这众人的注目之下迎来最高潮。随着黄门令的一声呼喝，集合于前殿广场中的侲子们便会在宦官们的带领下，唱起一首更加奇特的恐吓妖魔的歌曲，歌词大意为：

甲作食凶，胇胃食虎！

雄伯食魅，腾简食不祥！

揽诸食咎，伯奇食梦！

强梁、祖明共食磔死寄生！

委随食观，错断食巨！

穷奇、腾根共食蛊！

妖魔鬼怪莫猖狂，十二凶神将你降！

焚你躯，断你臂，寸割你肉，抽掉你肠！

若你仍不慌忙逃，落后的拿你当干粮！

甲作、胇胃、雄伯以及其他的在“食”字之前的那些名字，指的就是之前跟在方相氏身边的那十二个怪模怪样的凶神，而像凶、虎、魅这些在“食”字之后的名字，则是那些凶神所要吞食掉的妖魔鬼怪。整首歌看上去十分恐怖，再加上人们在唱这首歌时还会一边跳舞一边欢呼，那场面真是想想都可怕，如果我是妖怪，肯定是要被吓跑的。

这支不知该用欢快还是骇人来形容的队伍会绕着大殿来回周游三遭，之后会燃起火炬，指引着疫鬼逃出皇宫。在皇宫外守候的五营骑士接过火炬后，便会骑着马一路接力将火炬传到城外的洛水边，将火炬全都丢进河里，据说这样疫鬼便会随着河水被冲走了。

疟鬼

除了疫鬼，在古人的世界观里还有一种可以让人生病的可怕鬼怪——疟鬼。顾名思义，即传播疟疾的鬼。不同于前文中由成人死后变成，疟鬼在古时多以小孩子的形象出现。

比如一个故事就提到，有一个人得了疟疾，久治不愈，一次坐船时正好从一座庙前经过，便让人去庙中许愿，希望庙神能帮他斩去疟鬼。

完事之后，船又向前行了二十余里，得疟的人忽然梦到岸上有一人骑着马赶了上来，在船舱里仔仔细细搜寻了一阵儿，也不知从哪儿捉出了一个小孩子。他与那人一起将这小孩捆好，便押解着他下船去了。梦醒之后，那人的疟疾霍然而愈。

另一个故事里，疟鬼还可以变为一种水鸟。

据说有一人名叫邵公，被疟疾缠扰了一年多都没好，一次独自躺在房里的时候，疟疾又发作起来，病痛中，邵公忽然发觉有好些个小孩子或是骑在他肚子上，或者牵着他的手脚，让本来就难受的他更加心烦意乱。邵公强压着怒火，一边继续装睡，一边等待着时机。过了一会儿，邵公感觉机会成熟，便突然坐了起来，猛地抓住其中的一个小孩，那孩子挣脱了几下之后，倏然间化为一只黄鹢，其他的小孩见大事不妙，瞬间也便作鸟兽散了。

邵公捉住了疟鬼，很是高兴，便将已经化作黄鹢的疟鬼关进笼子里，悬挂在窗前，还吓唬他说明天就吃了他！结果第二天一早醒来，笼子中的黄鹢就不见了，而邵公的疟疾也随着那黄鹢的失踪一同消失了。

在那以后，如果哪家有人得了疟疾，只要大喊一声邵公来了，疟疾很快便会痊愈。

8. 煞鬼

旧时传说，在人死后数天，其魂魄会返回家中一趟，称之为回煞，而这时他的家人们便要全都躲出去，否则这回家来的鬼便会变得六亲不认，加害于人，这样的鬼就是煞鬼。至于为什么煞鬼连至亲的亲人也不认了，我也没找到什么确切的说法，可能是因为煞鬼已经去地府走了一遭，喝过了孟婆汤，人这一生的记忆也就消失了。再加上身上带有的瘴疠之气，对人有害似乎也说得通。

此外，民间对于回煞还有一种风俗，那就是在回煞当天，要在亡者居住房子的地面上均匀地撒上一层草木灰，之后将房子锁上，第二天开门来检查，如果地面上的草木灰中有人的脚印，那就代表着亡者还能投胎为人，如果有鸡爪呀、虎爪呀、猪蹄呀之类的脚印，那就表明亡者只能投胎为牲畜了。

不过也有说法说回煞时不仅有亡者的鬼魂，还有负责押送他的鬼卒，而这鬼卒大概是在地狱里待的时间太长了，最是见不惯人间的那些儿女情长，若是放任死者与亲属们相见，自然会让双方都哭哭啼啼，难分难舍，那场面既吵人心烦，更容易耽误公务，所以当它押着亡者回来时，是绝不许死者的亲人在场的。因此在回煞时会害人的并非是亡者本人，而是他身边害怕多事的鬼卒。

比如在一个故事里，当年轻的丈夫暴亡后，妻子哀痛欲绝，日夜守在丈

煞鬼

半夜时，一阵阴风平地而起，屋子里的烛火蓦然间全都变得惨绿。只见一个满头红发的大鬼，一手持着铁叉，一手拽着铁链，牵着其丈夫从窗户进到了房里。那大鬼看见棺前的桌子上摆着酒菜，于是便放下了铁叉和绳子，自顾自坐在桌前吃喝。

夫棺前哭泣，即使到了回煞的日子也不愿离去，而是将孩子们全都赶去了别的房间，自己则守在丈夫的床帐里独自等他回来。

半夜时，一阵阴风平地而起，屋子里的烛火蓦然间全都变得惨绿。只见一个满头红发的大鬼，一手持着铁叉，一手拽着铁链，牵着其丈夫从窗户进到了房里。那大鬼看见棺前的桌子上摆着酒菜，于是便放下了铁叉和绳子，自顾自坐在桌前吃喝。其丈夫则望着屋中的陈设物品唏嘘不已，而等他走到自己的床前，掀开帷帐时，妻子便从里面扑出来猛地抱住了他——一刹那，妻子感觉到丈夫的身体冰冷得就像一团雾气——于是急忙扯来被子裹在了丈夫身上。

大鬼发现居然有生人在，急忙上前来抢夺，而妻子则一面抱紧了丈夫，一面大声地呼喊起来，屋外面的孩子们听见了，急忙全都冲了进来，大鬼见势不妙，只得放弃了自己押送的鬼魂，夺路而逃，连自己的铁叉都丢了。那之后，妻子将裹在被子里的丈夫的魂魄放进了棺材里，很快，本已经死去的丈夫便逐渐苏醒了过来。至于那个大鬼，据说因为失职而被判了很重的刑罚。

可见在回煞时对无关人员进行清场还是很重要的，至少对于押送亡者的鬼卒来说是很关键的一步。如果这么说的话，煞鬼指的似乎就是这些鬼卒了。不过这倒也不矛盾，反正民间传说就是如此，一时有一时的说法，一地有一地的讲究，没有绝对的标准可循。

就上面所说，可能会有人奇怪，如果亡者的魂魄可以那么轻松就夺回来，那回煞时人们直接守在家里，等着跟煞鬼抢回自己亲人的魂魄不好吗？这种想法固然不错，只是实施起来估计有些困难，毕竟人和鬼怪之间实力相差还是比较大的，若不是发生了意外情况——如遇上了前面故事中的那只既贪吃又马虎的大鬼——人是很难斗得过煞鬼的，更何况幽明路隔，人对于鬼的恐惧几乎是天生的，就算是身体强壮到勉强可以和鬼较量一番，也难免在精神上败下阵来。彭虎子就是这样一个例子。他正值壮年，体力过人，口头上也从来不信鬼神之事。后来其母亲去世，有人就提醒他说：“某日殃煞就将回家来了，万一遇上就麻烦了，还是出去躲躲吧！”那天全家人都躲了出去，唯独虎子一人执意要留在家中，哪也不去。

天黑后，彭虎子正躺在屋里睡觉，忽听外面房门被猛地推开，之后就听到有人闯入，步履沉重，还能听到身上铠甲相触发出的动静。

“房里有生人气?!”煞鬼大喝一声，声如雷震，在外面翻找起来。而这时的虎子则早就已经是魂飞魄散，只恨不能钻进地里去了。在床头摆放着一个大瓮，仓皇之下，彭虎子干脆钻进瓮里面，盖好了盖子，屏住了呼吸。片刻之后，彭虎子忽然感觉有人坐在了盖子上，紧接着刚才的那个声音就冲其问道：“瓮里面有人吗？”对方回答：“没有。”是彭虎子母亲的声音。

又过了一会儿，煞鬼到处都找不到人，于是便带着彭虎子的母亲离开了。

食煞

说了那些负责押送亡者的鬼卒煞鬼，现在再来说回最初意义上的煞鬼——也就是亡者本身。一般来说，鬼是没有实体的，而只是像投影一样虚幻的东西，既摸不着更杀不死。煞鬼作为鬼的一种，应该也是如此才对。但在一个唐代的传说里，主人公不仅杀死了煞鬼，而且还将它煮着吃了，味道竟然还不错。

传说中这位吃鬼的勇士名叫韦滂，生得身强力壮，而且胆量过人，精于骑射，弓矢从不离身，平时不仅喜欢吃鸟兽的肉，就连蛇蝎、蚯蚓之类的东西在他眼里也都是美食。

一日在京城里闲逛忘了时间，眼看天就快黑了，路上就要宵禁了，可离住处却还很远，韦滂便想着随便在哪户人家投宿，住上一晚。走了一阵儿，他忽然看见路边一所宅子里有人出来，韦滂便走过去和那人商量，对方回答说：“您想住自然是没问题，只是邻居家有丧事，今天正好是回煞的日子。人们都说，要是妨碍了煞鬼入宅，就将对家庭有害，所以我们一家人全都得到亲友家去躲一晚，明天才能回来，这事不能不先让您知道。”韦滂却满不在乎地道：“只要能让我寄宿就行，煞鬼要是来了我自会对付它。”主人只得将其引进了宅子，交代清楚以后自己就先走了。

韦滂吃完饭后，便来到了正堂，将门全都敞开，之后熄灭了蜡烛，手持长弓严阵以待。直等到三更天将尽，外面忽然有一团圆月大小般的光自天而降，落在了正堂北门下面，看上去就像是在燃烧一样。躲在暗处的韦滂见了心中大喜，连忙引弓急射，一箭正中那光团，旋即听到一声类似爆炸的轰响，火光一下子亮了许多，并在不停地跳跃，似乎是想要逃跑。韦滂不敢怠慢，连射三箭，光团表面的火便渐渐暗了下来不再跳动了，等到韦滂跑过去将箭拔下来时，那东西便也像失去了支撑似的，坠到地上。韦滂发现那东西原来只是一大团肉，肉身上到处都有眼睛，一眨动便会发出光来，韦滂看着这么团东西笑道：“没想到人们所说的煞鬼居然是真的。”他当即找来大锅，将这团肉给煮了，煮熟之后味道竟然出奇地好，等过了一会儿肉都被煮烂后，韦滂又用刀将其剁碎尝了尝，香气更加浓郁了。韦滂于是自己吃了一半，剩下的一半则送给了这宅子的主人。

披麻煞

看名字应该也是煞鬼的一种吧，但和一般的煞鬼不同，披麻煞随时都可能出现，一出现就要给人带来灾祸。

传说雍正末年，北方的一座小城里，一天半夜，家家户户养的狗突然全都号叫起来。人们不知怎么回事，从房里出来察看情况，发现在一处房屋的屋脊上，站着一个装扮极为怪异的男子，身穿蓑衣，腰系麻带，身后披着及腰的长发，肩头背着一个巨大的并且鼓鼓囊囊的口袋，里面传来一阵阵嘈杂至极的像是鹅鸭叫唤的声音。他站了一会儿以后，便又跳到了另一户人家的屋顶上。

第二天，凡是这人所经过的人家，都会莫名其妙地收到两三只鹅或者鸭子，有人将其煮来吃了，味道和普通的家禽也没有什么不同，始终也不知道是谁干的。后来的一段时间里，凡是收到这些鹅鸭的人家，陆陆续续开始有人死去，无一例外。

有些传说中，披麻煞则更加恐怖，会毫无缘由地将一户人家视为仇敌，必要杀害对方一人才会收手，其行动神出鬼没，来去如风，令人防不胜防。

新安县的曹婆婆，其孙儿大婚将近，家里人都忙着打扫楼房，准备迎接新娘子。一天黄昏，坐在楼下的曹婆婆忽然听到楼上有一阵脚步声，最初以为是丫鬟在上面，并没在意，但过了一会儿，那动静却越来越大，曹婆婆怀疑是进了小偷，赶忙上到楼上去抓贼。上楼后，发现门廊中站着一人，头戴麻冠，脚穿麻鞋，手中握着一根铜棍。那人见到有人来了，急忙转身就跑，曹婆婆向来胆子大，根本没想到对方会是妖怪，于是便追了上去，其人狂奔着跑进了新房，霍然一声，就如一缕烟雾般消失了。赶上来的曹婆婆见了才明白是遇上妖怪了。曹婆婆急忙下楼，要把这事告诉家人，但转念一想，明天孙儿就要结婚了，因为刚才这事闹腾着换新房已经来不及了，思来想去，只好将这事瞒了下来。

第二天，新娘子就娶进了门，家中处处张灯结彩，大宴亲友，办得很热闹。但曹婆婆却始终担心新人会出事，一点儿也开心不起来。第二天一大早，曹婆婆连忙上楼去看孙儿和孙媳，见二人安然无恙，这才放下心来，也逐渐打消了想要换房子的念头。不过因为楼上总归是被妖怪光顾过，所以曹婆婆总不肯让孙媳独自一个人上楼去。

一天夜里，孙媳正要上楼，曹婆婆见了问她干吗去，孙媳答说“如厕”，曹婆婆问她怎么不带上根蜡烛，孙媳回答：“路熟得很，不用麻烦了。”曹婆婆一时没有在意，便同意了。

结果过了一顿饭的工夫仍不见孙媳下来，喊她也不答应，曹婆婆让丫鬟上去找她，半天竟连丫鬟也没动静了。曹婆婆心里害怕，忙叫来了孙儿，很快一家人就都跟着骚动起来，忽然，先前上楼的那个丫鬟喊道：“娘子在这儿呢！”众人急忙拥向了楼上。发现新娘子居然蜷伏在一张椅子下，四肢都有被捆绑过的痕迹，将其救出来以后，孙媳口中便开始吐出大量的白沫，测其鼻息，已经十分微弱了。

过了好半天，孙媳才醒了过来，众人问是怎么回事，孙媳回答说：“一上楼就遇见了一个浑身披着麻衣的人，之后我就什么都不知道了。”在一旁的曹婆婆听了哭着说：“这都怨我呀！”便将那天在新房里遇见了妖怪的事对众人说了。

当时已近午夜，为了防止妖怪再来，孙儿便一直打起精神守着妻子，床边还站着两个丫鬟。就这样一直熬到了五更天，两个丫鬟已经撑不住全都睡着了，孙儿也是昏昏沉沉，坐在桌前直打盹。结果眼皮才刚一合上，就感觉眼前有一个黑影一闪而过，睁眼时就看见一个全身披麻的人已经冲到了妻子的床前，伸出手掐住了妻子的脖子。当孙儿冲上去救妻子时，那个披麻人迅速地破窗而出，逃走了。等到孙儿伏在床前再去叫妻子的名字时，妻子已经断气了。

9. 罗刹魅

罗刹本来也是佛经中的一种鬼怪，和夜叉一样，在本土化之后就脱离其本身浓重的宗教意味，被传成了一种由死去的人化为的大鸟，有时也用来指煞鬼。观其发展脉络，煞鬼这种可怕的妖怪或许正是在继承了罗刹身上的某些特点之后才形成的也说不定。

在唐代《宣室志》中就记载着当时的一种传说。据传，人死后数日，其棺中会有一只大鸟飞出来，名字叫“杀”。写《子不语》的袁枚则说，墓地中的太阴之气如果积聚的时间过久，便会化为罗刹鸟，其形状如灰鹤但却比它要大，能够变幻成人的样子来祟人，最喜欢吃人的眼睛。

他还举了一个例子说，在雍正年间，京城的一户人家办喜事，娘家人将新娘子送上花轿，一路吹吹打打往城里走。在经过一片古墓时，忽然有一阵旋风自坟冢而出，绕着新娘子的花轿一连转了好几圈，卷起的飞沙迷得送亲的人睁不开眼睛，都四散开找地方躲避，过了好一阵子才平静下来。送亲的队伍这才继续向前走。

等到了新郎家，花轿停在了堂前的大厅上，家人们欢欢喜喜掀开轿帘，将新娘子接了出来，可没想到新娘子刚出轿子，轿子里又钻出来了一个新娘，和先出来的新娘并肩站在一起，衣服、装饰、长相全都一模一样，谁也分辨不出来哪个是真哪个是假。

为了不错过时辰，众人只好簇拥着两个新娘先进到堂上拜见公婆，之后无论是和新郎拜天地，还是招待赴宴的亲友，也都是两个新娘一起跟着，新郎一看一下子居然能娶两个漂亮媳妇，心里还挺高兴。

喜宴结束后，新郎便带着两个新娘子进了洞房，其他人也都睡下了。然而没过多久，就听见洞房中传来一声新郎的惨叫，等到下人们冲进房里时，只见地上鲜血淋漓，新郎倒在床下，床头的新娘仰卧在血泊里，而另一个则不知了去向。

等到光线逐渐亮起来后，人们愕然发现在房梁上居然站着一只大鸟，通体灰黑色，像钩子一样的喙和鸟爪却都像雪一样白。众人喧闹着想要打那鸟，可手中的兵器全都太短，正让人出去取弓箭时，那大鸟突然鼓动起双翅，飒飒有声，目光中就像有磷火在燃烧一样，众人见状不禁有些畏惧，大鸟趁机夺门而出，转瞬便消失在了夜色里。

人们将屋里的二人救醒后，新郎回忆说："我们在房里坐了一会儿，刚想脱衣睡觉，我身左的娘子忽然朝着我挥了挥袖子，我的两只眼睛就都被挖走了，剧痛之下我当时就晕了，并不知道是什么化成的那鸟。"又去问新娘，新娘回答："听到夫君惨叫后，我刚问了一声是怎么了，那怪物就已经化作一只大鸟来啄我的眼睛，我还没来得及反应双眼就被吃掉了，自己也疼得晕了过去。"

后来夫妇二人经过好几个月的治疗，身体渐渐康复了，夫妻感情也特别好，只是都因为被罗刹魅啄去了双眼而双双变成了盲人。

10. 丁姑

丁姑和前面说过的紫姑一样，原本都是普通人家的女孩，生前受了许许多多的苦，却从来没有一个人替她们说过一句话，到了死后才因为种种原因被人们所重视崇拜。只是斯人已逝，这种“追思”除了满足人们自己想要被神灵保佑的愿望以外，又有什么用处呢？

据传说，丁姑本是丹阳人，才十六岁就被嫁到谢家当媳妇。却很不幸地遇上了一个恶婆婆，对其就如同使唤奴婢一般，每天的劳动量居然都有标准，如果完成不了便会用棍子抽打。到了九月九日那天，姑娘实在无法忍受，于是上吊自尽了，她死后便开始在民间频繁显灵，并借巫师之口传话说：“想想那些可怜的媳妇们，每天都要不停地劳作，至少在九月九日那天别让她们干活了。”

一次，丁姑又出现在了牛渚渡口，身穿着淡青色衣服，头上戴着青帷斗笠。河中有两个男人正在船上捕鱼，丁姑见了，便朝着他们喊话，求对方能用船将自己渡过去。那两个人却都坏笑着回答：“你答应给我们当媳妇，我就渡你过去。”丁姑听了大怒道:“以为你们是好人，结果没想到粗蠢如此，你是人，那就钻进烂泥里死，你是鬼，那就泡在水里面死！”说完转身便走。

过了一会儿，一个老人撑着船，载着一船的芦苇顺流而来，丁姑便又向老人求渡。老人道：“船上连船篷都没有，一看您就是贵人，怎好用这样简陋的船渡您过去？”丁姑却毫不在意说可以。老人于是便将船上的芦苇搬出了许多，腾出地方来请丁姑上船，之后徐徐地朝对岸驶去。

等到上了岸，丁姑转身对老人说：“我并非人类，乃是鬼神啊，本来根本不用人渡，只是想让民间都知道我丁姑并没有沉于幽冥。感念老翁厚意，竟愿意放弃船中所载相渡，深感惭愧，当用一点儿薄礼相谢。老翁快走吧，回去的路上必有所见，亦有所得。”老人却还很惭愧地对丁姑说：“生怕对您照顾不周，哪里还敢要礼物。”

过了一会儿，老人驾着船回到了西岸，只见有两个男人正在水里泡着，似乎已经死了。他惊愕无比，又慌忙走了几里，河中忽然有数不清的鱼跳出水面来，随后一阵风全将其吹到了岸上，老人见了大喜，于是便将船上的芦苇全都扔了，满载着鱼儿回家了。

后来，死后成神的丁姑的事迹便传遍了江南一带，九月九日那天，也真的成了家家媳妇们的休息日。

民间还有一位被人们称为“扫晴娘”的土神。古时如果想要祈求雨停云散的话，女孩们便会用彩色的纸剪成扫晴娘的模样——其形象多为头上戴着花，手中拿着扫帚，半举向空中，似乎是正在扫天上的乌云似的——悬挂在房门或者窗户上，据说很快天气便会变得好起来了。

这种习俗流传得非常广，南方北方都有，可是关于扫晴娘的来历和传说却鲜有所见，所以也就无法单列一章来讲她的故事，只能是简略地附在这里了。

11. 影鬼

顾名思义，影鬼自然就是影子变成的鬼。当人太过孤独，太想要一个伴侣时，自己的影子便会感应到，继而与自己的身体脱离开，成为妖怪。

书生邓乙遇到的正是这种情况。他已到了而立之年，既没有妻子，也没有功名，每到了夜里，一个人坐在房间里，孤灯荧荧，形影相吊，心中愁肠百结，抑郁成疾。

一夜，邓乙又坐在灯下发呆，忽然瞥见了墙壁上自己的影子，便自言自语地冲着影子道："我与你也相处了这么久，难道就不能想想办法让我开心点儿吗？"

话音刚落，只见那影子竟一跃从墙壁上跳了下来，并答应道："遵命。"邓乙被吓得一愣，影子却笑道："既想让我想法子让你开心，现在又对我如此怠慢，这是为何呀？"许久，邓乙平复了一下自己的心情，徐徐问道："那你有什么办法能让我开心起来呢？"影子答道："只要你想得到。"

邓乙于是说道："我这些年一直都是孤身一人，连一个知己都没有，我想要一个少年良友可以与我促膝而谈，以消长夜，做得到吗？" 影子答道："这有何难！"摇身一变，便已化作一个翩翩美少年，气质风流，谈吐不凡，邓乙不禁大喜。

二人聊了一会儿，邓乙又提出让影子变作贵人。影子承命，转瞬之间便又化作官长模样，衣冠威严，正襟危坐，连说话的声音气度也都派头十足。邓乙装模作样地朝其作揖，影子也一丝不苟地还礼，二人玩得不亦乐乎。

过了一会儿，邓乙笑眯眯地道："能变个美人吗？"影子点点头，站起身来，一眨眼便化作一个少女，容华绝代，风姿绰约。邓乙盯着她看了片刻，之后便提出要与其同床而眠，影子竟也答应了。

自此后，每到天黑，点亮灯以后，影子便会现身，随邓乙要求任意变化，陪他消遣。久而久之，就是在白日里，影子也可以脱离开邓乙，与他相伴了。

日子久了，完全沉浸于自己影子所营造的幻象中的邓乙渐渐变得有些痴狂起来，可由于这影子只有他自己才能看得见，所以别人只是觉得他和平常有些不一样，却都不明白他究竟是怎么了。再三诘问之下，邓乙才将影子的事与众人说了。

听了邓乙的讲述，众人再去看他的影子时，果然发现那影子居然能够自由活动，时立时坐，轮廓也是时而像男，时而像女，等到问邓乙时，邓乙的回答却又与众人所看到的并不一致。邓乙被妖怪缠上了的事情很快便传遍了，可他的生活却也并没有受到什么影响。

就这样又过了几年，影子忽然来向邓乙告辞，邓乙问它要到哪儿去，影子回答说要去"寓次之山"，离邓乙的家乡有数万里之遥。邓乙依依不舍地送它到了门外，又说了几句话，影子便凌风而起，顷刻间便不见了。自此后邓乙便失去了他的影子，人们就都称呼他为"邓无影"了。

12. 求食鬼

在古人的认知里，人即使是变成了鬼，也照样会肚子饿，需要吃饭。如果有人能记得自己，每年忌日、清明时都不忘在墓前摆上两盘供品，那这事自然是不用发愁的，可如果是没人爱搭理的孤魂野鬼，那可就难免要饿肚子了。饿几顿还是小事，如果一不小心饿过了头，以至于再死一遍，成了所谓的“聻”——人死后便成为鬼，鬼死后则会成为聻——那可就麻烦大了，据说聻这东西人见人厌，鬼见了聻就跟人见了鬼一样，能躲多远躲多远，本来一个人死两遭就够可怜了，结果死完后发现本来还能跟自己说几句话的鬼朋友们全都变得跟不认识自己似的，这可就太惨了。

所以，为了不至于落到如此境地，没人在乎的孤魂野鬼们就只能为了填饱肚皮而努力奋斗了。求食的办法多种多样，基本可以分为三类，一种靠偷，一种靠吓，还有的鬼们自力更生，以帮助人类的方式来换取食物。

先说第一种，偷。这个很好理解，饿得实在受不了却又找不到东西可吃，那就只能是去偷了。江陵的刘遁就曾遇到过这种情况。

有一只鬼偷偷跑进了他家里，而他却不知道，刘遁家本来也是穷得叮当响，家里连煮饭的炉灶都没有，平时只能用三足釜做东西吃，但每次等到刘遁做好了饭，没离开多一会儿，再回来时三足釜就不见了。等到刘遁在篱笆边的草丛里找到自己的釜时，里面也已经没有饭了。

起初刘遁还没有太在意，可是随着这种事发生了好多次，刘遁实在是忍无可忍，于是决定要教训这鬼一顿。

他秘密地去集市上买了许多有毒的药草，回到家里和着米煮了一锅粥，之后故意放着不吃，过了一会儿再去看时，果然又被偷走了。刘遁于是便到屋外去找，等到釜找到时，还能听见躲在暗处的鬼不停呕吐的动静。此后，鬼就再也没有来过他家。

像上面的那鬼就是太懒了，一点儿力气都不愿意出，而且还特别死心眼儿地就盯着一个人偷，这放谁身上谁估计都得发火，最后被人捉弄一通也算是罪有应得了。

从这个例子也可知，作为一个鬼，向人求食也不是那么容易的事，只是一味地靠偷是不可取的，还得有一定技术含量才行。

比如就有这样一个才死了没多久的鬼，因为一直吃不上饭而饿得只剩下皮包骨头。一天，他忽然遇见了一个已经死去了二十多年的朋友，对方却不仅没有饿瘦，反而还比生前要胖了不少，这鬼大为惊讶，赶忙向朋友请教他是怎么做到的，朋友便教给他说："这个很简单呀，只要你去人家里弄出些怪动静来，他们肯定害怕，自然就会给你东西吃了。"

这鬼听了朋友的话，大以为然，于是便决定如法炮制。他先去了村东头的一户人家，看见西厢房里有一架石磨盘，于是便跑过去推着它转了起来。本来以为这家人见磨盘自己动起来——人是看不见鬼的，所以只能见到磨盘在转——肯定会吓一跳，然后就会给自己饭吃。不料这家主人乃是虔诚的佛教徒，见磨盘自己转起来了，便对家人说："这是佛爷可怜咱家穷，派鬼来帮助我们了！"于是便让家人把麦子倒进磨盘里，让鬼帮着磨，这鬼也是实在，就这样一直磨到了天黑，之后仍不见这家人有给自己东西吃的意思，这才愤愤而去。

第二天，这鬼又到村西头的一户人家去作怪，结果这户人家主人见后忙对人说："昨天有鬼去帮了某甲家一天，今天这是又来帮助我了，快找点儿活给它干！"于是这鬼又帮着他家干了一天的活，最后也没有给它东西吃。

这鬼连着忙活了两天，什么都没得着，心里便有些埋怨那朋友，于是就去找他评理，朋友则解释说："是您自己选错人了，那两家不是信佛就是信道，根本就不怕鬼呀，这次你可以去一户普通百姓家里作怪，一定能得到吃的！"这鬼想想也在理，只好决定再去试试。

结果这一回，当鬼作起怪来时，那户人家果然吓坏了，急忙摆满了各种好吃的请这鬼享用，并让巫师请鬼离开。这鬼酒足饭饱以后，大为满意，也没有纠缠他们，很快就离开了。

可见，想要求食，除了要肯卖力气以外，挑选目标人群也是很重要的，否则不仅容易徒劳无功，这万一要是遇上了前面曾提到过的那位吃鬼的好汉，可就连小命都丢了。

当然，不管是靠偷，还是靠吓，作为求食的手段多少都有些不劳而获的意思，而对于有些鬼来说，它们是不屑于如此的，生前能靠本事吃饭，死后自然也可以通过帮助人来获得食物。比如就有这样一个会替人治疟疾的鬼，只要得病的人愿意送给它些饭团，它就会派手下来给这人治病。只是手段略粗暴了些，需要先将病人从家中绑走——也不知被绑去了哪儿——等到过了一天以后，他的家人才能在家附近的荒丛里找到他，幸而也不会受什么伤，而且病也已经痊愈了。

13. 孟婆

作为奈何桥上的唯一饮品指定供应商，孟婆的大名可谓是无人不知无人不晓，但其实这位老婆婆在历史上出现的时间却很晚，直到清朝以后才出现。

不过，在佛教传说中，孟婆却是西汉人，自幼聪慧过人，熟读儒释经典，在世时专心一志地劝人戒杀、吃素。直到八十一岁，犹未婚嫁。因为姓孟，故而人们称她为孟婆。后来入山修真，一直到东汉时仍在。那时因为阴间还没有孟婆汤可喝，所以有的人在投胎之后还能记得前生、地府中的事，难免会因此而泄露天机，所以玉皇大天尊便敕命孟婆为幽冥之神，建造醧[1]忘台，并选拔了一批鬼吏供其使唤。用采自俗世的药物，合成似酒非酒的汤，分为甘苦辛酸咸五味，所有的鬼魂在转世之前，都需要先饮此汤，使其忘记前生之事。

而在历史上，“孟婆”这名字作为神的形象出现，最早却是在宋代，最初时的身份也和地府没什么关系，而是正儿八经的风神，所以这个“孟婆”大概和做孟婆汤的那个“孟婆”没什么关系，只是重名而已。

地府里真正出现孟婆这个人还得等到清代，而且这个孟婆和我们现在所熟悉的孟婆还不太一样，她并非是一个人孤零零地守在奈何桥上卖汤，而是

[1] 音玉，酒美之意。

孟婆

她们簇拥着这有些茫然的亡魂，嘘寒问暖，有说有笑。一个婢女端着一碗茶过来，三个女孩捧着茶，笑意盈盈地递给亡魂，对方接过茶后，立即便会感到一阵目眩神迷，口干舌燥，不觉之间便会将杯中之茶一饮而尽，喝干之后，才会发现杯底里居然沉淀着一勺多的浑泥。惊愕之下抬起头时，眼前的孟婆和三个少女便都突然间化作了一具具的骷髅，华丽的屋宇也不知何时变成了荒芜的郊野，生前之事一瞬间就全都忘却了，之后眨一眨眼睛的工夫，自己就已经投胎为别人家嗷嗷啼哭的婴孩了。

有着自己的产业的——也就是孟婆庄。据说这是一座庄园式的建筑，四周矮墙环绕，内里朱栏石砌，雕梁画栋，风景想来一定很不错。

据《吴下谚联》里的说法，亡魂进到地府之后经过的第一处地方就是孟婆庄，等到在别处评定完生前功过，被鬼卒押着去投胎时，还会再从孟婆庄前经过一次，这时孟婆就会过来拉住亡魂，将其带至厅堂里面。之后便会有三个女孩出来接待来人——分别名为孟姜、孟庸、孟戈，都是豆蔻年华的少女——女孩们簇拥着这有些茫然的亡魂，嘘寒问暖，有说有笑。过不多时，便会有一个婢女端着一碗茶过来，三个女孩捧着茶，笑意盈盈地递给亡魂，对方接过茶后，立即便会感到一阵目眩神迷，口干舌燥，不觉之间便会将杯中之茶一饮而尽，喝干之后，才会发现杯底里居然沉淀着一勺多的浑泥。惊愕之下抬起头时，眼前的孟婆和三个少女便都突然间化作了一具具的骷髅，华丽的屋宇也不知何时变成了荒芜的郊野，生前之事一瞬间就全都忘却了，之后眨一眨眼睛的工夫，自己就已经投胎为别人家嗷嗷啼哭的婴孩了。

也有传说，孟婆庄并非是一座大庄园，而只是一处简陋的茶摊，条石为凳，藤蔓为棚，棚外临路支着一口大锅，锅内咕嘟咕嘟地煮着汤，经过的亡魂们便都聚在锅前争先恐后地抢汤喝，一口下肚，前生事就都忘干净了。茶摊后面还摆着一排石瓮，每个瓮里都盛满了各色的汤：有所谓“益智汤”，喝过此汤的亡魂在投胎后便会成为一个有才华的人；还有所谓“长命汤”，喝过此汤的亡魂再投胎做人后的寿命便会很长；还有所谓“和气汤”，亡魂喝过了这汤，投胎后为人就会变得很乐观。可见孟婆汤并非只有一种汤，而是种类繁多，而且这些汤除了全都具有消除人记忆的功效以外，还附带着各种其他的效果，只是能喝到这些汤的人估计很少很少而已。

除却这些以外，还有所谓“混沌汤”，据说是用焦心火煎熬滴泪泉水而成，听这名也能瞧出来喝了这汤的后果不会太好——可是在临路的大锅里熬煮着，同时被无数的亡魂争抢着的，正是这汤。

黑白无常

和孟婆一样，黑白无常这二位出现的时间同样很晚，鲁迅就曾写道："在印度的佛经里，焰摩天是有的，牛首阿旁也有的，都在地狱里做主任。至于勾摄生魂的使者的这无常先生，却似乎于古无征，耳所习闻的只有什么'人生无常'之类的话……"可见黑白无常的来历连他也搞不太清。

一般传说，白无常名为谢必安，面容惨白，身材清癯颀长，双目上翻，长长的舌头向外吐着，有点儿像缢鬼的模样，头上戴着一顶白色的高帽，上面写着"一见大吉"四个字，人们习惯将其称为七爷。黑无常则名范无救，皮肤黝黑，面容丑陋，身材很矮，左手拿着一个写着"善恶分明"的令牌，右手拿着一把扇子，人们习惯将其称为八爷。

关于二人是如何成神的，一个故事里是这样说的：谢范二人本是福建闽县人，自幼结拜为兄弟，情同手足。有一天，两人相偕经过一座桥时，天空中忽然阴云密布，淅淅沥沥下起雨来，七爷于是便让八爷在原地等他，自己则回家拿伞。

七爷离开后，八爷为了避雨便躲到了桥下边，却不料河水突然暴涨，八爷不愿失约，坚持不走，最后竟因身材矮小，被洪水吞没。不久后七爷取伞归来，得知八爷已死，深深悔恨自己有负于朋友，不愿独生，便吊死在了桥边的树上——所以很多白无常的形象都是吐着长舌头。后来阎君感念二人信义深重，便命他们在城隍驾前当差，专门捉拿恶鬼妖魔。不过现在黑白无常似乎已经成了专门负责勾魂的鬼差了，很少见到有人再提他们捉拿妖魔的事了。

牛头马面

牛头马面最早都是佛教体系里的鬼卒，其中牛头名曰阿傍，牛头牛蹄人身，手执铁叉；马面则没名字，手执长矛。二人一同守在地狱大门外，负责驱赶凄凄切切的亡魂们进城。后来这二位在民间也逐渐被传为勾魂的阴界使者，以至于其塑像都出现在了一些城隍庙里，跟黑白无常成了同事。

在《子不语》的一个故事里,牛头是由普通的亡魂假扮的,所谓的“牛头”只是一张面具而已，随时都可以摘下来，而且在阎罗王那里竟还有着许许多多这样的牛头鬼。如此说的话牛头就又从一个单独的人物变成了一大类鬼卒的统称了。

14. 骇鬼

这是一种喜欢恶作剧的鬼，会在夜里埋伏在路旁，当有人骑马经过时就会突然跳出来拦住对方，其体型只有兔子那么大，双眼却像铜镜一样闪闪放光。马见到后便会大惊，以至于将骑马的人都给摔下来，这时骇鬼便会跳跃着上前，对着人又抓又挠，连踢带踹——但并不会下嘴咬，可见它真的只是为了吓人玩——过了一阵儿就又离开了，也不知去了哪儿。

在三国时，魏国有一人在夜行时就曾遇到这鬼，鬼先是吓了他的马一跳，等到他从马上坠下来后就跳过来打了他一顿，之后就跑得没影了。

这人自认倒霉，缓了一会儿以后便又上马往前走，走不多时忽然发现路边走来一人，主动朝他打招呼，言谈举止都十分得体。这人便也没怀疑，而且还将之前遇见妖怪的事与他说了，并感叹道幸亏是遇到你了，否则我一个人走夜路多害怕呀！那人则回答说："我也是一个人呀，本来还心有惴惴，现在能够和郎君做伴，也就不用害怕了。郎君的马快，你在前边走，我在后面跟着你吧！"于是两人便结伴而行。

走了一会儿，跟在后面的那人忽然问道："郎君之前遇见的那怪物长什么样？竟将你吓成了这样。"这人在马上随意答道："那东西身体就像兔子，眼睛像两面大铜镜，长得简直不能再吓人了！"

那人于是幽幽说道："郎君，来看我的眼睛。"这人不知他是什么意思，下意识地就将头扭向了后面，愕然发现身后哪里有什么人，分明就是之前遇见的那怪物！骇鬼忽闪着两只熠熠生辉的大眼睛，哈哈大笑，一面跳上了马来,这人惊骇之下又从马上摔了下去,吓晕了。后来这人的马自己走回了家里，家里人奇怪，便沿途一路寻找，终于找到了他，幸而也并没什么大碍，睡了一大觉之后就苏醒了过来。

15. 有虞二妃

有虞二妃名为娥皇和女英，乃是传说中舜帝的妃子，并称为有虞二妃。

二妃本是一对姐妹，父亲是大名鼎鼎的尧帝，后来二妃一起嫁给了舜，在舜还未接受禅让以前——也就是还是个穷小子的时候——曾经数次帮助舜脱离险境。

舜的父亲瞽叟让舜去修屋顶，趁机想要烧死他，结果舜因为穿着二妃交给他的鸟形彩纹的衣，竟化作一只鸟儿，毫发无伤地飞走了；瞽叟又叫舜修井，等到舜下到井下以后就将井口堵死，想要压死舜，却又因舜穿着二妃给他的龙形彩纹衣变成了一条龙，穿地而去。后来瞽叟又想要下毒害舜，最后也还是因为二妃而失败了。舜当上天子以后，便封娥皇为后，女英为妃，天下之人没有不称赞二妃贤良淑德的。后来舜帝出巡，半路死在了苍梧，二妃得知消息以后急忙坐船往苍梧赶，结果船行至湘水时遇上了大风浪，船也被打翻了，二妃就此淹死在了湘水之中，死后便成了湘水中的神灵。

还有一个传说。二妃在得知舜帝死讯，赶去苍梧奔丧的途中，因为伤心而不停哭泣，一路挥洒着眼泪，有些泪滴落到了竹子上，便化为斑点，至今那痕迹都还留在竹子上，于是人们就管这种带着斑点的竹子称为湘妃竹。《红楼梦》里林黛玉自号“潇湘妃子”，用的正是这个典故。

江妃二女

江妃二女据传说是周昭王的两个妃子，一名延娟，一名延娱。二人都能言善辩，歌舞超群，走在路上不会留下脚印，站在太阳底下也不会映出影子，仿佛仙女一般。可结局却和有虞二妃一样悲催。一次陪着昭王游览长江和汉水时，船意外翻覆，二妃连同昭王全都沉入了江底。江汉一带的人们悼惜于两个妃子的不幸，于是便在江边立祠祭祀她们。

过了十年以后，住在江边的人时不时就能望见两个妃子陪着昭王或泛舟于江上，或嬉戏于水边，民间于是便传说二妃其实没死，而是成了江中的神女。祠中的香火于是大盛，尤其是到了晚春上巳节这天，人们就都来到祠前祭祀，有人还会带来时鲜甘甜的水果，并采来杜兰叶将其包好，沉入水中，有的则是用五彩的丝线缠绕在水果上，据说这样水里的蛟龙便不会将这些送给二妃的祭品抢去吃了。——也不知是不是从屈原那儿学来的。

关于她俩还有一个流传很广的故事。据说在长江、汉水合流处，有两位神女不时现身，沿着水边漫步游览。一次，一个叫郑交甫的人坐车途经此处，忽然望见正站在岸边的二妃，一见倾心，却不知她们乃是神人，便对仆人说：“我想下车去，看看能否求来那两位姑娘的玉佩。”仆人则提醒他说：“这一带的人都善于诗歌，恐怕你得不到玉佩，还要碰一鼻子灰。”

郑交甫不听，还是下了车，走到二妃身前道：“两位姑娘辛苦。”二妃则回答道：“旅客辛苦，我两人有何辛苦呢？”

郑交甫见搭上了话，便吟诵起一首诗来，大意为：“摘来橘子和柚子，全都盛在竹筐里，将其浮在汉水上，顺流而下无遮拦。我沿岸边缓缓行，采来芝兰充为粮。”继而说道：“我知道这样做很冒失，但我还是请求二位姑娘能赠予我玉佩。”

二妃看着这个唐突的年轻人莞尔一笑，之后将他的诗又重复了一遍，其中只是改了几个字。之后便解下了身上的玉佩，送给了郑交甫。交甫大为惊喜，诚惶诚恐地接了过来，之后将其珍藏在了怀中，紧紧地贴着心口。当他走出几十步远，想要再看看那玉佩时，却发现怀中空空荡荡的，根本没有什么玉佩，回头再想找那两个姑娘时，发现她们也已经消失不见了。《诗经》里有所谓“汉有游女，不可求思”的句子，据说指的就是这件事。

16. 灯花婆婆

灯花婆婆这故事在宋元时一度很流行，曾经被改编为说唱词话，供说书人在坊间为人们表演。清代时的一本书里曾记录下当时还保存着的十二种宋代人创作的词话，其中就有灯花婆婆的故事，可见其流传之广。可惜这本词话的内容并没能保存到现在，而今我们能看到的较完整的灯花婆婆的故事，只有保留在《酉阳杂俎》里的原始版本了：

有一个叫刘积中的人，其妻子得了重病，一天夜里，刘积中守在妻子床前还没睡觉，忽然看见桌上蜡烛的火苗蓦地跳动起来，弄得房间里光线忽明忽暗，紧接着，从烛火中缓缓升起了一个人——一个满头白发的老太太从中走了出来。老太太站到了地面上后，便对刘积中道："夫人的病只有我能治，为什么不求我呢？"却不想刘积中素来刚正，根本不信鬼神，面对着这个从烛火里冒出来的老太太，一点儿都不客气，连声呵斥。灯花婆婆大为不满，一面向后退，一面指着刘积中道："别后悔！别后悔！"说着退到了墙角的阴影里，倏然不见。

结果很快，躺在床上本来熟睡着的妻子就突然惊醒，感到心口疼得要命，眼看就要活不成了，刘积中不得已，只得恭恭敬敬地向着灯花婆婆消失的地方祝祷。刚祝祷完，灯花婆婆便又现身而出。

刘积中连忙作揖请其坐下，灯花婆婆这才消了些气，要来了一碗茶水，对着那碗茶施法念咒。过了一会儿，便让刘积中将茶端给夫人喝，刘积中依言而行，茶水才刚咽下，其夫人的心痛便消失了。

后来时不时地，烛火中便会显出灯花婆婆的身影，刘积中一家人也渐渐对此习以为常。过了一年以后，灯花婆婆忽然对刘积中道：“我有一女儿已经到了该嫁人的年纪了，烦劳主人帮忙找一女婿吧！”刘积中笑道：“人鬼殊途，这忙我可不好帮呀。”灯花婆婆答说：“不是要找生人，只要将桐木雕刻成人的模样，刻精细些，便算得上佳婿了。”刘积中一想这也不难，就答应了。之后便请人用桐木雕了一个木人，过了一夜，那木人便不知了去向。

过了一阵子，灯花婆婆又找到刘积中说：“还得再麻烦主人当一回铺公铺母（旧俗称为新房铺床的福寿双全的人），如果可以，某天时我会备好车马来接你们。”刘积中心想之前都已经答应了，这回也不好推辞，于是只好应允。

一日黄昏时，一驾马车停在了他家门前，灯花婆婆也一同而来，请刘积中和他妻子赴宴。马车一直走到天黑，停在一处朱门高墙、烛火璀璨的地方。进到里面，往来的宾客之多如同王公贵族在办喜事一样。刘积中被灯花婆婆带着，来到了一间厅室内，见里面全都是穿着官服的大官，有一些刘积中还认识，还有些甚至是已经死去了多年的老友，刘积中和他们茫然相对，每个人都一言不发。其妻子也被带到了一间高燃着红烛的厅堂里，里面也已经有几十个妇人先在那儿了，其中有她熟悉的，也有早就不在人世了的，同样面面相觑，谁也不说话。就这样一直待到天快亮了，刘积中和妻子才恍恍惚惚地回到了家里，两个人都像从宿醉中苏醒了一样难受，夜间婚宴上的事已经忘记了七七八八了。

过了几个月，灯花婆婆又找上门来，这次是为她小女儿找女婿。刘积中却再也不耐烦，一边喝骂一边举起枕头朝她扔了过去。灯花婆婆随即消失，而其妻子的病也突然发作起来，可这回无论刘积中怎么请求，灯花婆婆都不肯再现身了，其妻子最后竟因此而死。没过多久，刘积中的妹妹竟也开始心痛起来，刘积中心知这恐怕也是那灯花婆婆在捣鬼，于是便打算搬家。结果家中的东西却忽然间都变得像被胶水粘在了地上一样，就连鞋子木屐那么轻的东西也拿不起来，东西都搬不走，自然也就没法搬家。刘积中又是请道士作法，又是请和尚念咒，但却都不管用。

一天，刘积中正坐在堂前翻药方，其婢女小碧忽然从外面走了进来，举止有些奇怪，见刘积中正低头看得入神，便直冲着其喊道：“刘四，还记得咱们以前的日子吗？”继而嘶哑着嗓子道：“省躬最近刚从泰山回来，路上遇见飞天夜叉携带有贤妹的心肝，便被我给夺了回来。”说罢举起了袖子，只见里面似乎有什么东西在不停地蠕动，接着她像是在下命令一样对着身旁道：“去将其安置好。”她话音刚落，袖中就仿佛冒出一阵风来，吹得堂前的帘帷连连乱摆。然后婢女坐到刘积中对面，聊起过去的人和故事。刘积中和杜省躬是同年中的进士，二人交情甚厚，而此时的婢女所表现的，无论是举止还是说话的语气声音，都和杜省躬一模一样。

过了一会儿，婢女起身道：“我还有事，不能久留。”说罢忽然倒在了地上，等到醒来后，已全然不记得刚才发生了什么，而刘积中妹妹的病也就此痊愈了。

17. 掠剩鬼

掠剩鬼又名掠剩使，为由亡魂所担任的鬼差。所谓掠剩其实就是“掠夺剩余”的意思，在古人看来人一生所得的财富皆有定数，超过了这个数量，那剩下的那些就会由掠剩用尽各种办法剥夺掉。这种鬼在唐宋时屡被提及，其中以《稽神录》里的故事最为精彩，不妨来详细讲讲。

广陵法云寺的僧人珉楚，曾经和一位章姓商人交情甚厚，章姓商人死的时候，珉楚还曾为他念经超度。几个月后，在集市上，珉楚居然又遇见了这个已经死去的章姓商人。当时珉楚还没吃饭，商人便把他请进了饭馆里，边吃边聊。

珉楚问商人说：“您已经死了呀，怎么还会出现在这里？”

商人回答说:“因我生前有小罪过，死后也难脱辛劳，被配为扬州掠剩儿。”

珉楚问：“什么是掠剩儿？”

商人答说：“凡世间之人，经商时所能赚的利润都有定数，超过定数而多得的部分即是余剩，我便可以掠夺为己有。今人间如我辈者甚多。”说着便指着街上来来往往的人说:“某人某人,都和我一样。”不一会儿有一个僧人路过，商人又说：“这个和尚也是。”商人还把僧人叫到了跟前，两人说了很久的话，但僧人却始终没有发现就坐在旁边的珉楚。

又坐了一会儿，商人和珉楚相偕走到了街上，遇见有一妇人在卖花，商

掠剩鬼

“凡世间之人，经商时所能赚的利润都有定数，超过定数而多得的部分即是余剩，我便可以掠夺为己有。今人间如我辈者甚多。”

人指着她说：“这妇人的花也是鬼所卖的，也只有鬼才会用这花，人间这花是没有用处的。”说罢，商人掏钱买下了一朵，送给珉楚说：“凡见此花而笑者，皆是鬼。”之后就告辞而去了。那花殷红精致，十分可爱，只是格外重，珉楚持着这花，昏昏然朝寺里走去，一路上，有许多人见到花后都露出了笑容。

等到快进寺时，珉楚突然醒悟到，和鬼接触了这么久，手里还持着鬼送的花，终究不是好事，于是便将花扔到了路旁的水沟里，花落水时，能听到清晰的响声。

回到寺里，其他僧人发现珉楚脸色不对，以为是中了邪，连忙持汤药来让他喝下。过了很久他才恢复过来，向人们说了一路上的遭遇。于是人们一起去找珉楚扔在水沟里的花，但那里却根本没有花，只有一只死人的断掌。

18. 耐重鬼

在龙门石窟中，有一座北天王脚踩鬼怪的石雕，其中，天王脚下所踩的鬼怪，在唐人的传说中被称为耐重鬼。据说这鬼每三千年可以轮换一次，到时耐重鬼便会变化为容貌娇艳的妇人到人间去魅惑好色男子，趁机将其杀死，以替代自己去当天王的踏脚石。

太原的王煌一次从洛阳回缑氏的家中，半路上看见路边堆起了一座新坟，坟前站着一个披麻戴孝的少妇，年纪只有十八九岁的样子，虽然看上去有些憔悴，但容貌仍显得十分出众。旁边站着两个婢女，不见有男子。

王煌不禁有些好奇，便凑上去问是怎么回事，婢女回答说："小娘子本是三秦人，年纪轻轻就嫁给了河东的裴直，婚后没两年，裴郎去了洛阳，谁知一走就没了音讯。小娘子在家中苦等不来，便带着我二人到洛阳来寻找，结果却得知裴郎已经病故了，就葬在此地，所以今日特来祭奠。"

王煌便又问："那你们现在打算要去哪儿呢？"婢女回答："小娘子娘家已经没人了，现在恐怕没地方可去了，眼下只能是暂且住在洛阳，看能不能找到户好人家了。"

王煌听后大喜道："我乃是朝廷官员，年纪尚轻，还没有妻子，家住缑氏，也还算富有，如果小娘子愿意的话，让她随了我如何？"婢女笑着承应，之后走到那少妇身边一一禀明。

少妇听后却哭得更厉害了，倒是那婢女在一边忙安慰说：“眼看天就快黑了，我们在洛阳人生地不熟，也找不到地方可以投宿，回到老家去又没有产业可供依靠，现在万幸有王郎，又有身份，人又年轻，带的行李也富足，吃穿用度自然不用发愁。这么好的机会，如果舍了他咱们又能到哪儿去呢？娘子可以暂时放下以前的感情，先顾及目前的境况，再从长计议。”少妇却还是不肯从，后来王煌也跟着劝，费了半天口舌，才终于将其说动，愿意随他同行。

向前走了十余里，一行人便住在了一家旅店里，少妇始终表现得十分悲伤，王煌见了也甚为敬重，处处以礼相待，不敢有半点儿出格的举动。等到了王煌在芝田的宅子，少妇才终于同意与王煌成亲。婚后二人琴瑟和谐，伉俪情深，王煌对于自己的这个妻子特别钟爱，山盟海誓，至死不渝。

过了几个月，王煌因为要办些事情又回到了洛阳，城中有一个道士名叫任玄言的，一直与王煌交情不错，听说他来了，便到其住处去拜访他。二人相见后，这道士大惊道：“王郎最近跟什么人在一起，怎么神色变成这样了？”王煌不明所以，笑着回答：“只是娶了妻子而已。”道士道：“王郎所娶的恐怕并非是人，而是天神辖下的鬼怪，如果能早些将其除掉，尚有一线生机，若是再拖延上一二十天，生路就要完全断绝了。”

王煌完全没把道士的话当回事，心里反倒还有点儿埋怨道士污蔑他妻子。过了几天，所办的事没办成，王煌便和道士告辞，自己一个人启程回家了。不想出城时却又碰上了那道士，道士本来还想再劝王煌几句，王煌却表现得十分不耐烦，根本懒得搭理他，嘴里絮絮叨叨说的都是要回家见娘子之类的话，像入了迷一样。道士也只好任其离开。

过了十余天，王煌又去洛阳，在南市之中偶然又遇到那道士，道士一见他，便握着他的手说：“看王郎的脸色，已经没有解救的办法了，只因不听我言，以至于此。明天午时，那鬼就要来取你性命，绝无生还之理。可惜可惜！”说完哭泣着与王煌告别。这时王煌才起了些疑心，但是却还是不愿完全相信道士的话，道士又说道："王郎不信，可以将这道符收好，明日午时，等到尊夫人进门时，请将这道符贴在她身上，自然会一睹她的本形。"说着拿出一张符咒交给了王煌。

王煌去后，道士又对王煌的仆人说："明天你家郎君用符让那妖鬼现形之时，你可在暗处观察其形状，看其脸色是红还是青。那鬼将王郎杀死以后，你记得看王郎是仰面而死还是伏卧而死。"其仆人一一记在心里。

第二天，到了那道士所说的时间，王煌正在堂前闲坐，他妻子居然真的找上了门来。王煌上前去迎接她，却发现妻子表现得有些异常，似乎很急躁的样子，一见王煌就拉起他往卧房里走，王煌想和妻子说几句话，妻子也根本不理他，也不知为何力气突然大得出奇，拽着他的胳膊就如同拽着小孩子一样。

王煌越想越害怕，猛然想起了道士的那话，于是便从怀里将符给掏了出来，连忙朝走在前边的妻子扔了过去——转瞬之间，妻子本来姣好的面容就变成了耐重鬼的模样。

妖鬼见事情败露，大为恼怒，一把攫住了王煌的脖子，只轻轻一捏，王煌就断了气。妖鬼拖着王煌的尸首走进了房里，对着门外的仆人道："为何要听那妖道的话，令我露出真形！"说着将王煌扔到了床上，一脚猛踏向他的后背，轰然一声，便不见了。

日暮时，道士来看情况，得知王煌果然已经被杀。问其仆人那鬼的形状，仆人一一如实回答，道士听罢，叹道："这是北天王右脚下的耐重鬼呀，常例每三千年一替换，这妖鬼年限已满，自当选择代替他的人，所以才会化为人形来迷惑王郎。可惜王郎若是仰面而死，满三千年以后还能再找别人来替代他，现在既是伏卧而亡，恐怕永生永世都不得替代了。"

之后道士又去看了王煌的尸首，见其脊骨都已经被折断了。道士唏嘘不已，哭泣着走了。

19. 紫玉

紫玉本是吴王夫差的小女儿，年方十八岁已是才貌双全，灵巧过人。有一个名叫韩重的书生，年纪比紫玉要大上一岁，二人曾在上巳节踏春时匆匆见过一面，不想竟就此一见钟情，双双坠入爱河。之后的日子，紫玉便时常瞒着她的父王出宫去与韩重幽会，并许下誓言说一定会做他的妻子。

后来，韩重要去北方的齐鲁一带修行学业，临走前拜托其父母向吴王求婚，其父母虽然对这桩婚事不抱有太大的希望，但为了不让儿子失望，还是满口答应了。韩重走后，其父母便准备好礼物去宫中求见吴王，而吴王在得知他们的来意后果然大怒，斥责他们是异想天开，堂堂王室之女怎么可能嫁给一个穷小子？便叫来侍卫将他们给轰了出去。一直躲在殿后偷听的紫玉心知父王绝不会同意自己嫁给韩重，从此后一病不起，没过多久竟抑郁而终。死后便被葬到了阊门之外的一片土丘上。

三年后，韩重游学归来，本以为用不了多久就可以将紫玉娶回家了，可当他兴冲冲地回到家问起父母提亲的事时，却听到这样的回答："吴王大怒，根本没有应允这门亲事，紫玉得知后抑郁成疾，没多久就死了，如今都已经下葬了三年了。"韩重听后犹如五雷轰顶，哽咽着问清了紫玉的葬处，之后如同丢了魂一样痴痴地从行李中取出了原本为紫玉准备的礼物，出门而去。

跪在紫玉墓前，韩重放声大哭，哀泪泣血，不能自已。直哭到天快黑了，黄昏时的夕阳落在墓前，灿烂耀眼，一缕缕金色的阳光中，韩重竟恍惚间又看到了紫玉的身影。只见她在光影里不停哭泣，并对韩重道：“当年你走后，令二老向我父王求亲，我满心以为一切都会如我所愿，不想自分别以后，造化竟如此弄人！”说罢，引吭歌曰：

南山有乌，北山张罗。
乌既高飞，罗将奈何！
意欲从君，谗言孔多。
悲结生疾，没命黄垆。
命之不造，冤如之何！
羽族之长，名为凤凰。
一日失雄，三年感伤。
虽有众鸟，不为匹双。
故见鄙姿，逢君辉光。
身远心近，何当暂忘。

唱完，紫玉将头低了下来，泪满襟袖。好一阵儿，才又对韩重道：“韩郎可愿来冢中一叙？”韩重道：“幽明异路，活人怎么能到死人住的地方去？”紫玉苦笑着从那片光中走了出来，牵着韩重的衣袖道：“死生路隔的道理我也明白，只是从今一别，就将永无再聚之期。难道韩郎是怕我如今成了鬼会害你吗？我只是想和你过几日夫妻一样的日子，韩郎难道还不相信我吗？”韩重这才意识到自己刚才的话有多伤人，满面含羞地向紫玉道歉，之后随着她一起进到了墓中。

在墓里，紫玉为韩重摆酒设宴，二人喝得酩酊大醉。此后整整三天三夜，韩重一直都陪在紫玉身边，紫玉侍奉着韩重读书饮食，韩重则让紫玉端坐镜前，为其描眉画目，一如世间夫妻的模样。三天后，紫玉取出了一枚如葡萄般大小的明珠交给韩重道："父王既毁了我的名声，又断绝了我的心愿，我生前不能侍奉在韩郎左右，死后也要成为你的妻子。如今我们一起度过了这三天，我已经没什么遗憾了，韩郎以后要多加保重。这颗明珠，如果韩郎去了王宫中，可以将它交给大王。"说完，将韩重送出墓去。

韩重回到城中后，便到王宫里去见了吴王，之后一面将明珠献给吴王，一面将紫玉已经成为他妻子的事对吴王说了。吴王听后暴跳如雷，指着韩重大骂道："我的女儿已经死去了三年，你小子却还要造这种谣言来玷污亡灵！你一定是将我女儿坟冢挖开，从墓中盗出此物，还敢托言鬼神！"说罢喝令侍卫拿下此人，而韩重却靠着矫捷的身手逃脱了。

韩重逃出王宫后，又到了紫玉的墓前诉说此事，冢中传来紫玉的声音道："别怕，我将自己去跟大王说。"

第二天清晨，吴王刚起床，正站在镜前整理衣服，忽然望见镜中竟现出了紫玉的模样，一回头，竟然真的是女儿站在自己面前。吴王又悲又喜，忙问道："女儿你又活了?！"紫玉躬身施礼道："几年前书生韩重来向大王求娶玉儿，大王不许，致使玉儿背上背信弃义之名，抑郁而亡。如今韩重从远方归来，听说玉儿已死，便到墓前吊唁哭诉，玉儿感念其情深，所以才现身与其相见，之后便将明珠赠予了他，并非是他盗墓所得。请大王别治他的罪。"

这时紫玉的母亲闻讯也赶了过来，见到女儿后便哭着上前想要抱住她，可就在将紫玉搂在怀里的一瞬间，紫玉化作一阵青烟，消失了。

20. 蓝鬼

一种浑身靛蓝的鬼，平时住在樱桃树里，喜欢偷人酒喝，最后因为太过贪酒而招致了大祸。

有一个名叫熊本的官员和一个名叫庄令舆的官员毗邻而居，交情很不错，每天夜里二人都会轮流摆上一桌酒菜招待对方。

一天夜里，熊本到庄令舆家里去吃酒，二人刚在桌前坐好，忽然就有一个仆人来找庄令舆，说是他家主人有请，庄令舆不得已，只好让熊本先等一会儿，自己跟着那仆人走了。

熊本知道朋友此去不会离开太久，于是便想先自己喝着，结果刚倒好一杯酒放在桌上，还没来得及喝，转眼就空了。熊本望着空空的杯子，还以为是自己刚才忘了倒了，于是便也没多想，提起酒壶就又倒了一杯。

结果，刚将杯子斟满，酒壶还没放下，桌子底下就有一只蓝色的巨手伸了出来，捏住了杯子。熊本吓了一跳，忙从桌前站了起来，那只蓝手的主人也站了起来，只见那人从头到脚，从眼睛到头发全都是蓝的。熊本大惊失色，连忙高声疾呼，外面的仆人听见喊声，急忙冲了进来，可这时那蓝鬼已经不见了，一群人将整间屋子搜了个遍，也没找到那鬼的踪影。

庄令舆回来后听说了这事，便对熊本开玩笑说："郎君敢在房里住一晚吗？"不料熊本年轻气盛，听朋友这么说，竟真的答应了。于是便让仆人在这房中铺好了床，之后把所有的人全都轰了出去，只剩下自己手持着一柄宝剑独自坐在房中——这把剑乃是一位将军送给他的，当年在战场上不知沾了多少人的血。

当时正值深秋，悲风怒号，冷月惨然，映在床头的绿纱帐上，更显幽静。过了三更，熊本恐怕之前的怪物还会再来，仍是坐在床前不敢入睡。突然，有一个酒杯从外面被扔到了桌子上，之后又一个酒杯也被扔了进来，熊本心中暗喜：“偷酒贼可算来了！”

过不多时，只见从敞开的东窗外，迈进来一条蓝莹莹的长腿，之后又进来了半张蓝脸和半个蓝身子，同时西窗外也伸进来一条蓝腿，半张蓝脸和半个蓝身子，看着就像是被人从中间锯开的一样。全都进到屋中后，两半身体又渐渐合在了一起，它怒目盯着角落里的床帐，一边朝着那里蹑手蹑脚地走了过来，随身带着的一股冷气简直能把人给冻僵了。然而还没走到床前，帷帐里的熊本就仗剑冲了出来，一剑砍向了鬼的手臂——感觉却像是砍在了棉花上，也没有发出半点儿动静——鬼受了伤，慌忙掉头就跑。熊本紧追不舍，一直追到庭院中的一棵樱桃树下，鬼突然消失不见了。

第二天，庄令舆见窗外有血迹，以为是朋友遭遇了不测，忙进到屋里来查看，结果发现熊本毫发无损地躺在床上呼呼大睡。叫醒他后，熊本便向庄令舆说了昨晚的遭遇，二人叫来仆人将蓝鬼躲的那株樱桃树砍倒，之后又用火焚烧它，大火中，还能闻到一股浓浓的酒气。

鬼怪杂辑

1. 阿褐

阿褐可能是妖怪，也可能是鬼，具体很难确定。有一天她闯进了一个叫张牧的人家里，不仅没有捣乱，反而还帮着他家干活。张牧家的杂物堆里，一直丢着一只已经没用了的破甑（蒸饭的一种瓦器），阿褐将其翻了出来，没费什么力气就给修好了，等到张牧家人起床的时候，饭都已经蒸熟了。

虽然如此勤劳，阿褐却从来没要过工钱，只是特别喜欢吃甘蔗，想来牙口一定很不错。她自称"高褐"，张牧昵称她为"阿褐"。有人说，阿褐的自称其实是隐语，"高褐"二字反切（一种注音方法，取前字声母与后字韵母相拼）一下，不就是"葛"么？张牧家临近坟地，其中有很多历史久远的古墓，众人都怀疑阿褐就是墓中的什么东西所变化的妖怪。

平时，阿褐只有张牧自己能看得见，而张牧眼中的阿褐，体型如同少女，年纪只有十七八岁的样子，面容青黑，全身也全都穿着青衣。一日，阿褐叫张牧准备一个大瓮，向里面灌上一半的水，用绢盖住瓮口，第二天打开一看，瓮里便像变魔术似的出现了好多财物。张牧家本来很穷，因为阿褐的帮助，竟逐渐殷实了起来。阿褐有次对张牧说："你们也别嫌弃我，时候到了，我自然会走。"后来过了些日子，阿褐便真的不声不响地离开了。

2. 夺魂鬼

在古代的一些传说中，鬼是可以夺走生人的魂魄的，而且经常是成群结队活动，简直就像鬼界的黑社会团伙。它们夺走人魂魄的目的或许是为了以此要挟那人的家属，来敲诈点儿好处，也可能是因为那人得罪了他们。

在一个故事里，亡者的女婿在前往其家奔丧时就曾与这种鬼不期而遇。当时青年才刚进院子，就听到屋内有人拍掌作歌，等走到门边，就看见正堂中竟满都是鬼，正摆弄着自己岳父的尸体。青年大为愤怒，挥舞着木棒冲了进去，一时群鬼尽皆奔散。青年于是一面守着岳父，一面找了些肉来吃。

入夜后，一个上了年纪的鬼忽然走到尸体边，伸出手来向青年乞肉吃，青年于是趁势一把将其手臂抓住，鬼越挣扎，青年就越不放。僵持了一阵儿，只听外面群鬼起哄道："老奴贪吃，以至于此，真是大快人心！"

青年对这个老鬼道："杀死我岳父的一定就是你，可速还他魂魄来，我便放了你，如若不然，唯死而已！"老鬼回答："是我儿子杀的他。"一面朝着外面喊道："快送那老翁回来！"过了一会儿，堂中的尸体竟然真的渐渐苏醒了，青年也遵守诺言，将老鬼给放了。

夺魂鬼

入夜后，一个上了年纪的鬼忽然走到尸体边，伸出手来向青年乞肉吃，青年于是趁势一把将其手臂抓住，鬼越挣扎，青年就越不放。僵持了一阵儿，只听外面群鬼起哄道："老奴贪吃，以至于此，真是大快人心！"青年对这个老鬼道："杀死我岳父的一定就是你，可速还他魂魄来，我便放了你，如若不然，唯死而已！"老鬼回答："是我儿子杀的他。"一面朝着外面喊道："快送那老翁回来！"过了一会儿，堂中的尸体竟然真的渐渐苏醒了，青年也遵守诺言，将老鬼给放了。

3. 喷水鬼

这是一种十分惊悚的鬼怪，会在半夜时突然出现于人家的庭院里，样子就像一个风烛残年的老太婆，个子很矮，驼着背，蓬乱的白发如同扫帚一样，头上却顶着一条二尺多长的发髻。月光下在院子中不停地绕圈，走起路来忽快忽慢，就像只鹤一样，一边走一边还不断地从嘴里向外喷水，也没见她喝什么东西，水却一直也喷不完。

如果有人发现了她，她就会将水喷向对方，人一旦被这水喷中，便会立即中毒而死。一个官员在搬进新居后不久，他的母亲和两个婢女在夜里就曾遇到过这种鬼,结果主仆三人全都遇害,两死一伤。幸存的那个婢女在醒来后，将夜里所见如实告诉给了官员，官员愤怒之下，派人将院子掘地三尺，誓要找出那鬼的藏身之处。

在众人的努力之下，终于从地下好几米处掘出了一具尸体，正是那婢女昨夜所见的那个老太婆，其容貌肥大肿胀，就如还活着一样。官员命人用剑刺它,结果一剑下去,那尸体便破了一个大洞,从里面哗哗地流出一股清水来，不多一会儿，尸体就只剩下一张皮了。

4. 食尸鬼

食尸鬼或许是山中的什么精怪所化，但因其行踪诡秘，身份不明，所以按照古人的习惯还是将其分在鬼类里吧。这种鬼以人的尸体为食，而且似乎有预知的能力，有时会变化成人形，并且装成死者家人的亲属——它能准确地喊出对方的名字来骗取人的信任，之后等待时机成熟便会开始对着尸体大快朵颐。

南康人区敬之，一次和儿子一起乘船沿河逆流而上，走了不知多远，两岸全都是无边无际的荒野，杳无人烟。黄昏时，父子二人上了岸，住在一间破房子里，入夜后，区敬之竟因为突发暴病死掉了。

天黑路险，回是回不去了，其子只好燃起火堆来守着他的尸体。忽然，就听远处有哭声隐隐传来，边哭边喊着阿舅。其子吓了一跳，正抬头四处看，那哭者就已经到了跟前，这人长得极为高大，披散着的头发一直垂到了脚上，其脸部也同样被头发遮挡得严严实实，面目一无所见。其子见来者不善，本来还有些警觉，结果不想对方竟一口叫出了他的名字，并且还用言语宽慰起他来。

其子却还是不敢掉以轻心，连忙添柴想让火烧旺些，此人却十分厌恶地问他说："我特意来安慰你，你还有什么可怕的？需要燃这么大火？"其子也不敢回答。

过了一会儿，这人坐到了区敬之的头边，呜呜哭泣，其子则躲在火旁边，偷偷地看着他。只见这人俯下身来，用脸贴着他父亲的脸，须臾之间，尸体的脸部便剥裂开来，以至露出了骨头，其子心知眼前这家伙绝对不是人，想要起身打他，身边却什么也没有，只能眼睁睁地看着。转瞬之间，整具尸体就只剩了白骨，没过多一会儿连骨头都没了。其子回家后将这事告诉了村里人，却没人能说出他遇上的究竟是什么妖怪。

5. 食肠怪

一种没有实体的鬼怪，会以旋风的形式出现，能杀人。曾有一将军在赶路时遭遇过它。当时，一阵旋风突然平地而起挡在道路之中，拦住了将军的去路，将军用鞭子抽打那风，一连数击以后，风势却更大了，而且一路旋转着直逼将军而来，将军不禁有些胆怯，急忙下马躲到了一边。旋风直冲过来，瞬间将战马整个儿包裹在了风里，在一旁的将军看到马脖子的鬣毛竟被风卷起了数尺之长，其中还隐约飘着一缕缕仿佛红丝线似的东西，马则表现得异常痛苦，扬起前蹄不停地嘶鸣。

将军大怒，抽出佩刀冲着风一通乱砍，不多一会儿，风被砍散了，而马却也倒在地上断了气。将军检查了马的全身，却找不到一点伤口，大为惊奇的他决定剖开马的肚子看个究竟。马腹被破开以后，将军吃惊地发现，马腹居然是空的，其肠子已经完全消失不见了。

6. 鬼嫁

张雅成秀才小时候爱好手工，曾经用金箔纸做了许多盔甲、首饰之类的东西藏在自家的小楼上。他从来都是自己做了自己玩，一直没有向别人展示过。

某天，一个三十来岁的女子找到张秀才道："您能否帮我用金箔纸制作几十只头钗、金钏和金簪？我一定会重谢您的。"张秀才一听来人居然也喜欢这些东西，想都没想就答应了，之后问说："您要这些有什么用呢？"女子答道："要给我女儿做嫁妆。"张秀才以为她是在和自己说笑，也没有在意。

第二天，女子又找到张秀才道："我姓唐，我家邻居也姓唐，如今是某地的大官，我想请郎君写一张他家门上贴着的官衔封条，借着同姓沾点儿光。"张秀才便又照着女子所说写了一张交给她。又过了一天，那些纸钗纸簪都做好了。到了夜里，女子便带着好些点心和不少铜钱来酬谢他，同时将纸钗纸簪都带走了。天亮后，张秀才再去看女子带来的东西，点心都变成了土块，钱则全都是纸钱，张秀才这才明白女子原来是鬼。

数日后，一天夜里，张秀才家附近的一座山中忽然现出一道由烛光组成的长龙并伴着震天的锣鼓之声。村里的人都被吵醒了，跑出来看是怎么回事，大家最初还以为是哪个大户人家在举行葬礼，可是当队伍走近后，却发现那些人居然个个披红挂彩，分明就是在娶亲，可是那山里压根儿就没有人住，只有数不清的荒冢。队伍很快就离开了村子，渐行渐远，有好热闹的人还想追上去看，可无论再怎样努力地追赶，却还是离队伍越来越远，只能望见队尾的红灯笼上都题着唐姓某官的字样而已。

7. 黄父鬼

这种鬼自称是山灵，长得像人但却不穿衣服，高有一丈，胸前和两臂都是黄色的，长相端正整洁，说话声音周正，人们呼其为“黄父鬼”。它经常会去魅惑年轻的女孩子，据被魅的女孩说，这妖怪在言谈举止上和人并没什么不同，只是变化无常，有时隐身而来，有时则会正大光明地出现。其形象更是诡异多变、忽大忽小，有时像一阵烟气一样，有时则像块石头；有时变成小鬼的样子，有时则会变成妇人，有时则如同鸟兽。它留下的脚印有时和人的很像，但却足有两尺多长；有时则像是鹅掌，大小如盘子一般。穿堂入室如鬼神一般莫测，可和女孩在一起说话聊天时却又和普通人没什么不同。

也有传说说，黄父鬼之所以叫这名字，是因为全身都穿着黄衣服的缘故。有时会闯进人家里，无缘无故地开口大笑，等到离开后那户人家便会感染瘟疫。其形象忽高忽矮，可以随着篱笆墙的高度随意变化，所以普通人家对其没有任何办法，一旦出现全郡都会人心惶惶。

8. 一目五先生

据说浙江有五个很奇特的鬼，其中四个鬼都是瞎的，剩下那个也只有一只眼，却是其他四个鬼唯一的依靠，人送雅号“一目五先生”。凡是遇上了大疫流行之年，这个一只眼先生便会领着四个没有眼先生四处游荡，趁人睡着以后便凑到人脸边，用鼻子嗅嗅对方，一个鬼闻过，这人就会生病，如果被一目五先生闻了个遍,这人就一命呜呼了。一路上,四个没有眼先生手牵手、肩靠肩，怎么走，该往哪儿走，以及该吃谁不该吃谁，完全依据一只眼先生的号令行事。

一天，有一个姓钱的人住在一间旅店里，夜里同屋的人都睡下了，只有钱某躺在床上怎么也睡不着。忽然，桌子上的油灯蓦地变暗，并渐渐地缩小成了黄豆那么大，整间屋子昏暗不明。只见一目五先生挨个儿从紧闭的门中穿进了房间。嗅着大通炕上睡着的一大排人的气味，四个没有眼先生口水都要流了出来，好不容易摸索到一个人身边准备要开动了，一只眼先生却制止道：“这个是大善人，吸了要折寿的！”其余四先生无奈，只好换了旁边的一个人，刚要下嘴，一只眼先生又制止道:“这个是有大福之人，也不能吸！”于是没有眼四先生只好又换了一个人，结果一只眼先生还是说：“这个是大恶人，吸他你不怕肚子疼呀！”

没有眼四先生全都扭过头不耐烦地问一只眼先生：“那你说我们该吸

谁？”一只眼先生嘿嘿一笑，走到几个仰面睡着的人身边，用手指弹了弹其中一个的脑门道：“这几位不善不恶，不福不富，不就是给咱们准备的吗？”四先生听后大喜，连忙凑过来对着那几个人大吸起来，不一会儿，只见那几个倒霉的客人的气息愈来愈微弱。而五个鬼的肚子则全都鼓了起来。

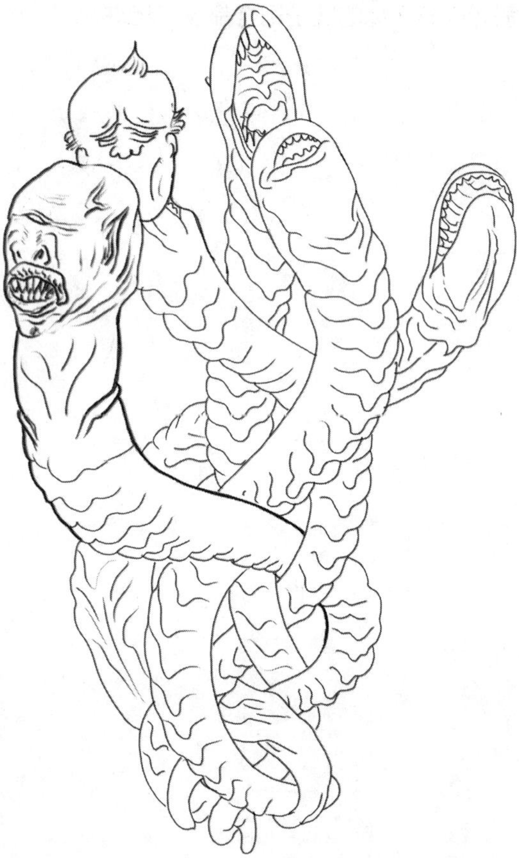

一目五先生

凡是遇上了大疫流行之年，这个一只眼先生便会领着四个没有眼先生四处游荡，趁人睡着以后便凑到人脸边，用鼻子嗅嗅对方，一个鬼闻过，这人就会生病，如果被一目五先生闻了个遍，这人就一命呜呼了。一路上，四个没有眼先生手牵手、肩靠肩，怎么走，该往哪儿走，以及该吃谁不该吃谁，完全依据一只眼先生的号令行事。

精怪篇

卷首语

所谓精，指的是古人传说中天地之间万物精气凝聚而成的妖怪，它们有时幻化成人形，有时幻化为动物，也有的奇形怪状，一如云雾般变幻无常。而怪，则是指许多外形像动物，但长得千奇百怪，并且拥有种种奇异能力的怪兽们。

和前两卷有些不同，本篇几个单独篇目中所讲的实为一大类精怪，而不是仅一种精怪，加在一起估计得有数十种之多。此外，在精怪杂辑篇中，还另收录了九种精怪，加在一起数量就更多了，所以这精怪篇虽然可讲的故事不多，可却同样算得上是人丁兴旺。

1. 犀犬

东晋时，吴郡一个叫怀瑶的人家的地下传来一阵阵狗叫，人们循声找过去，发现在那声音传出的地方有一个蚯蚓穴那么大的小洞。怀瑶将自己的拐杖试着刺了进去，深进几尺以后，忽然感觉碰到了一块柔软的东西，他不敢再用力，连忙让人在原地开挖。一通发掘后，从地里挖出了雌雄两只小狗。两只小狗的眼睛都还没有睁开，似乎是才出生没多久的样子，体形比普通的狗要大一些，喂它们吃东西也都吃得挺欢，邻居们听说后，全都跑来看热闹。其中一个年岁最大的老人说道："这东西名叫犀犬，得到它的人可以让自己家变得富有昌盛起来，应该好好养着。"

怀瑶觉得这两只小狗既然是土中之精，便将其放回发现它俩的洞里，打算至少等其眼睛睁开了再养在身边。为防止这种精怪逃走，将它们放回洞里后，怀瑶还在洞口压上了一块大石头。结果等到第二天搬开石头时，洞里的两只小狗却还是消失了。后来的几年，怀瑶一家既没遇上灾祸，也没能大富大贵起来。

此外据古籍所载，土地里有狗，其名为"地狼"，有人，其名为"无伤"。另一本古籍中则提到，掘地时从地下挖出了狗，其名为"贾"，挖出了小猪，其名为"邪"，挖出了人，其名为"聚"。地狼和贾、无伤和聚，其实指的都是一种东西，只是名字有所不同罢了，而犀犬大概也是这众多的异名之一。

2. 五行之精

所谓五行，也就是人们所熟知的金木水火土五类，古人认为五行之属，皆有各自代表性的精怪，不过关于这些精怪的名称，历来有很多不同的说法，比较普遍的一种是：土之精怪曰羵羊，水之精怪曰罔象，木之精怪曰毕方，火之精怪曰游光，金之精怪曰清明。

关于羵羊，古籍记载，春秋时鲁国一个名为季桓子的大夫命人凿井，工人却从地底下挖出来一个大陶罐，打开陶罐一看，里面是一只长得怪模怪样的动物。季桓子派人去问孔子：“我打井时从地下挖出只狗来，那究竟是什么东西？”孔子答道：“以孔丘的见识，那是羊，并非是狗，名曰羵羊，乃是土中之怪。”

关于罔象，古籍记载，罔象长得像三四岁的小孩子，双眼赤红，浑身漆黑，长着一双大耳朵和长长的手臂，两只红色的爪子。用苇索捆绑它，就能将其抓住并吃掉了。

关于毕方，古籍中记载得很零散，综合而言，毕方乃是一种生于山林中的精怪，其形状像白鹤，却只有一条腿，同时长着青色的羽毛、红色的花纹和雪白的喙。据说它曾经跟随于黄帝的车驾左右巡行四方，可后来却变成了一种会给人带来灾害的怪鸟，据说其出现在哪里，哪里便会发生莫名其妙的火灾，更有说法说，有时毕方还会主动叼着火种飞到人家家里去引发火灾。

至于游光和清明，记载就更少了，只是简单提到过它们是火之精和金之精，至于有没有被人发现过，它们究竟长什么模样，就完全不知道了。

此外也有说法说火之精名为宋无忌，其人本是战国时的方士，后来被传为是火神，也被称为火精，或者是火妖，总之始终跟火脱不了干系；又说木之精名为彭侯，其形状像狗，但长着一张人脸，没有尾巴，会出现于百岁以上的古树中；又说水之精名为龙，只不过这龙和我们平时所说的龙有没有关系就不知道了。根据传说的不同，这些精怪的名字也各有差别，并没有绝对的对错之分。

羵羊

罔象

毕方

游光

清明

五行之精

所谓五行，也就是人们所熟知的金木水火土五类，古人认为五行之属，皆有各自代表性的精怪，不过关于这些精怪的名称，历来有很多不同的说法，比较普遍的一种是：土之精怪曰羵羊，水之精怪曰罔象，木之精怪曰毕方，火之精怪曰游光，金之精怪曰清明。

3. 白泽残卷

白泽本是传说中一种神兽的名字，其形状像狮子，头上生有双角，会人言，通晓天下一切鬼神精怪的内情。黄帝巡游天下时曾于东海之滨与白泽相遇，向其请教趋避鬼怪的方法，白泽便将自己所知的鬼怪一一告诉给了黄帝。黄帝边听，边命人将白泽所说记录下来，同时画出这些鬼神精怪的画像，图文并茂，用以昭示天下，告诉老百姓们如何对付这些妖怪。这就是后世所谓的《白泽精怪图》。

据说，只要人们知晓了《白泽图》精怪的名字，并且冲着它喊出来，这种精怪就不能伤害人了，所以黄帝才会将这份图交给全天下看，而不是放进他的皇宫里珍藏。可惜的是，《白泽图》原书很早以前就散佚了，只在几本古籍中还保留着一些残文。这里便是将这些残文中的精怪集中整理了一下，同时又添进了古籍中所记录的一些其他的精怪，是为“白泽残卷”。

涸泽之精，一曰庆忌，一曰蟡（音如轨）。古籍载曰：湖泊干涸了数百年，而山谷没有移位，水源也始终没有断绝的地方，便会生出“庆忌”，也就是涸泽之精。庆忌外形像人，身长四寸，身穿黄衣，头戴黄冠，手撑黄色羽盖，骑着和他体形相配的小马。善于骑着马狂奔，要是呼喊它的名字，可以使它在一天之内往返于千里之外。

也有人说，涸泽之精名为蟡，蟡这种精怪，长着一个头而有两个身体，形状像蛇，身长八尺，要是呼喊它的名字，可以驱使着它为自己捕捉水里的鱼鳖。

山谷之精，名曰傒（音如西）囊。古籍载曰：诸葛恪任丹阳太守时，有一次去山中打猎，看见在两座山之间站着一个小孩，伸着双手不停地招呼旁边的人。诸葛恪命人将这小孩拽离他原来站的地方，结果刚一拽开，那小孩立刻就死掉了。诸葛恪解释道："山谷中的精怪长得如同小孩子，一见到人便会伸出手来想要拽人，名为傒囊，只要拉着它离开其所站立的位置，它就会死去。"

厕之精，名曰依倚。其穿着一身青色的衣服，手执一根白色的木杖，知道它名字的人，对其呼喊它的名字，便能驱除它，如果不知道它的名字，就会被其害死。

玉之精，名曰岱委。其外形如同美女，穿着一身青色的衣服，见到它的人，用桃木戈刺它，同时呼喊它的名字，便能得到这块玉。

金之精，名曰仓。其外形像小猪，有时会住进人家中，会使住在房子里的人难以娶到妻子，用它的名字呼喊它，便能让其离开。

荒宅之精，名曰挥文，又曰山冕。其形状像蛇，一个身子长着两个脑袋，身上还布满了五彩条纹。用它的名字呼喊它，可以驱使其为人寻找荒宅中埋藏的金银。

一座房子建好了三年却无人居住，房中便会生出满来，其外形像小孩子，身长二尺，一见到人便会捂住自己的脸，见到它的人会转运。还可能会生出一种身长三尺，却不长头发的小孩子，一见到人便会捂住自己的鼻子，见到它的人也会转运。

荒宅宅门之精，名曰野。其外形像侏儒，一见人便会冲着人行礼，用它的名字呼喊它，有利于人的饮食。

荒墓之精，名曰无状。其外形像是一个苍老的奴仆，身穿青色的衣服，会站在农田边，手持木杵不停做舂米的动作。用它的名字呼喊它，有利于田地中生长的禾苗。

荒道之精，名曰忌。其外形像是一个流浪汉，一边走一边唱歌。用它的名字呼喊它，可以使人不迷路。此外，道路之精名曰作器。其外形像是一个壮汉，善于用各种手段欺骗别人。用它的名字呼喊它，它便会灰溜溜地离开。

废马车之精，名曰宁野。其形状像是一辆精致的新马车，会弄伤见到它的人的眼睛。若是人能及时喊出它的名字，它就无可奈何了。

荒井之精，名曰观。其外形像是一个美女，喜欢坐在井边吹箫。用它的名字呼喊它，它便会黯然而去。此外，故池之精名曰意。其形状像是小猪，用它的名字呼喊它，便可以让其离开。

一口深山中的泉眼，若是流淌了一千年仍然没有干涸，便会生出一种名曰喜的精怪。其外形像是小孩子，浑身漆黑，用它的名字呼喊它，可以让它为人找食物。

曾有两军大战过的古战场，会生出一种名曰宾满的精怪，其形状像是人头，没有身躯，双眼赤红，一见到人便会转个不停，用它的名字呼喊它，便可以让其离开。

坟丘之精，名曰狼鬼。这种精怪极其凶狠好斗，一见到人便会与其斗到至死方休。用桃木做弓，荆棘做箭，并用猫头鹰的羽毛做箭的尾羽，射向狼鬼，狼鬼便会化为一种强风，这时人再脱下鞋来冲着风丢过去，狼鬼便无法再变化了。

荒废已久的市场中，会生出一种名为问的精怪。其形状像是一个椭圆形的大粮仓，没有手足，也没有五官，用它的名字呼喊它，便可以让其离开。

荒废已久的房间里，会生出一种名为傒龙的精怪。其形状像是一个小孩子，身长一尺四寸，身上穿着黑色的衣服，裹着红色的头巾，戴着高大的头冠，腰上悬着一口剑，双手还持着一把长戟，形象十分威武，但只要喊出它的名字，它就只能乖乖离开了。

山之精，名曰夔，其形状像是一面大鼓，长着一条腿跳来跳去，用它的名字呼喊它，可以驱使它为自己捕捉虎豹。此外，若是在山中遇见一个身长九尺，身上披着兽皮、戴着斗笠的大汉，多半也是山精，其名为金累；山中还有一种长得像龙，但身上却生有五色花纹，头上还长有双角的精怪，其名为飞龙。还有一种长得像小孩子的山精，只有一条腿，会向后倒着走，喜欢缠着人不放。进山的人遇到这些精怪后，只要用它们的名字呼喊它们，它们便不能害人了。

荒废的牧场中,会生出一种名为髡顿的精怪。其形状像牛,但却没有脑袋,见到人就会追着人跑，只有喊出它的名字来，它才会转身离开。

废弃的厕所里，会生出一种名为卑的精怪。其外形像是美女，手中持着一面镜子，不时顾影自怜，用它的名字呼喊它，精怪便会感到羞愧，黯然而去。

狼若是活过了一百岁，便可以化为年轻女子，名为知女。其外形端丽，会孤零零地坐在道旁，如果有单身男子向其搭讪，便会回答："我孤身一人，既无父母，也无兄弟。"单身男子若是见色起意，将她娶为自己的妻子，三年之后，知女便会重新化为狼，吃掉丈夫。在这期间如果有人能用知女的名字呼喊它，知女便会逃走。

在山中夜行时,如果遇上一个貌似胡人的家伙,并非是人,乃是铜铁之精;如果遇上一个貌似秦人的家伙，也并非是人，乃是有百岁树龄的木精。此外，玉精可以化为白虎，金精可以化为车马，铜精可以化为童奴，铅精可以化为老妇。千岁树精为青羊，万岁树精为青牛，时常出没于人间。

各种动植物所化成的精怪也都有名字，如在山中，遇到一个自称虞吏的人，其实是老虎所化；自称当路君者，其实是狼；自称令长者，其实是野狸；自称丈人者，其实是兔子；自称东王父者，其实是麋鹿；自称西王母者，其实是鹿；自称雨师者，其实是龙；自称河伯者，其实是鱼；自称无肠公子者，其实是螃蟹；自称寡人者，其实是蛇；自称时君者，其实是龟；自称三公者，其实是马；自称仙人者，其实是古树；自称主人者，其实是羊；自称吏者，其实是獐子；自称人君者，其实是猴；自称九卿者，其实是老猿；自称将军者，其实是老鸡；自称捕贼者，其实是山雉；自称为字人者，其实是狗；自称成阳公者，其实是狐；自称神君者，其实是猪；自称妇人者，其实是金玉；自称社君者，其实是老鼠；自称神人者，其实是蝙蝠；自称书生者，其实是牛。

只要人能知道这些精怪本来是什么动物或植物，它们便不能害人了。

4. 藻居

一次，汉武帝正和大臣们在未央殿中宴饮作乐，忽听有人高声疾呼："老臣冒死启奏陛下。"众人循声望去，见梁上居然站着一个小老头，身量八九寸高，佝偻着腰，拄着拐杖，走起路来一步一晃，看上去已经老得不能再老了。

小老头见大家发现了自己，便顺着殿柱滑下来走到武帝面前，放下拐杖对其叩拜，拜完后，却仍是一言不发。只见他抬起头看了看大殿，又俯下身指了指武帝的脚，忽然间就不见了。

汉武帝被搞得莫名其妙，忙问东方朔这是什么妖怪。东方朔答道："此乃草木之精，其名为藻居。春天居住在幽静的密林里，冬天潜身在冰冷的深河下。而今陛下大兴土木建造宫殿，把它住的地方都快砍光了，所以特意来劝诫陛下。他仰头看了看宫殿，这大殿名为未央，这是在责备陛下侵占起它的地盘来没完没了，总也没有满足；俯下身看了看陛下的双脚——脚就是足的意思，是希望陛下只有这一座宫殿就能够心满意足，不要再继续建造了。"汉武帝听后觉得在理，于是便下令暂时停止了新宫殿的建造。

后来过了些天，汉武帝巡游到黄河边，听见河中传来阵阵歌声，不多时，之前出现在未央宫里的小老头就带着和他身形差不多的几个年轻人，身着红衣，系着素色的腰带，从水面下凌波而出，而衣服竟一点儿都没有湿。汉武帝见了问道："我听见水底下有弹奏音乐的声音，是老翁你们在举行宴会吗？"

小老头答道：“陛下宽宏仁德，老臣之前冒死劝谏，不仅没有治臣的罪，反而还立即下令停止了对树木的砍伐，使得老臣保住了自己的老家，因此不胜欣喜，所以私底下和儿孙们一起庆祝呢。”

说完小老头指挥着身后的年轻人为汉武帝演奏了一曲，曲声清新幽婉，绕梁不绝。一曲奏罢，小老头献上一枚硕大的明珠，之后便又重新回水中去了。

5. 四凶

中国的远古传说有一个特点，那就是同一个形象往往有着两种截然不同的面貌。和黄帝在神话中乃是至高无上的天帝，而同时却又是天下所有人的始祖一样，四凶也有着其作为神话传说和历史人物的两面性。在历史上，一说四凶是指上古时被流放去荒远之地的四个为非作歹的公子哥，另一说四凶乃是四个有着种种恶行的部族首领。在神话里，四凶则主要是指四种凶残的怪兽，即饕餮、梼杌、混沌和穷奇。我们这里所要讲的，也正是这四种怪兽，跟被流放了的公子哥和部族首领都没有关系。

先说饕餮。其最早是一种频繁出现在青铜器纹饰中的怪兽，只刻画出了脑袋而没有身子，面目狰狞恐怖，头两侧还有一对光秃秃的肉翅，就像两只耳朵一样，口中死死咬着一人，还没来得及吞下。象征着无休止的贪欲与因此而招来的报应。饕餮的这一特点也被后世人们所继承,使其成为贪婪的代名词。在《山海经》中，饕餮则被称为狍鸮，其形状像羊，而长着一张人脸，有着老虎一样的尖牙和人手似的爪子，双眼长在腋下，叫声如婴儿啼哭，会将人当作粮食。

梼杌这种怪兽的形象和饕餮差不多，其形状像老虎，但却比老虎个头还要大，身上的毛有二尺多长，长着一张人脸和老虎一样的爪子，嘴里向外龇着两颗獠牙，拖着一条近两丈长的尾巴，虽然不爱吃人，但却专门喜欢给人捣乱，性格乖僻凶狠，因此也得了两个别名，一为傲狠，一为难训。

再说混沌。这种怪兽比起前面两个来更为奇特，其形状像狗，浑身长着长毛，模样像棕熊，但却没有棕熊那么锋利的爪子，长着眼睛但却装作什么也看不见，长着耳朵却故意装作什么也听不着，走起路来慢慢腾腾，怎么看怎么别扭。空长了个大肚子，里面却连五脏都没有，只有一根直溜溜的肠子，这边吃着那边直接就又出去了。性格冥顽乖戾，若是遇上了一个有德行的善人，混沌就会二话不说冲上去用头顶那人；若是碰见了一个专爱为非作歹的恶人，混沌却会温驯地贴到那人身边，任其使唤——其天性如此，谁也没办法。若是好人恶人都遇不上，混沌就原地追着自己的尾巴玩，玩累了就一屁股坐到地上，仰天大笑，不得不说混沌也真是活得潇洒。

最后来说穷奇。在《山海经》中就已经有了这种怪兽的身影，不过令人感到迷惑的是，在《山海经》中两段关于穷奇的记载里，其形象却有着小小的区别，一说其形状像老虎，另一说则表示穷奇形状像牛，也难以判断哪个才是对的。不过我倒认为，无论是像虎还是像牛，大概都只是想说明这种怪兽体形的庞大吧，所以也不必太过较真。

体形的问题搞明白后，再来说穷奇具体的模样。据说穷奇浑身长着刺猬一样的尖毛，背上生有双翅，只要一鼓动起翅膀，从地上腾空而起时，便是打算着要吃人了。穷奇还有一个和其他的众多爱好食人的怪兽不同的地方，那就是它在吃人时必定会先从人的脑袋开始吃，绝没有不按顺序的时候。

此外，穷奇能被算进四凶里，只是会吃人远远不够，还得有点儿古怪的脾气才行。穷奇的古怪之处在于，如果它走在路上，发现有两个人在吵架，那它就会站在一旁仔细地听上一会儿，之后觉得谁有理有据，占着上风，就会走过去一口将其吃掉，之后放那不占理的离开。有时候如果听说某人对人特别忠信诚实，穷奇就会特意飞过去将那人的鼻子咬掉，如果听说某人坏事做尽，倒行逆施，穷奇就会专门捉来野兽，之后给那人送过去当贺礼——穷奇脾气就是这么怪。

6. 四御之兽

古人相信一些动物有着神奇的能力，如先秦时的人们就认为，在春天的第二个月，鹰便会化为鸠，而在春天的第三个月，田鼠则会化为鹌鹑。这种不同的动物之间任意变化的事情在现在人看来完全不可思议，但对古人来说却是再正常不过的事情，这些能力对于动物而言是与生俱来的，没什么可奇怪的。普通的动物尚且如此，一些本来就长相奇特的怪兽拥有种种神奇的特殊能力也就不足为奇了。

所谓四御之兽，正是这样四大类长得千奇百怪，但却可以为人类抵御灾殃的怪兽们，根据能力不同，分为御忧、御火、御凶和御兵四种。以下将详细介绍。

御忧

顾名思义，御忧就是为人抵御忧愁的意思。据说在一条名为彭水的河流中生活着一种怪鱼，其形状像鸡，身上生有红色的羽毛，长着四只眼睛、三条尾巴和六条腿，名为儵鱼，其叫声就像喜鹊一样，只要吃了它的肉就可以让人忘记所有的忧愁烦恼，因而被称为御忧之兽。

此外，有一种名为猼訑（音如伯夷）的怪兽，其形状像羊，但却长着九条尾巴和四只耳朵，双眼更是长在后背上，只要将它的皮毛穿戴在身上，就可使让穿戴者不生恐惧之心。而在一座名为牏次之山的山中，还生活着一种叫橐𩇯（音如陀肥）的怪鸟，其形状像猫头鹰，长着人一样的面孔，只有一条腿，到冬天时才能看见，夏天时蛰伏不出。据说只要人吃了它的肉，便不会再害怕打雷了。和猼訑比起来，实用性要小一点，不过对于天生讨厌雷声的人来说也算是莫大的福音了。

还有一种名为类的怪兽，其生活在一座河流遍布但却没有植被存在的陡峭至极的山中，形状像野猫，却长着像人一样的长头发，而且雌雄同体，自为阴阳。据说只要吃了它的肉便可以让人不生嫉妒之心。人若是不再嫉妒，那忧愁也至少要减一大半了。

以上的几种怪兽虽然全都能力不俗，但其解忧的代价却也非常大，需要被人吃进肚子里才行。为了他人牺牲自己，精神固然可贵，可若是让本来就心情忧郁无法排解的人知道了想要治好自己的病，唯有以别的生灵的死亡当代价，那岂不是会愁上加愁吗？这样，即使吃了它们的肉真的可以让人忘记烦心事，背上了深深的愧疚又该怎么办呢？真是个两难的选择呀。看来人想要完全没有忧愁烦恼真不是一件容易的事情。

御火

古代建筑多为木质，极为易燃，所以在日常生活中，防火也就成了重中之重，除了增强人的防火意识及备齐各种防火措施以外，古人还相信，只要将一些怪模怪样的动物养在家中，便可以防止火灾的发生。

据说有一种名为鸓（音如磊）的怪鸟，其形状像是喜鹊，长着两个头和四只脚，身上的羽毛分为红黑两种颜色，只要把它养在自己家中便可以预防火灾。还有一种名为鳛鳛（音如习习）的怪鱼，其形状、叫声都像喜鹊，长着整整十只翅膀，鱼鳞长在翅膀的边缘，养在池中可以用来预防火灾。

还有一种名叫臛（音如欢）疏的怪兽，其形状长得像马，头上长着一只尖锐的长角，上面遍布着磨刀石似的花纹，将它养在家中据说也可以消除火灾的隐患——大概是养在马厩里吧，这样只要有一只臛疏在，全马厩的马就都安全了。

此外，在古代宫殿的屋脊上常雕刻有一种类似鱼的怪兽，鱼尾高高地翘着，一张血盆大口则死死咬着屋脊不放，其名为蚩尾。据说蚩尾乃是水之精，因此可以用来避免火灾，自汉时起人们便已经开始将石头雕刻成它的形状放置在屋脊上禳除火灾。也有人说蚩尾应作鸱尾，乃是海中的一种怪鱼，其尾巴像鸱鸟（即猫头鹰）一样，每次击打水浪便可引发大雨。两种说法略有差别，不过其辟火的能力总是不变的。

御凶

这里所说的御凶可不是“抵御凶人”的意思，而是指为人抵御凶邪之气。所谓凶邪之气，大抵指的就是像山林中所特有的瘴疠之气，以及飘浮在生活环境中让人生病的恶气等等。抵御这种凶邪之气的方法，一种是像御忧那样直接吃它的肉，如有一种名为鵸䳜（音如其涂）的怪鸟，其形状像乌鸦，长着三个脑袋和六条尾巴，叫声就像人在笑，吃了它的肉可以让人不做噩梦，同时还可以抵御凶邪之气。还有一种冉遗鱼，形状像鱼，但却长着蛇的脑袋和六条腿，眼睛长得如同马的耳朵——大概是形容眼睛大吧——其作用和鵸䳜一模一样，吃了它的肉既可以治噩梦，也可以抵御凶邪之气。还有一种名叫珠蟞（音如鳖）鱼的怪鱼，形状像是一大团红肉，长着四只眼睛和六条腿，口中还能吐珠子，肉的味道酸甜可口，吃了它的肉可以让人不得瘟疫。

不过在大多数时候，为人抵御凶邪之气的怪兽们却不用牺牲这么大，只要陪在人身边就好了，或许也正因没有被人吃的危险，所以它们的种类还挺多，具体有以下几种。

天狗——和日本的天狗没什么关系——形状像野猫，长着雪白的脑袋，会发出“猫猫、猫猫”的叫声，养在人身边可以为人抵御凶邪之气。

讙（音如欢），形状像野猫，头上只长着一只眼睛，身后却拖着三条尾巴，叫声可以随意变幻，堪称模仿大师，养在人身边也可以为人抵御凶邪之气。此外，若是有人得了黄疸病急需治疗的话，可以吃讙的肉，据说疗效相当好。

孟槐，形状像豪猪，背上的刺是红色的，会发出“榴榴、榴榴”的叫声，养在人身边便可以为人抵御凶邪之气。

耳鼠，形状像老鼠，长着兔子似的脑袋和麋鹿似的耳朵，叫声像狗吠，平时靠自己的尾巴飞行，养在身边可以为人抵御百毒。若是有人得了大肚子病，也可以吃了这小家伙来救急。

最后来说说大名鼎鼎的九尾狐。这种怪兽生活在青丘之山，形状像狐狸而长着九条尾巴，叫声如婴儿，平时以人为食，万一失手被人所擒，它的肉也难免会被人当作美餐，据说只要吃了它的肉，便可以抵御一切妖邪之气的侵犯。

御兵

御兵之兽是这四御之中最神奇的一种，前三种所能抵御的都是外部的自然的威胁，而御兵却可以使人免于人祸。

有可以防止战乱的驳（音如伯），其形状像马，长着老虎一样的尖牙利爪，头上还长着一只角，身躯雪白，身后拖着一条黑色的尾巴，可谓威风凛凛。而更不可思议的地方在于，驳竟以虎豹为食。据说只要将其养在人的园囿之中，便可以让国家不生战乱。

还有可以让人远离兵灾的寓鸟。形状像老鼠却长着鸟的翅膀，叫声听起来像羊叫，据说和蝙蝠关系很近，只要它居住在哪户人家中，这户人家就可以在战争中免于战火的侵袭。

此外，还有一种名为鯑（音如帝）鱼的怪鱼，形状像猕猴，有着白色的脚爪，脚趾相对着生长。吃了它的肉可以让人不得呆傻病，而且还可以抵御兵器的袭击——只要吃了它的肉，人就可以刀枪不入了。

7. 五殃之兽

在形形色色的怪兽中，不仅有会为人造福的四御，还有着大量带来灾难的凶兽。根据其所带来灾难的不同，分为旱殃、水殃、兵殃、疫殃与灾殃，合在一起是为五殃之兽。这些凶兽之所以会带来灾难，可能是因为它们与生俱来的能力，也可能仅仅是由于它们能预知灾难而已，无论是哪一种，这些凶兽在古人的心目中必定都是梦魇般的存在，所以五殃之兽在古书中才会留下如此多的痕迹，以至于其数量足有四御的数倍之多。

旱殃

在古时科技不发达的年代，旱灾对人的影响往往是致命性的，不仅会让土地绝收，更会将大地上的所有植被通通旱死，而当旱情进一步加重，河流甚至都将干涸，湖泊都将消失，叫天天不应叫地地不灵的人们只能被活活渴死。可以肯定，古时的人们不知经历过了多少次这样的灾难，所以大旱的情节才会在他们的记忆中烙印得如此之深，使他们久久难以忘怀，并在古书中一丝不苟地记录下了那些据传可以引发大旱的怪兽。其中有能够引发局部旱灾的怪兽，如长着四只翅膀，叫声就如同在敲击磬石似的鸣蛇；形状像鸡，身上却长着老鼠一样的毛，名为蛍（音如滋）鼠的小怪物；形状像黄蛇，却长着一对鱼鳍，在水中出入时会伴随有光芒的鯈鳙（音如条庸，皆二声）；以及一种形状像蛇，身躯庞大，叫声如牛，长着红色脑袋和白色躯干的不知名的怪兽。但更多的，却还是只要一出现，全天下就都将陷入大旱的怪兽。

据说住在一座高几千丈，鸟兽不生的山上的肥𧔥（音如畏），形状像蛇，长着六条腿和四只翅膀，一旦出现，则天下大旱。

还有一种名为颙（音如庸，二声）的怪鸟，这名字同时也是它的叫声。其形状像猫头鹰，长着人一样的脸和耳朵，有整整四只眼睛，一旦出现，则天下大旱。

还有一种没有名字，形状像猫头鹰，长着一张人脸，身躯像猕猴，却长着一条狗尾巴的怪鸟，一旦出现，则天下大旱。

还有一种名为薄魚的怪鱼，形状像黄鳝，只长着一只眼睛，叫声就像人在呕吐，一旦出现，则天下大旱。

还有一种鳎（音如滑）鱼，形状像鱼，长着一双鸟的翅膀，出入水中时伴有光芒，叫声就像鸳鸯一样，一旦出现，则天下大旱。

还有一种鱄（音如专）鱼，形状像鲫鱼但浑身却长满了猪毛，叫声像小猪，一旦出现，则天下大旱。

还有一种名为獙獙（音如碧碧）的怪兽，形状像狐狸，背上长有一双翅膀，叫声像大雁一样，一旦出现，则天下大旱。

水殃

水，也就是洪水，在古时这种灾难的破坏力一点儿也不比旱灾小。从上古神话中英雄率领着人们与滔天洪水的较量中就能看出，先民们对于洪水是多么的恐惧。正因如此，古书中也留下了众多据传可以导致洪水的怪兽。其中有形状像猪，长着一张人脸，黄色的躯干，红色的尾巴，叫声像婴儿一样的合窳（音如雨）。这种怪兽既以人为食，也会捕食虫子和蛇，它一旦现身，全天下就将发生大洪水。

还有一种名为軨軨（音如凌凌）的怪兽，形状像牛，身上长着老虎似的花纹，叫声就像人在呻吟一样，一旦出现，则天下大水。

还有一种没有名字的怪兽，形状像猿猴，浑身长满了猪毛，其叫声像是人在大声呼喊，一旦出现，则天下大水。

还有据说是比翼鸟原形的蛮蛮，形状像是野鸭，长着一只翅膀和一只眼睛，必须两只搭在一起才能飞，所以称为比翼，一旦出现，全天下就将发生大洪水。

此外，还有许多可以引发小规模洪水的怪兽，如形状像白鹿，长着四只角的夫诸；形状像猕猴，长着四只耳朵，叫声如同人呻吟似的长右；形状像山雉，有红色羽毛的胜遇；以及形状像蛇，长着人一样的面孔、豺的躯干和鸟的翅膀，行动时却还是只能像蛇一样爬行的化蛇；等等。整体数量应该说与旱殃旗鼓相当。

兵殃

所谓兵殃，指的是那些只要一出现，便会引发人间战乱的怪兽。比较典型的有形状像大公鸡，长着一张人脸的凫徯；形状像猿猴，长着白色的脑袋和红色的双脚的朱厌；和形状像狐狸，长着白色尾巴和一对长耳朵的㹃（音如试）狼等。

有两个比较特别的怪兽，一个是长得奇形怪状的天神，也不知它叫什么名字，只知道其形状像牛，长着八条腿、两个脑袋和马一样的尾巴。据说它出现在哪里，哪里就会发生战乱。长得这样奇怪，又总会引起人间的纷争，虽名为天神，斥其为怪兽也不为过。

另一个本来也是天神，名为钦䲹（音如培），后来因为和一个叫鼓的天神合谋杀害了另一个天神，双双被天帝所杀，死后化为一种怪兽。其形状像是雕鹰，叫声却如同野鸭，长着白色的脑袋、红色的喙和老虎一样的利爪，一旦现身人间就会发生战乱。它的同伙鼓死后也化为一种怪兽，其形状好似鹞鹰，叫声如同天鹅，长着白色的脑袋、笔直的喙和红色的脚爪，浑身遍布有黄色的条纹，出现在哪里，哪里便将发生大旱。同样是五殃之一。

此外，还有两种相当不起眼的小怪物，一种名为狙如，形状像老鼠，长着白色的耳朵和白色的尖嘴；一种名为梁渠，形状像野猫，长着白色的脑袋和老虎的爪子，看样子都不像有什么本领的模样。但据古书说，只要这两种小怪物在人间现身，那人间就将发生剧烈的战争，真不知它俩体内哪来的这么大的能量，能造成如此规模的灾难，抑或它俩只是能够预卜先知，出现在人间实际上是在向人们发出警告的？

疫殃

疫殃，即可以引发瘟疫的怪兽，前文中曾提到过有疫鬼可以引发瘟疫，其实怪兽也可以，数量还不少。疫鬼为害的区域顶多也就是一城一地，而作为灾殃的怪兽却动辄能引发整个国家范围内的瘟疫。如形状像猫头鹰，长着一只脚和猪一样的尾巴，名为跂踵的怪鸟，和形状像刺猬，浑身红得就像团火的“猴”（音如厉），都是出现在哪里，哪个国家就会发生大瘟疫的可怕怪兽。

还有一种名为絜（音如携）钩的怪鸟，形状像野鸭，却长着老鼠似的尾巴，擅长攀爬树木，出现在哪里，哪个国家就会发生连绵不断的瘟疫。

最厉害的要数一种名为蜚的怪兽，形状像牛，长着白色的脑袋，有一只眼睛，和蛇似的尾巴，这种怪兽走进河里，水流便会干涸，行走在山林里，植被便会枯萎，一旦现身，全天下就将发生大瘟疫。值得庆幸的是，在历史上我们还并没有发现这种怪兽曾经出现过的记录。

灾殃

最后的灾殃指的是会引发各种各样灾难的怪兽们，虽然可能不像前面的那些怪兽一样会有那么大的危害，但威力却也不容小觑。其中有名为酸与的怪鸟，形状像蛇，叫声像是在喊自己的名字，长着四只翅膀、六只眼睛和三只脚，模样可谓怪极，出现在哪里，哪里便会发生可怕的动乱，引起恐慌。还有种叫朱獳（音如茹）的怪兽，形状像狐狸，长着鱼一样的鳍，一旦出现就将引发整个国家的恐慌。还有种名为雍和的怪兽，形状像猿猴，长着红色的眼睛和嘴巴、黄色的躯干，同样会引起恐慌。

还有一种名为犰狳的怪兽，形状像兔子，叫声也像是在喊自己的名字，长着鸟的喙、鸮鹰的眼睛和蛇似的尾巴，一见到人便会倒下装死，看起来似乎是种十分胆小怕人的小怪物，但据说只要犰狳一现身，便会发生可怕的蝗灾，将原本长势良好的植被全都啃噬干净。

猾裹（音如怀）形状像人，脊背上却长着猪一样的鬣毛，平时住在洞穴里，冬天时会冬眠，叫声好似在劈木头。它出现在哪里，哪里便将有繁重的徭役。还有形状像鸳鸯，但却长着人脚似的爪子的鵹鶘（音如离狐），出现在哪里，哪个国家就将要大兴土木。还有形状像小猪，但却长着鸡一样的爪子，叫声如同犬吠的狸力，同样一出现便会使得国家要大兴土木。

还有一种名为𪎆（音如仪）的怪鸟，其形状像是一只凶悍多毛的大狗，长着红色的喙和眼睛、白色的尾巴，出现在哪里，哪里便会有火灾发生。

还有山𤟤（音如灰），其形状像狗但却长着一张人脸，善于投掷石块，一见到人便笑个不停，一旦现身，全天下就都会刮起大风。与其类似的还有一种名为闻䝕（音如赁）的怪兽，其形状像猪，长着白色的脑袋和尾巴、黄色的躯干，同样会引发全天下范围内的大风。

最奇特的要数一种名为䍶䍶（音如幽幽）的怪兽，形状像马，长着四只角、羊似的眼睛和牛似的尾巴，叫声像狗吠。据说其在哪个国家出现，哪个国家中就会多出许多奸诈狡猾之人。若是整天都被一群钩心斗角的人包围着，这个国家想必用不了多久就将开始衰败了吧。

8. 丰兆兽

看多了前边一大堆会引发可怕灾难的五殃，现在来说几个可以让人看到希望的怪兽，因为它们都拥有带来丰收的能力，所以就称它们为丰兆兽吧。

第一种名为狡，它和大名鼎鼎的西王母[1]住在同一座山上，形状像狗，叫声也像犬吠，头上却长着一对像牛一样的犄角，身上布满着豹一样的斑纹，出现在哪个国家，哪个国家便会迎来丰收。

除了狡，还有一种名为当康的怪兽，其形状像小猪，却已经有了獠牙，叫声就像是在喊自己的名字，别看长得不起眼，但只要它一现身，全天下就都将迎来大丰收，比起那些空长得威武，却只能给人带来灾难的怪兽们可要好得多了。

此外还有一种名为文鳐鱼的怪兽，其形状像是鲤鱼，却能发出鸾鸟似的叫声，长着白色的脑袋和红色的喙，身上长有青色的条纹和一双鸟似的翅膀。白天时潜在水中老老实实当鱼，入夜后便会腾出水面，鼓舞着双翅飞到沧海中去游玩，快天亮时才会再飞回来。其肉的味道据说又酸又甜，之所以会有这种记载是因为它的肉可以用来治疗人的疯病。只要文鳐鱼现身于人间，天下便将迎来大丰收。

---

[1] 在上古时代，西王母还没有升到天庭和玉帝平起平坐，而是生活在一座名为玉山的山上，体形如人，豹尾虎齿，善于吟啸，蓬松的头发上戴着玉胜，主管上天降下的灾厉与五刑残杀之气，是位执掌人类生杀大权的天神。

精怪杂辑

1. 短狐

短狐据说生活在长江中，外形像是蝉，有酒杯那么大，背上长着一对翅膀，可以飞行，没有眼睛，耳朵则很灵敏，口中有像弩一样的机关，一旦听到人发出的动静，便会从口中射出毒气来伤人，其气就像弓箭一样，射中人便会立即让人生起毒疮。即使是只射中了人的影子，也会让人中毒，没有及时治疗的话，不出十天便会痛苦地死去。

2. 青蚨

一种据说是南方特有的小昆虫，形状像蝉但比蝉体形要大一点儿，味道辛辣，可以食用。雌青蚨会将后代产在草叶上，大小与蚕卵类似，如果有人趁机将其产下的后代取走，无论雌青蚨离着多远，也会立即发觉，飞回来争夺自己的孩子。根据这种特性，有人将雌青蚨和它孩子的血分别涂在两堆铜钱上，每次买东西时，无论是用涂着雌青蚨血的铜钱，还是涂着幼青蚨血的铜钱，那钱都会很快从商家的怀里飞走，飞回到原来的那个人手中，这样循环往复，钱就永远都用不完了。

3. 食尸虫

据说在古时南方偏远之地有一种可怕的飞虫，个头只有麦粒般大小，平时藏在人家的屋顶上，等到这户人家中有人去世后，便会成群结队地飞下来吃亡者的尸体，数量多得就像风雨一样，无论其家人多努力地扑杀这些虫子，却根本阻挡不住，只有等虫子们将尸体的肉全都吃光了，它们才会心满意足地飞走。比较富有的人家会在死者咽气后，立即将尸体裹上五六层布帛，并用食尸虫所畏惧的梓木板挡在尸体左右，只有这样才能让它们不敢靠近。至于无力置办这些的穷人家，就只好看着自己的家人被虫子一点点吃光了。

4. 火光兽

火光兽形状像老鼠，因此也有火鼠之名，身上的毛有两尺多长，重千斤以上。据说这种怪兽生活在一片昼夜燃烧着大火的森林中[1]而不用担心被火所伤。在火中时，火光兽浑身通红像块燃烧的火炭，而当从火中走出来时，身上的毛便会变成雪白的颜色。这时人只要端来一盆水泼在它身上，便能将其杀死。火鼠的毛可以织成一种火浣布，这种布同样不怕火烧，当上面沾满了污垢时，只要放在火中烧一烧，立即便会洁净如新。

此外，还有一种说法，说火光兽生活在一片普通的山林中，每当夜幕降临时，群聚在山林中的火光兽便会发出一道道仿佛火焰燃烧般的光来，将整座山林全都照亮，其名字中的“火光”二字也是由此而来。

[1] 森林中的树名为不烬之木，这种树永远不会被烧成灰烬。

5. 重明鸟

重明鸟是一种瑞兽，住在不知离中原几万里的荒野之地，模样长得像鸡，每只眼睛中都有两颗瞳仁，鸣叫时的声音如同凤凰。虽体形微不足道，但却敢于搏击豺狼虎豹各种猛兽，同时还有驱除妖异的神力。它不食五谷，不饮泉井，只以琼玉中流出的膏液为食，若是人们用上等的琼玉膏来喂它，它便会在一年中飞到人间来好几次，为人们抵御凶邪。可有时却也会许多年都不见影子，于是人们只好用木头或者金属刻成重明鸟的模样，安放在自家的门户边，妖魅鬼怪们见了就不敢到这户人家中来捣乱了。

6. 讹兽

这种怪兽长得像兔子，有着人一样的面孔，而且还会说话，但性格却很坏，特别喜欢骗人。你问它东它就答西，你问它善它就答恶，反正一句真话没有。据说这种怪兽的肉味道很不错，不过人只要吃了它的肉，那此人也就再没一句实话了。

7. 风生兽

据说风生兽生活在南海之中离大陆九万里的一处名为炎洲的地方，其形状像豹，浑身青色，如狸猫般大小。风生兽不怕火，就算人用几大车的木柴烧它也没事。它也不怕刀剑，无论用多好的宝剑和多大的力气也根本刺不伤它。唯有用铁锤朝着风生兽的脑袋狠狠地砸上几十下，风生兽才会死去。风生兽死后，只要有风吹进它始终张着的嘴里，它就又会复活过来。克制的方法是，在其刚刚复活时，赶忙用生长在石头上的菖蒲塞进它的鼻子里，风生兽就会立即倒地而亡，再也起不来了。将风生兽的脑子和着菊花一起服用，一连吃十斤，据说就可以活到五百岁。为了长生竟能想出如此残忍的方法来，而且一次就要吃十斤，以风生兽的体型，这得要多少只才够？真应该把青铜器上的饕餮换下来，把这些想长生想疯了的人刻上去才对。

8. 刀劳鬼

据说临川一带的山中有种妖物名为刀劳鬼，它们会躲在疾风骤雨里趁机进到附近的村落中害人，如果风中裹杂着一阵不寻常的呼啸声，那便是刀劳鬼到来的前兆。据说这种妖怪可以用气射人，人一旦被其射中，受伤的部位很快就会肿起来，其毒性非常剧烈，若是被雄刀劳射中，那用不了半天工夫便可致命，若是被雌刀劳射中，那受害人也不过是只能撑到第二天而已。在这期间若是旁人懂得救治的办法，那受害人还能保住条性命，若是救得稍微迟了些，那多半就死定了。

9. 大青小青

同样是一种只闻其声不见其形的妖怪，平时躲在大山里，偶尔会跑去山下发出一阵阵哀恸不已的哭声，有时像几个人在哭，有时像一大群人在哭，声音有男有女，有老有小，就像是有人家在送殡一样。当听到哭声的人们循声赶过来时，却连一个人都找不到。可是在这种哭声出现的地方，过不了多久必然会有人死去。若是哭声大的话，则死者会是大户人家的人，若是哭声小的话，死者则为老百姓。